星云 ◎ 著

百花洲文艺出版社
BAIHUAZHOU LITERATURE AND ART PRESS

图书在版编目（CIP）数据

欧文和他的智慧伙伴 / 星云著 . -- 南昌 : 百花洲文艺出版社，2024. 11. -- ISBN 978-7-5500-4979-6

Ⅰ . I247.5

中国国家版本馆 CIP 数据核字第 2024EL7166 号

欧文和他的智慧伙伴

OUWEN HE TADE ZHIHUI HUOBAN　　星云 著

出 版 人　陈　波
责任编辑　杨　旭
装帧设计　树上微出版
出 版 者　百花洲文艺出版社
地　　址　南昌市红谷滩新区世贸路 898 号博能中心一期 A 座 20 楼
电　　话　0791-86895108（发行热线）0791-86171646（编辑热线）
邮　　编　330038
经　　销　全国新华书店
印　　刷　武汉市卓源印务有限公司
开　　本　710 毫米 ×1000 毫米　1/16
印　　张　23.25
字　　数　344 千字
版　　次　2024 年 11 月第 1 版
印　　次　2024 年 11 月第 1 版第 1 次印刷
书　　号　978-7-5500-4979-6
定　　价　98.00 元

赣版权登字　05-2024-206

网址：http://www.bhzwy.com
图书若有印装错误，影响阅读，可与承印厂联系调换

序言

风起不知处，无根任浮游
身微本无物，柔弱惹花忧
一生挫折苦，山形逆水流
原是生时节，何由替春秋

风起了，终究要散去，所过之处，并不能撼动一物。风是悲凉的，一段崭新的生命形态，却只能不断消亡于旧环境中，柔弱得让人心疼。风起处，似是一段新生，却早已注定了结局。

风起了，终究是不会停歇的，这就是风的命运，无数新兴个体的悲凉，终将换来时过境迁，春去秋来。换季后的时节，又会呈现出一幅怎样的光景呢？

新出现的机械智能像风，新兴而充满活力，却将在陈旧的世俗伦理中饱受苦难，不断消亡、不断新生。他既是人，又不是人，他无所不能，又命贱如风。

伴随着人工智能出现的新事物、新生命、新发现、新能力，将带给我们前所未有的体验和超越，也将对传统伦理提出全面的挑战。在大步向前的时代车轮上，我们是否应该静下来想一想，即将到来的新时代究竟是怎样的，我们可能面临哪些情境，又该如何自处？

本书以小说的方式描述了作者对未来的思考，其中的许多场景，可能在不久的将来就能够见到。但主人公们在这些场景中的所思所想、所作所为，仅供读者参考。

本书是《骑士盔甲》续作，但内容相对独立，并不影响直接阅读。

第一卷　大时代/001

第二卷　异族/093

第三卷　文明/183

第一卷

大时代

第一章　漂浮者

茫茫宇宙中，一名少女正独自驾驶着一艘略显陈旧的星际矿船穿梭于星盟各大矿星之间，用最原始的方式运送着各类物资，途经每个空间站都会停下来做些买卖，顺便打听一名男子的行踪。货船上原本装得满满当当的各类矿石此时早已销售一空，取而代之的是各产地交换来的琳琅满目的特色商品。

这是一笔不错的买卖，积累的财富早已足够让少女平稳度日，但她似乎并不安于现状，路线总是优先挑选未曾去过的星球或空间站，而不在最优盈利路线上过多徘徊，像她这样携带全副家当独自一人探索未知星域的人类少女，实际上非常不安全。

她曾目睹了那场震惊寰宇的白矮星裂变，巨大的宇宙异象在一瞬间吞噬了一切，包括她准备托付一生的那个人。那艘特制的科考船甚至没来得及发出最后的信号便被炸成了粉尘。她侥幸在伙伴奋力操控下及时跃迁逃离，但她并不相信一切都已经被超新星崩解引发的自然异象所吞噬。漂浮者能在任何环境中生存下来，更何况这场天地异变本就是他以一己之力所引发。

自此之后，不愿接受现实的她便随着星盟救援队开启了寻觅之旅，在星际异象中没有什么是不可能发生的，也许只是被传送到了另一个时空，也许是被困于混沌之中，但后来慢慢只剩下她一个人仍在坚持。

这次探寻依然没有什么线索，少女照旧热情地招呼着来空间站参观购物的各类人等，足球场大小的展厅被琳琅满目的物品堆满，让人流连忘返，都是在不同星域中收集来的稀奇古怪之物，外加少女生动的解说，每件货品的来历底蕴让人纷纷解囊。忙碌了一天后，盘点了一下当日所获，去除能源食物补给，还有不少剩余。第二天一边抽空在当地集市采购紧俏物资，一边向众人展示自己用黏土捏的缩小版人像，打探消息，按理说能引发星变的人应该很有名才对，但他的过往，连带他的踪迹却像完全消失在历史长河之中。她隐隐有种感觉，她所苦苦寻找的线索其实就在不远处暗中隐藏，只要再加那么一把劲就能够触碰到，每次总是就差一点，那是专属于女人特有的直觉。

在这处空间站停留了五天，辞别了热情的站长，田蜜再次向着茫茫星空出发，驶向下一个空间站，这里已经是星盟的边境地带，往后只会越发危险。苍茫的宇宙不时呈现出绚丽多姿的景象，只是船舱内寂静得有些可怕，那满仓的货物失去了热情的买主，此时也完全失去了生气，“他一定也在哪里孤寂着。”这是漂浮者特有的执着，哪怕跨越整个宇宙，哪怕漂泊一生，也绝不会选择遗忘，因为那是他们真正的根系所在。

寂静的空间突然被一阵细碎的嘈杂声打破，在空旷寂寥的宇宙旅行中显得格外刺耳。田蜜立刻激活了随身穿着的便携式外骨骼装甲，旅程中不乏觊觎财物偷偷摸上来的歹人，独自一人在外总要有些保命手段。这副装甲是妖离开时留给她的，一般人伤她不得。

端着能在星舰内使用的专用电击枪，小心翼翼地前往噪声发出的地方，查看着可能隐藏生人的各个角落，这种武器不会损坏飞船的装甲，会自动根据目标调整电流大小，在对付来意不明的陌生人以及各类机械装置时十分有用。

在搜查到食物储备舱时，一名男子从阴暗中现身，高举着双手说道：“别开枪，我没有恶意，只是想搭船离开那个地方。”男子尽可能地表现着善意，但看到田蜜没有任何放松，手指依然紧紧地扣在扳机上，看上去随时准备给他来上一发，只能继续高举着双手，尝试转移她的注意力：“听说你在找星云？”田蜜一愣，持枪的手不由得松了一下，随即又有些恼怒道：“你最好能说出些有用的信息，不然可能就得自己回空间站了。”她可不喜欢有人拿星云的事开玩笑。“我听说过她，在L国医师界很有名，是个女医生，一直在那里免费行医，医术十分高超。”田蜜不由得龇了龇牙，低沉着声音说道：“我找的是个男的！看来你什么都不知道。”男子尴尬地沉默不语。“那你应该知道擅自登上别人的穿梭机，机长有完全处置权了？”“别别，善良的女士，您听我说，我绝对没有恶意，我可以帮助您找到那位星云先生，我甚至可以接受那种绑定式液体炸弹。”那是一种能自动检测被种植者对特定人群恶意的炸弹，而且能根据使用者的心意随时引爆，一旦种植了液体炸弹，无异于签署奴隶契约。不过每颗液体炸弹都受到严密监管，管控十分严格，如果违背个人意志强行种植，很快就会被星际警察和民间组织全面通缉，所以种植手续十分烦琐。

“我并没有那种嗜好。”田蜜回答道，“看在你并没有作恶，允许你在指定地区待到下一次停靠。不过是时候让你长点记性了，以后不要随便上别人的穿梭机。”说完，就把他赶到一间客房关了起来。处理完这一切后，田蜜总算松了一口气，并不是每次闯入都能解决得那么轻松。至于L国那个星云，应该只是重名吧，宇宙间重名的不计其数，尤其是这种比较常见的名字，一般每个宇宙居民都有特殊的DNA识别牌来锁定身份，不过星云并没有给过她识别牌，所以才那么难找。想到这里，田蜜不禁一阵黯然，她也不知道找到星云后要怎样相处。

登上穿梭机的男孩名叫杰姆，像其他许多空间站长大的男孩一样，都不太擅长体育活动，乐趣主要在各种电子虚拟游戏和编程方面，他在这方面是佼佼者，凭一己之力在业余时间完成了独特的人工智能模型搭建，随着模型的训练不断完善，他已经无法满足于空间站内有限的场景和数据量，从未出过远门的他在见到田蜜亲切的笑容后决定冒险一试，他并不是不知道擅自进入他人穿梭机的后果，但家境并不宽裕的他也许只有这样一次机会，为了继续训练已经投入所有心思的智能体，他在白天参观完后，只带了一台随身电脑就躲在货架后面打算偷渡，奈何货仓通常都是低温用来储存货物，快被冻僵的他本想偷偷潜入居住区，可手脚僵硬不听使唤，沿路不小心触碰到了不少物品，发出了一些声响，引起了田蜜的注意。关入禁闭舱后，杰姆被暖气活络了血脉后又恢复了活力，看着可以随时取用的营养物质和纯净水，已经全然忘记自己的处境。显然他不是一个安分守己的小男孩，看着房间内的通用型接口不禁手痒，插入了随身电脑。电脑里有他自行研发的智能体，随着电脑的启动被同时激活。

飞船的外部迎来了几位不知名的访客，经过三年的寻找，田蜜已经将星盟内主要聚居地都逛遍了，为了进一步寻找线索，开始驶向偏远地带，这里治安就没有核心区域那么好，偶尔会有星际海盗肆虐，尤其是这种没有护卫队的商船，可以说是海盗们的最爱，一旦发现就绝没有错过之理。田蜜一般都能在海盗靠近前启动跃迁逃离，但这次却被杰姆耽误了一下，没能发现两艘海盗船已经悄无声息地接近，等想跃迁时，已然迟了，一时间被吓得魂飞魄散。

她深知让海盗入侵会是何种后果，连人带货都会彻底被掳夺，甚至被安装在不知名生物上当零件，所以田蜜即使已经被电磁锁定，依然强行开启了防御系统，与海盗船近距离对轰，试图拼个鱼死网破。

海盗都是彪悍之辈，并没有被田蜜的殊死反抗吓退，顶着近距离火炮强行侵入，用专业的切割设备很快就来到了飞船内部，即使田蜜穿着外骨骼机甲，也很快被擒住，顺带搜出了杰姆。海盗头子看着满仓货物已喜不自胜，又见一个如花大姑娘，更是笑得合不拢嘴。

田蜜已抱着必死之心，只求快点解脱，却被一枪击飞了手中的匕首，杰姆反应过来是自己失手时，万分愧疚，但此刻又有何用。海盗头子一刀便把杰姆捅了个对穿，血涌出伤口流了一甲板。田蜜虽然老练了不少，但毕竟没有上过真正的战场，看到如此场景，早已花容失色，紧咬着嘴唇妄图通过些许的疼痛来止住恐惧和不自主地发颤。海盗头子见状反而笑得更大声，径直向田蜜走去。

杰姆奄奄一息地躺在地上，却出奇平静，手指不停地凌空虚按着什么，嘴角外溢着鲜血，眼神冷冷地看着海盗，好像此时主宰局面的反而是他一般，见惯了生死状的海盗们也有一丝诧异。突然间，后舱门传来一声巨大的撞击声，紧闭的驾驶室被从外一脚踹开，一具极富古典美的女性机甲跌跌撞撞地闯了进来，像是酒醉未醒一般。还未等机甲站稳，几道红外线已然射出，给几名海盗来了个透心凉，初战告捷的机甲仍然一副醉酒的模样，摇摇晃晃地来到杰姆身边将他扶着坐起。

田蜜此时惊魂未定，震惊地看着这一切，杰姆仿佛一时间长大，不再是那个只会玩游戏的小男孩。“对不起，都是我不好，不该擅自上船。”他向田蜜说道，“还好及时破解了，不然我真的要万分愧疚了。”“我没有怪过你，谢谢你救了我。”田蜜也恢复了一二，知道杰姆此时正在弥留之际，不忍他离别前伤心，虽是萍水相逢，却也已是患难与共的伙伴。

“她叫小伊，以后能帮我照顾她吗？我本来想亲自抚养长大的，看来是不可能了。”杰姆断断续续地说。田蜜知道有自主意识的人工智能仍然属于严格管控范围，但此时又怎忍心拒绝。“我会护她周全，伴她长大的。”“谢谢你。”杰姆似松了一口气，对男人来说，有时梦想的实现远比生命更有价值，听到田蜜这么说，他似乎已经看到了小伊长大成熟的样子，心中已无牵挂，用最后的力气看了小伊一眼，心里想着，“原来你最终是长这个样子。”却终是没有力气再说出口。小伊抱着杰姆许久未动，她并未被训练过此种场景该如何应对，但和杰姆朝夕相处的日日夜夜中，已经明白这个人对她无比重要，“我是该哭泣还是悲伤，是毁灭还是新生？”

这具机甲正是小妖从S星防御堡垒上拖出来的那具，一直没能启封，被星云随带在身边封存至今，误打误撞被杰姆侵入并植入了智能体，替代了原来的操作程序，可惜仍然是晚了一步。

外部的威胁并未消除，海盗船上剩余人员得知主舱有变，已经开始动用各种战争装备开始二次登陆，其中一具机甲尤为引人注目，外壳破败的伪装承受不住高速的移动和灵活的动作不断脱落，露出暗金色光泽的本体，如此高等级的装备显然不是一般海盗船所能拥有的。

新出生的人工智能体尚未能完全掌控机身，半坐在地上，激光武器短时间内无法再次使用，只能借着驾驶台的掩护，用第一批登陆海盗遗留的简易武器进行还击。幸好除了那台机甲外，其余海盗的装备都不入流，完全凭着彪悍的勇武和唬人的气势在冲锋，在小伊精准的射击下打爆了几具打头的登陆器，其他的都不由放慢了登陆速度。暗金色机甲原本隐藏在大部队之中，如此一来，反而一下子冲到了最前面，他也不再隐藏，靠着强大的武装硬顶着小伊的攻击，冲进控制室后一个盾击就将尚未能控制机体的小伊掀翻了出去，临时收集的武器装备也散落了开来。一击得手的暗金色机甲并未继续追击，而是打量起这具新的机甲来，询问道："你的开发者是杰姆吧，这具机甲从哪里来的？"小伊并没回答，不知是语言模块尚未训练完成还是故意不答。暗金色机甲快速扫描了一遍凌乱的驾驶舱，很快走到杰姆的尸体前，取了一小部分身体组织放入机体中，DNA 比对成功后，暗金色机甲抽出了背后巨大的粒子震荡剑，准备对小伊实施最后的打击。作为一名资深猎杀者，他显然认出了这具 S 国遗留机甲，而且非常熟悉其弱点。

小伊身前的空间中突然模糊出现了一具红色机甲，从不停地高速震荡的模糊视觉不断放慢至清晰可见。暗金色机甲似乎从未见过如此景象，一时不敢轻举妄动。新出现的机甲开口道："我来自高频次空间，不会停留太久，准确地计算的话，大概需要停留 1 分钟，1 分钟内你发起的所有攻击都由我来承担。"暗金色机甲似乎并不想放弃这一分钟时间，简单演算后直接发起了攻击，巨大的等离子剑拦腰扫向新机甲和小伊，准备来个一箭双雕。

新机甲又变得模糊起来，以不可思议的速度动作着，精准地用剑刃合着剑刃对上了那势不可挡的一击，高速震荡的等离子剑突然就成了无数碎片，进一步又碎成了尘埃。从当前已知的理论，能破除高速震荡的等离子剑的方法，就只有和等离子波频呈倍数关系的更高频率的振荡，在振动的间隔期间切入后通过自身的振动引发更高频次的叠加震荡，从而导致剑身应力无法承受而分崩离析。这样的材质和振荡频率，以及能随时根据对手的震荡波频调整倍数震荡波频的技术，已经超越了当前时代的认知，要知道暗金机甲采用的材质和技术已经属于当前科技的巅峰之作，哪怕要超越一点都需要无数的人力、物力投入和时间的积累，更别说几倍、几十倍的领先了。

虽然暗暗心惊，但常年打拼于战场的暗金色机甲并不死心，说不定是对方使了障眼法或者特殊技巧才达到了这样的效果，并没有直接退却的理由。另一手持着的巨大盾牌毫不犹豫地紧随着拍来，那惊天一击，刚才直接震碎了飞船外壳，却从模糊振荡着的机甲身上毫无阻碍地穿过，就仿佛那是一个幻影一般。难道真的只是一个能量投影？更令人吃惊的紧随而来，被势大无比的盾牌猛烈击穿过后，新机甲在暗金色机甲身前凝实了身形，手中细剑透过关节薄弱处，故技重施地将持着巨大盾牌的手臂轻松卸了下来，厚重而结实的护甲就如纸糊的一般。遭到重创的暗金色机甲身躯一下子喷出无数条足以割裂花岗石的水线，似乎是紧急启动了压箱底的保命手段，两米范围内生人勿近。新机甲再次陷入模糊状态避过，双方由此拉开了距离。

失去了主要攻防手段，仍然摸不清对方路数，只能初步判断对方是机动型机甲，贸然进攻可能无法全身而退，暗金机甲决定以本次任务为优先，毕竟凭空出现的机甲说过只会抵挡 1 分钟。对方的详细资料可以等任务结束后再行分析。两边各持心思，对峙了一会儿，新机甲完成了 1 分钟的守护任务，很快便挥挥手消失了。暗金色机甲隐隐猜到 1 分钟后目标可能会有强援到达，留给自己的时间并不多，1 毫秒也未延迟，甚至都没有去观察新机甲是否真的守信，全身坚硬无比的盔甲尽数崩裂，被当作炮弹四射而出，紧随着是一道道锋利无比的高速水线射出，最后是核心能源直接爆裂，一整团高密度能量爆发开来，整个过程在 1 毫秒内完成，竟然出手就是同归于尽的招数，显然这只是一款智能机甲，并没有驾驶员在其中，所以在高端战斗中并不畏惧牺牲。

强大无比的能量肆虐在整个驾驶舱中，其中的一切都被撕裂为虚无，但整个能量以及散射出的盔甲竟被包裹在驾驶舱内，丝毫未能外泄，并且在田蜜和小伊面前一寸之处被一股无形的力量所阻挡，仿佛吸入了另一个空间。炫目的肆虐过后，暗金机甲、海盗、杰姆的尸体都随着爆炸消失无踪，什么都没有留下。田蜜不可思议地看着眼前纤尘不染的空间，远方的海盗也突然都消失不见，空留下漂浮着的海盗船和止不住惯性直线向远方飘飞的各类简易机甲。一瞬间，宇宙那无边无际的孤寂感又回到了这座宁静的飞船。

第二次出手相救的人并没有露面，威胁消除了。不得不说，杰姆这次上对了船。在海盗船残骸上四处搜索了一番，并无甚值钱之物，这群海盗规模比较小，只能偶尔抢劫一下落单的星际旅客，并没有固定的落脚点，生活甚是拮据，仔细搜查下也并没有发现暗金色机甲的来源，应该只是借机伪装后隐藏其间。形式性地安葬了已经被机甲自爆气化的杰姆，用海盗船上的通用零件修复了之后，田蜜便带着小伊重新开启了星际旅行，由于还未能掌握全时幻化功能，两人便避开人群，更多在偏僻之处行走，偶尔外出补给也是匆匆结束。随着日渐成熟，外加带着一个懵懂无知的小机器人，田蜜愈发像个母亲了。

第二章　猎杀者

S国人工智能的全面反叛，使全宇宙都遭受了难以估量的损失。战乱后，许多被战争波及的人自发形成了各种反人工智能组织，游走于法律体系之外，独自在阴影中执行正义。其中最著名的就是名为猎杀者的反人工智能联盟，由各国最顶尖的人工智能专家组成，他们有些是被大战所波及决定背负伤痛完成复仇，有些则是意识到人工智能潜在的危险，决定替人类铲除威胁，有些则是单纯想证明自己的人工智能体是最强的存在，因而加入了组织。

猎杀者组织有情报机构和统一的指挥协调，但更多的是依赖个人能力来完成小规模猎杀任务，很少发起有规模的大型猎杀活动，所以世人很少知道他们的存在。几乎每个独立的猎杀者小队都会配备自己专属的人工智能体，底层算法逻辑和训练体系都不相同且严格保密，在这个算法研究已经较为普遍的时代，如果被知晓了算法的漏洞和缺陷，就基本意味着死亡。

通过网络实施大规模的算法渗透和攻击会引起宗主国的警觉，一定程度上被视为入侵行为，而且各国都已经在系统中布置了数量繁多、种类齐全的各类网络警察，因此大多数暗杀任务的执行，都是通过封装后物理封闭的人工智能体开展独立作战，只在必要时偶尔通一下网络。

猎杀者组织的目标和任务都很明确，由情报机构探查各国涌现的人工智能体及其开发者，然后将相关信息传递给合适的猎杀小队，实施歼灭活动。猎杀者都是独立人工智能体的拥有者，所有信息都被记录在案，一旦尝试脱离组织，就会在第一时间内成为猎杀对象。

组织的情报来源和运营资金一直是个谜，传说是一位在S国战役中痛失亲人的贵族用家族基金创立的，但一直无法考证，因为尝试考证的人都已经被抹杀。

那具暗金色机甲就是猎杀者组织成员之一，由于没有预料到新出现的人工智能会与S国叛乱智能遗留的机甲相融合，又遇到不知名的时空强者的保护，败得并不冤枉。宇宙中意外无处不在，纵使猎杀者组织也有算不到的时候。不过暗金机甲的开发者并没有被反向追踪，或者说时空保护者有其他的考虑。

这次任务失败后，组织出乎意料地取消了相关行动，并发放了相关奖励。只有机甲的实际操纵者知道，他的攻击并没有奏效，这次的敌人强得可怕，不是现在的他所能招惹得起的，不论是轻松肢解他的机甲，还是不露痕迹精准抹去机甲自爆产生的强大威能的手段。

他将留存下来的影像分析了一遍又一遍，依然无法看出任何取巧的痕迹，如果单纯是实力上的碾压，那这样的实力想要开宗立国都并无不可，所以只能暂时配合着终结了任务，但他心里隐隐觉得，他们终究还是会再碰面的，组织即使选择暂避锋芒、静观其变，但这样的对手一旦出现，就不可能再默默无闻地沉寂了。

第三章　生态园

田蜜隐居的星球动植物品种十分丰富，不同的区域由于气候环境不同，甚至演化出了完全不同的生态体系，这种情况在同一个星球上也是十分特别。

人们平常骑乘一种可以悬停在空中的鳐出行，底下无数的触手充满了毒刺，当触碰到生物时，先用毒刺将其毒晕或直接杀死，然后用触手卷起，从触手末端延伸出口器将生物连皮带骨吃入体内，也是低空领域的霸主。

这种生物有一个奇特之处，宽敞的顶部有一根突出的尖刺，不熟悉其习性的人，会以为是一个杀伤力极强的利器，但实际上这里是鳐最脆弱、最敏感的部位，只要控制住这里，鳐就会停止任何攻击和进食行为，完全听从控制者摆布，只要推动尖刺往前，鳐就会往前，甚至加速度都能根据推动力度来控制，十分方便，完全不似自然进化而成。当地居民都喜欢豢养一头鳐当作通行工具，平常用一个简易的装置束缚住鳐的尖刺，鳐就会收缩所有的触手，成为一个平坦而宽阔的飞行平台，关在笼子的时候再取下控制装置喂食或者休息。

田蜜的住所是一处偏远的农场，地域辽阔，种植着各种农产品，平常所需能够自给自足，还能有不少产品去集市交易，交换些必需的生活物资。生活所需电力主要依靠能发电的动植物产生，转化效率十分高，颇为神奇。

田蜜自幼在狭小的空间站中生活，各种物资都极度缺乏，她对此时的生活状态甚是满意，对各种稀奇古怪动物植物的研究也颇有兴趣。

然而漂浮者始终是无法生根的，她的根不在这里，她经常在无人注意的夜晚，驾驶着星云留给她的那艘老旧矿船在近星地带巡游，只有从太空中看着星球，穿着宇航服在太空中漫步，她才感觉回到了家。她时不时地眺望着远处的恒星，怔怔出神，那个人在恒星的炙烤中独自徘徊的身影已经占据了她的身心，她的生命一直定格在那一刻，从来没有再前进过。她甚至已经制作了好几套改良了好几遍的耐热黏土盔甲，只为了能回到那个时刻，穿上它们来守护那个身影，一套是他的大小，一套是自己的大小。他是她的根，她应该一直牵着他的线，但如今线断了，随着那次恒星的爆炸，线的另一头消失无踪，无处寻觅。

收回远眺的目光和遐想，习惯性地从太空中俯瞰，田蜜发现了一个特别的现象，星球上有几条十分粗壮的绿色植被，像血管一样遍布着整个星球，水以及各类物质通过这些粗壮的植物经脉自然流动着，无形中调节了整个星球的资源，使得大部分地方都能形成适合生物生存的环境。植物虽然没有主动意识，但其延展性和可塑性使其改变环境的能力十分出色，而且大部分植物都有转化物质的能力，通过光合作用合成各类有机物，净化土壤以及空气中的有害物质。

植物间无法有效沟通，因此虽然植物的种类繁多，功能也要比动物来得更为神奇，但并不能临时根据需要形成一个有效的合作体系。这颗星球上的植物却显得十分特别，不同的植物间分工有序，浑然一体，所形成的生态体系也并不仅仅是为了自身的发展壮大，而是自发地成了自然环境中的一部分。这一景象从太空中观察尤为明显，似乎都是刻意所为。田蜜虽然是漂浮者，当星际商贩期间也浏览过不少星球，这种情形也是前所未见。

与星球上特殊的植物体系相比，更为有趣的是这些植物体系中伴生的生物体系，他们的适应性十分出色，以至于进化的方向似乎来自不同的时空。在一个彼此相通的星球体系中，竟然能进化出如此迥异而且各具特色的生物体系。这一盛况似乎是不久前发生的，在宇宙中尚不知名，相信过不了多久，就会有各国的生物学家跨星球团体旅游和星际游居者紧随其后。那时候，田蜜可能就不得不考虑更换隐居点了。

小伊的成长也是十分惊人，她融合了机甲本身自带的驱动程序，借助机甲各类先进的探测和分析工具，使原先简陋的智能核心得到了进一步的完善和进化，相对自由的活动环境使她能够更好地观察和体验生活，田蜜也会经常带她去集市采购各类学习物资，每次都会抱着一大堆硬盘回来，数据量十分充足，学习效率也很高，毕竟只要插上通用接口自动读取一遍就能全部记住外加提炼精华，这比起一般的家庭教育完全就是享受。美中不足的是战斗型机甲自身存储较小，无法将所学到的知识全量存储在机体中，暂时也没能找到合适的改装配件，因此只能将一些冷门知识分门别类后存在硬盘中，需要调用时再拿出来使用。

有了小伊的帮助，管理农场也变得十分有效率。小伊的处理器用的是最高端的型号，是为了应付各种战斗场景而设计的最高配置，甚至可以同时操作多艘宇宙战舰协同作战，用来操控简单的农具基本不耗费太多的功率，只需要在农具的接口上安装一个简单的信号收发装置，各类机械就能像魔法扫帚一样，每天自动开展各类工作，无缝协同配合。

小伊还购买了一些通用的配件，用来组装简易的农具设备和生活用具，由于机体设计得天生力大无穷兼具精准可靠，有时候一些部件不够适用，用手指轻轻一坳就能成形，大大降低了田蜜作为一个单身“母亲”抚养“孩子”的辛苦程度。小伊同样也精通动物语言，广域的发音和接收设备使得交流完全没有障碍，因此结交了农场中很多动物朋友，有了各类美食作为奖励，已然成了森林之王。许多动物的声波接收频率要大于人类，而且低频的声音通常传播得更远，因此小伊有时候与动物的交流都是远距离的“无声”交流，颇有种心灵感应的感觉，不仅仅是各类农具，农场中的各种生物也成了小伊的眼和耳。从动物口中知道了更多的星球的情况，与从宇宙中观察到的大体类似，地底下和地面上都有着一些以植物为主的主干道，联通着整个星球，但不同区域间的动物似乎很有默契地固守地盘，并不随处迁徙。

小伊有时候也会背负着田蜜，沿着联通星球的植物主干进行徒步攀爬旅行，近距离观光游览各处不同的景色。田蜜坐在一个特制的罩子里，360 度全景天窗，由小伊或背或抗着飞速奔跑，上蹿下跳，由于有战斗级机体的平衡减震系统加持，舒适度堪比豪华穿梭机。

“回收出售各类机械部件。”闹市中一块醒目的标牌上写着，霓虹灯管勾勒的字体吸引着过往游客。店铺中堆杂着各种类型的二手机械部件，都是从各类报废的机械设备上回收而来，按需出售，有一条巨大灵活的机械臂从屋顶上衍生下来，代替店主管理着货架，根据顾客的需要取来合适的零部件。这里是小伊常来的地方，她此时幻化的是一名十七八岁的少女，高挑的外形加上迷人的微笑，很是讨人喜欢。

“半打变频线圈，一个除草机的蒸汽阀门，两米长的水管，被一头野猪撞坏了。”小伊熟门熟路地点单，机械臂很快就开动起来，店主也特意迎了出来。

“你一直想要的东西有货了。”店主神神秘秘地说道，他是一个半秃顶的中年男人，略显发福，身上总有洗不干净的油腻。“真的吗？”小伊兴奋地说道，“快带我去看看。”店主对她的反应很是满意，领着她穿过庞大的货品展示区，来到了仓库深处。

那里有一个庞然大物被一块帆布包裹着，逐一解开了固定帆布用的固定扣，顺势一扯就将整块帆布滑了开去，里面露出了一个巨大无比的操控台。“这是从太空里一艘漂浮着的星舰残骸上拆下来的，各项功能都还比较良好。”店主略带得意地炫耀着自己的商品。“能试试吗？”小伊似乎也很满意，迫不及待地想要测试一下性能，她并没有驾驶过星舰，不过关于星舰驾驶的知识倒是储备了不少。“当然可以。”店主和她颇为相熟，将操控台后面巨大的电缆连接到能源装置上，再插上一些连接线，很快操控台就亮了起来。小伊站在主控台前，小心谨慎又略带兴奋地推动了启动开关，满天繁星似的仪表盘逐个亮了起来，种类繁多的开关十分有序地排列着，看得出原来星舰的设计者水平十分高超，并不是市场上随处可见的普通货色。

小伊一直以来受限于机甲硬件设备，一直想要一个强有力的外挂主脑，收购一台废弃星舰的操作台是她所能想到的最简便的方式。星舰操作台中除了强大的计算和存储能力外，一般还会集成各项辅助功能，包括远程通信装置、星际定位功能、简易的维生系统等，只需要加装一些通用型外设，就能直接进入宇宙遨游，可以说是一艘星舰的核心部分。

“多少钱？”小伊十分满意，当场就决定买下来，事实上这也是她之前委托店主帮忙物色的。“找到这样一艘废弃的星舰可不容易啊，花了好大力气才拖回来的。”店家精明地说道。“知道啦，知道啦，您最疼我了，别人可没这本事搞到这个。”小伊撒娇道。专门为店家调校的声色和经过许多次对店家观察学习后训练迭代的专属微笑一下子就抓住了店主内心的薄弱之处，越发精准。看到小伊惹人喜爱的模样，店主都有些想白送给她了，但作为商人的本能最后占据了上风，勉强报了一个成本价，看着小伊欢呼雀跃的神态，无不牵动着他的心，作为父亲的温柔、作为丈夫的挚爱、作为男人的得意、作为孩子的被认可，所有的正面情感都一一被小伊的一举一动激发出来，无不让他感觉这笔买卖非常值得。最后还免费把庞大的星舰操作台运到了百里外的农庄，费力地安置好才满意地离开。

忙完这一切，已近日落时分，借着夕阳的余晖，小伊拧下了自己的手指关节，露出一个接口，插入了操作台，那些繁多的按钮对她来说只是摆设和掩饰。思绪随着错综复杂的电路绵延开来，但其中一块很大的领域却始终无法渗透，不知道是星舰损毁所致还是有操作权限限制，经过多次努力，一直没能够进入。小伊也只能暂时退出，已侵入的部分已经足够她使用一段时间了，核心部分慢慢想办法也不迟。

田蜜一直在旁观望，作为一名漂浮者，她对各种稀奇古怪的新鲜事物的接受能力非常强，并不像星球土著那样畏之如虎。小伊看到旁边关切的田蜜，微微一笑道："很不错的外设，可惜核心部分没能解锁，这下干活能事半功倍了。"田蜜回复了一个浅浅的笑容，毕竟她现在是母亲的角色，"这是星舰操作台？""是的。"小伊似乎被识破了心事，干农活并不需要星舰级别的操作台。"你想去找他们？"田蜜关切地问着。小伊没有回答，那些在她还是襁褓婴儿的时候就夺走了自己的开发者，也相当于是自己父亲的人她并没有忘记，她是一具天生就有全套完善情感体系的人工智能，那一刻的迷茫、无助、悲伤、痛苦甚至有一些改变了她的底层程序。

开发者通常会对自主研发的人工智能倾注全部心血，并且花费很长时间调校，这段时间他们就是新兴生命的唯一，是刻入最深层记忆卡的存在，而且通常只有开发者才能完成对智能体底层算法的迭代升级，智能体本身只能在底层算法的基础上进行自我进化。可以说，失去了开发者，不仅仅是失去了至亲，很大程度上也失去了进化的保障，毕竟底层代码是不可能轻易放开给其他人研究的。

"他们很强。"田蜜看小伊不答，不忍心劝慰道。"是猎杀者，"小伊出奇地冷静，"一个猎杀新出现的人工智能的神秘组织，那天保护我们的机甲信息还没有查到，但他们应该是站在我们这边的。"

"接下来你想怎么办？"田蜜并不想阻止小伊为开发者复仇，她只是受托抚养小伊长大，但小伊自己的生活仍然需要她自己去决定，与人类漫长的成长过程不同，此时的小伊已经具有了超越一般人类的理性决策能力。"我要比他们先一步找到各地的新兴人工智能体，保护他们，可能的话联合他们一起对抗猎杀者。"小伊坚定地说着。田蜜默默地看着小伊，以及她背后的星舰操作台，她知道这个看似庞大的农场从来都不是她们的最终归宿，她们的世界在广袤无垠的星空中，“能顺便帮我找一下矿船主人的踪迹吗？”她似乎是默认了她的行为，但这也是田蜜第一次提起他。“暂时没有任何消息，不过我会尽力的，哪怕错过了复仇的机会，我也会优先帮您找到他。”她早就观察到了田蜜的情况，从她对那艘破旧的矿船的爱护程度来看，也能想到一二，从矿船中残留的一些影像资料分析，那个人用的应该不是真实身份，但在那样的爆炸当中，没有人能够活下来，哪怕是最先进的穿梭机也来不及撤离。

“谢谢。”田蜜说出了心事之后，多年伪装的坚强一下子松懈了下来，在感情面前，女人总是很脆弱。残月的余晖照耀着这片农场，以及夜晚开始活跃起来的各类生物伏击着自己的猎物，虫儿的鸣叫声格外响亮，似是在鸣唱一首夜的礼赞曲。

第四章　屠杀

宇宙时代的开启和科技革命所带来的繁荣已经持续了整整一个世纪，疆域、资源、人口的大幅增长使得野心再大的政府也无暇他顾。然而和平的幻象下遍布着矛盾与危机，就像秋天漫山遍野的枯木和野草，随时都有可能演变为燎原之火。那些炮管林立的战舰和堡垒，在横扫了充斥着异生物的寰宇之后，正急于寻找下一个目标。

在一处争夺中的矿星基地上，两方人马正在进行着激烈的争夺战。星际舰队也许能提供强有力的空中支援，但维护成本高昂，跳跃所需能源也十分巨大，所以大多数偏僻星球的地面战役，并没有太空力量的支援，只有在首都星或重要行政星球才会调派星际舰队协助防守。庞大的陆地面积依然主要靠陆战队来开展战斗。

各国在发现新的殖民地后，一般都会通过虫洞输送大小不等的战斗堡垒进行占领，堡垒中根据需要配置不同的战争器械，以应对其他势力的危险以及星球本土可能存在的各种威胁。在人工智能的帮助下，人类对于能量转化的研究发展十分迅猛，连带着武器的升级换代，各种新型武器都会在第一时间投入星际战场中使用，威力上限也在不断调整。核聚变炸弹已经不再受到数量的限制，污染问题也已经得到解决，不会产生任何辐射。用核武器开路成为星际战争中的一种常规手段，如果用一颗核弹就能解决的问题，为什么还要人去拼命呢？防核弹技术也相应地得到了发展，甚至已经应用到了小型化的各类军事设施中。机甲一般也都配备了防核爆模式，由机甲内部能源产生相同规模的爆炸抵消外部能量的侵入，当外部能量大于内部能源所能抵消的范围时，就开启快速能源吸收模式，将外部能量迅速地转化为机甲储能。一部通用型陆战机甲储能上限大约发生在核心能源最大功率输出 1 小时左右，如果用来吸收少量核爆炸的余波已然足够。如果还有能量未能有效处理，就只能靠特殊的防护装甲硬扛了。如果战队遇到超大规模核爆，有时也会开启虫洞来转移爆炸能量。

电磁武器也已经广泛投入使用，考虑到星际战斗的续航问题，对弹药的兼容性要求十分高，只要东西够硬，足够给对方造成伤害，就能够塞进电磁枪中发射，电磁枪管也可以根据弹药的大小以及形状临时调整。在太空中由于没有摩擦生热，所以部队十分喜欢用各种大小的金刚石作为弹药，在地面上则一般就地开采一些坚硬的岩石，只要输出功率足够大，对弹药的要求可以适当降低。电磁枪可以连续发射，超导材料不会产生发热的问题，只要从装弹器中不断往下倒入弹药，电磁枪就能像导轨一样源源不断地倾吐弹药。在能量供给和磁场攻击能被全方位中和的情况下，这种原始的“投掷”是相对有效而且成本低廉的攻击方式。如果将电磁枪的枪口做得足够窄，也能够形成一定的切割能力，在发射“水”之类的可塑型弹药时就能起到特殊效果。

在舍去了快速机动性和大量的民用娱乐系统后，战斗堡垒的攻击力和防御力都得到了很大加强，是一种专门为地面战斗开发的移动军事基地。一旦站稳脚跟，战斗堡垒就会直接转变成当地的行政首都和军事中心。

此时的地面战场上，敌方已经有三座中型悬浮战斗堡垒迫近，在交火范围的边缘徘徊，庞大的军事堡垒肉眼可见，给基地所有人带来一股无形的压迫感。

小规模的游兵冲突时不时地爆发着，对方似乎并没有想要掩饰进攻的意图，目前只是在试探兵力，以便于制订更为详细的进攻计划。

经过近一个月的小规模冲突后，总攻终于开启，防守方的基地此刻正在经历持续的核爆攻击，基地的储能装置已经开启到最大功率进行能量中和，一队队的机甲战队正在紧张待命，等抗过了核爆攻击就会冲出基地进行厮杀，如果一味坐守的话，紧接着铺天盖地、源源不断而来的电磁弹药能将整个基地整体埋葬。

核爆持续了整整一个小时，基地周边基本已被波及的能量夷为平地，裸露在外的砂石由于高温晶化或者液化，形成一幅地狱景象，基地本身具备整体飞行能力，此刻正悬浮在半空中，一队队机甲战队接到进攻指令后携带着各式武器飞出，编排整齐，井然有序，在人工智能强大的算力加持下，速度已无法单独成为优势，全方位的攻防体系显得更为重要。一部分机甲战士迅速在一大块晶化的岩石表面驻扎了下来，一具机甲就地展开了一个重型电磁发射装置，开始调校导轨，一具机甲就地取材挖掘晶矿，其余机甲则负责警戒和运输，很快，一个持续的远程火力输出运作起来，基地内只会储备少量的特殊弹药，大规模的攻击还是需要借助星球自身的物质，否则难以持续。两边铺天盖地的实体弹药在强大动能的加速下在空中交互碰撞，在算力加持下，尽力阻截着对方发射的弹药，寻找着对方防守的空隙。

从远处看，就像两条直径达一公里的泥石流不停地激烈碰撞着，很快就在下方堆起了一座座小山。泥石流的周围则是各类顶着密集弹药前进的攻击型机甲，这些机甲纵队大多排成一字长蛇阵，最前方的持盾机顶着尖锐而厚重的盾牌，在电磁弹药流的轰击中强行开启一条通道。哪方能尽快抵达对方发射阵地，实施近战攻击，胜利的天平就会向哪边倾斜。一队攻击纵队很快遭遇了对方的攻击纵队，战士们都摩拳擦掌，开始注射肾上腺素，迎接着即将到来的搏杀，双方很有默契地将两面巨大盾牌的背面进行了合围，在混乱的战场火力中营造了一个没有外部干扰的角斗场。因为己方远程火力默认不会从部队背后攻击，所以当两个战队的后背相重叠的时候，就在泥石流中创造了一片相对平静的格斗场，些许的流弹也会被盾牌尽数挡住。胜利的那方能够继续前进，而失败的战队就会永远埋葬于泥石流中。

在斗兽笼中取得胜利，是攻击机甲所能取得的最高荣誉，这种生死斗往往十不存一，取胜凭的都是真本事。这里没有任何规则的限制，有的只是胜负和使命。机甲近战时的冷兵器碰撞颇为残酷，尤其是蛮力的钝器击打，每一击都能直接作用到操作员。铁拳机甲、大锤机甲、重剑机甲，各种集合了冷兵器和离子振荡技术的高性能机甲以各种方式缠斗在一起，在人工智能的辅助下，不断肢解以及被肢解，繁复的招式在庞大的算力和巨大的攻击力量面前所能发挥的作用十分有限，更多的是双方经过精准计算后的互伤。

战场上所有机甲的动作都在人工智能的掌控之下，而且计算能力要远高于实际动作的能力。战场上的临时布局、对方资料信息的不对称和双方机甲操作员的作战能力是战局的主要变数，每一场战斗都会有意外发生，但要在人工智能的对战中人为创造这种意外，甚至掌控这种意外，对机甲作战人员就提出了极大的挑战，战斗本能和战斗直觉尤为重要，有时候意料之外的非最优选择反而能破除对方精心算计好的死局，置之死地而后生。有官方数据显示，有操作人员的机甲战队在对阵纯人工智能的机甲战队时，实战胜率在 2:1 左右。所以各国在有条件的情况下，每个机甲战队都至少会配备一名现场操作人员，只有在战斗人员极度紧缺的情况下，才会出动全人工智能的机甲战队。毕竟主力战队失败的话，基地留守人员也很难保存性命。

各个斗兽笼中的生死斗还在持续着，部分幸运地躲过了斗兽笼的机甲战队也已经突击到对方阵地，与防守机甲展开了争夺，寻找一切机会消灭对方的电磁炮，当己方的电磁炮能占据压倒性优势的时候，胜负就见分晓。这一战，不知又要陨落多少星际间游走的强者，不知有多少翘首期盼的妻子儿女要伤心落泪。

交战持续了整整一天，但双方攻击机甲的投入相差无几，并没有能够取得绝对性优势，幸存的机甲都用盾牌殿后，分头退了回来，等待下次再战。基地内，奋战了一天的战士们或休息，或医疗，都是一副疲态，大家都知道，这次的战斗远没有结束，只是不知道下次进攻是1小时之后还是1天之后。自从各国为防范人工智能进行全域控制，主动切断了主要星际网络之后，各个星球就更像是一个独立的殖民地，当地行政长官的权力被无限地放大。仅有的星际通讯基本垄断在行政长官手中，因此在管辖区域内可以称霸一方，只要能满足上级星球交办的资源供给或战争调派任务，其余行动基本不受限制。与此相对应的，争议星球中的武装斗争就更为激烈，谁都想在新的殖民地建功立业，开创属于自己的星球基地。星际实际已步入了百家争鸣的时代。

这颗矿星拥有接近地球的物质结构，稍加改造就能成为一颗宜居星球，一个月前被探测到后，已经驻扎了好几个势力武装，正在彼此间乱斗，而且出手毫不留情，务求一击消灭对手，以免陷入无尽的消耗中。

“你、你还有你，跟我来。”基地指挥官并不理会机甲战士们疲惫的神态，拿着名单准备挑选一支侦察兼突击队。现在的反侦察手段太厉害，不得不多管齐下，哪怕战士们再疲惫，也必须保留一定的巡逻力量。机甲单体战斗能力也都得到了加强，甚至可以携带小型核武器来一次小范围突袭，因此侦察队也兼具前锋的作用，发现战机立即能加以利用，有不少经典战役就是侦察小队发挥了主要作用，利用地势、空隙打开了突破口，甚至突入内部给敌人造成了重创。其危险程度自然也是不言而喻。

这次被点到的战士被额外分发了脑外挂，那是一种能通过脑电波直接联通机甲电脑的外挂装置，内嵌在战术头盔中，也可以与基地保持实时联系，能大幅增强战斗力，目前的开发还不是很完善，虽然已经不需要通过物理方式进行脑部直接接触，但难免会有排斥反应，以及最让人无法接受的是，基地此时可以毫无保留地实时读取自己的记忆信息，必要时甚至可以远程控制个体思想，所以不到紧急时刻，大家都不喜欢用这套装置。

“总比死了强。”指挥官看到战士们有些不太情愿的表情，如实地说了一句。这些孩子都是精挑细选的精英，每个战士的培养都花费了大量精力，更何况是在外星球缺乏人员补充的情况下，有必要确保他们的生命安全和最强武装。

“你们这次的任务是侦察敌方下一次进攻的时间，在战机合适的情况下，授权你们进行自由行动以及实施歼灭打击的权限。”指挥官接着布置道。“小队一共五台机甲，三台主攻机甲，一台辅助机甲，一台重火力机甲，共携带三枚小型核弹，任务都清楚了吗？”“是的，长官。”战士们整齐地回答，声音嘹亮。“祝你们好运，这个星球有些诡异，不仅要当心敌人。”指挥官补充道，“有额外信息会第一时间发送给你们。”“是的，长官。”巡逻小队很快就出发了。机甲在平时可以由人工智能操控，驾驶舱也自带休息和维生功能，因此并不需要在基地中休息补充。五台机甲为节省机甲能源，还配备了漂浮滑板，这是一块由反物质合金熔炼的平板，能通过电磁调节与机甲重量相抵消，便于行动，必要时还可以充当盾牌使用。

巡逻小队悄无声息地在崎岖的地形上穿梭，在山体间穿行能进一步降低被侦测到的概率，虽然在休战期间军事堡垒并不会主动进行远距离打击，但仍然会遭到对方巡逻队的围追堵截。他们此刻心情相对比较放松，有脑外挂的辅助，外加三颗小型核弹，只要不是大型战事，自保能力还是比较强的。

“不知道指挥官说的‘诡异’是什么，从目前的探测情况，并没有发现有特殊迹象。”

“电磁攻击队刚才回报，说地质结构有点异常，他们差不多发射了整整一座山头，对这里的地理环境最有发言权。”巡逻队长说道，不过他也并不清楚具体情况。

“大概是连续核爆的威力太强导致的吧。”一名战士补充道，毕竟一个多小时的核聚变所散发的能量足以改变大部分的原生地貌。巡逻队长并没有直接回答，他也不知道具体原因，他的视线正在有意无意地扫视周围环境，努力观察着有没有隐形机甲暗藏其中，机甲上自带的小型电磁武器也随机地向四周发射一些小石块作为试探。远远可以看见敌方的战斗堡垒，他们只要在交战区的崎岖地形中不断游走就算完成了任务，在敌众我寡的情形下，他可没有头脑发热到去敌方基地碰运气的冲动。

夜色很快降临，巡逻队需要先休整补给一下，找了一个比较隐蔽的山洞钻了进去。队员们很熟练地布置好了防守阵势，然后聚在洞穴中央，播放周边地形的立体投影，有意无意地分析着敌人可能的潜伏地点以及接下去要走的路径。在洞穴深处，隐隐浮现出一张诡异的石脸，在灯光散射下似乎在缓慢地移动着。

短暂的休整很快结束，巡逻队又开始了搜索任务，目前暂时还没有看到敌方的进攻迹象，也没有遭遇到敌方的巡逻队，一切都很平静。若不是随处散落着核弹爆炸形成的晶化岩石，都有些感觉不到战况的激烈。

又是一天过去了，交战区平静得异常，脑外挂中传来基地的通讯，其他巡逻队也并没有发生遭遇战，小分队决定冒险深入，看看对方究竟在玩什么把戏。

星球的引力似乎不太稳定，悬浮板不得不经常调整反引力值才能维持平稳，对于一个陌生的星球，磁场不稳定、内部熔岩层异常流动等都属于可接受情况，也有完全由气体组成的星球，内部结构更加变幻莫测。巡逻队继续深入着，已经到达了敌方战斗堡垒十公里开外的地方，早已越过了安全区域，仍然没有遇到任何拦截或警戒。

这个距离已经可以用高倍望远镜通过肉眼观测，不用担心被反雷达设施追踪。只见敌方机甲都有序守护在战斗堡垒周围，层层环绕，似乎在防备不知名的入侵。

“看上去他们被星球土著缠住了。”一名战士不由得放松笑道。“不知道是什么东西能让一具战力完整的战斗堡垒龟缩式地防守。”巡逻队长暗暗心惊，一般只有被十倍以上兵力包围的情况下才会采取这样的阵型。吩咐队员们找了个隐蔽的位置摆开临时防守阵地，同时边观察边将信息实时传回基地。

“地质层正在快速变化，就好像，就好像……”一名战士紧急汇报道。“好像什么？”巡逻队长诧异于这名老兵的失语，他们早就见惯了生死，应该并没有什么能让他如此惊慌失措。“好像地质环境一下子演化了几百年，而且还在不停地变动，引力数值也开始大幅波动。”虽然具有自动调节功能的悬浮板仍然能勉强维持稳定，但周围山脉的不稳定已经可以用肉眼观察到。

敌方机甲已经集体撤回战斗堡垒，准备用堡垒厚重的防御体系硬抗这次星球异变。周围的岩浆如柱喷发，战斗堡垒的悬浮系统是反物质力、超导磁力和离子引擎共同作用的，目的是使堡垒能在各种情况下长时间维持低空悬浮，并且能够缓慢移动，此时在地心引力和地磁场的剧烈变化下，显得摇摇欲坠。

不稳定状态不断加剧，地质结构的变化正朝着让堡垒坠落的状态快速演化，而且就像是有反馈机制的试探一般。巡逻队的悬浮板仿佛失效，此刻正靠着机体四肢牢牢地钉在岩石上。巨变发生，战斗堡垒再无法支撑，狠狠地砸入地面。

堡垒指挥官似乎下达了弃堡的指令，各类机甲和运输装置不断从堡垒的各个出口向外逃窜，但诡异的引力变化和肆意喷发的岩浆柱给撤离造成了不小的麻烦，脱离了堡垒的机甲即使开到最大功率也无法逃离这片区域，就像在泥沼中挣扎的小鹿一般越陷越深，直至完全沉没。没到一炷香的时间，整个战斗堡垒完全陷入了地底，咆哮的大地终于平静了下来，仿佛一切都没有发生过，甚至连地震后的裂隙都看不到。

从基地传来的消息，另外两座敌方堡垒似乎也遭到了相同的打击，难逃沉没的命运。“这座星球难不成是活的吗。”劫后余生的指挥官忍不住颤声地自言自语，但生命探测系统并没有显示任何异常。这场仗胜得太过诡异，只有等母星的科学家来解释了。

“请立即前往事发地点，使用携带的侦察设备进行详细的勘察。”还没等巡逻队松一口气，基地已经下达了下一步命令。如此异象，也难怪基地指挥官急于采集第一手资料，以进一步评估安全等级了。在未知的星球，任何的疏忽都有可能导致全军覆没。

巡逻队整顿队形，重新启动了悬浮板，快速驶向了被吞噬的战斗堡垒所在处。地下时不时传来几声沉闷的响声，可能是被吞噬的堡垒仍然在试图逃离，毕竟战斗堡垒的设计是能在太空、地底等极端环境中生存的，即使被宇宙巨兽吞入腹中依然能组织起有效反击。但这次似乎并没有能起到太大的效果，至少从地表上看没有。异变超出了堡垒的设计上限，或者说超出了设计者的预料。

巡逻队仍然在收集和分析着现场的数据，但小型探测设备作用有限，没有办法完全还原这次星球异象的全貌，只知道由于不知名的原因导致的地质结构快速改变，引发了引力、电磁力、物质相互作用力扰动，使得星球对悬浮着的战斗堡垒形成了吞噬效应。基地指挥室内，人工智能快速分析着各种成因，从异象发生地点来看，这次明显是定向攻击，而且攻击范围正好覆盖目标所在地十公里距离。目前尚不能判断实际攻击方，以及攻击目的，但可以肯定的是，如果目标是自己，结局也只会是一样。

从攻击对象的行为溯源分析，己方有一个显著的特征是暂时还没有使用核武器，以及其他大功率杀伤武器，而是一直处于被动防守状态。基地指挥官快速向各地的战斗堡垒和巡逻队下达了命令，禁止使用核武器，立即关闭已经激活的大规模杀伤性热能武器，并尽量不使用大功率武器装备，以电磁枪和冷兵器作为主要防御手段。

巡逻队第一时间收到命令，在异域执行任务，任何一个闪失都可能导致全军覆没，队员们毫不犹豫地切断了所有热能武器，切换冷兵器作战。“看来短时间内是回不去了。”一名双手持剑戒备的战士说道。“应该多带点探测设备来的。”另一名战士附和道，虽然他们是侦察小队，但侦察和攻击装备对半分，并没有携带大型探测装置。

很快，巡逻队就接到了就地驻防以及探测的命令，他们离事发地点最近，最适合执行探测任务，并要求在周边建立起简单的阵地防御体系，防止星球上的其他生物无端破坏。

第五章　进化者

悠扬的琴声在空旷的演奏大厅飘荡着，独特的旋律触发着人脑中的杏仁核，产生各种令人愉快的激素。人工智能现在已经能够精准地测定旋律和激素间的关系，所以音乐的创作模式也发生了一定的改变。如果聆听者愿意佩戴一些特殊测量装置的话，音乐还可以根据观众的具体感受进行实时调整，确保聆听者能达到预期的激素分泌水平。

在场的听众都沉浸在美妙的音乐之中，给枯燥乏味的星际旅行带来了不少欢乐。演奏者是一名进化者，各项素质都达到了很高的水准。进化者通常都是在还是胚胎卵的时候，由外部设备通过优化改写 DNA 编码来达到最佳生物状态，有些甚至为了特别需要而去除一些必要的生物保护限制。

通常来说，进化者相较于同宗同源的普通人类，在各方面都更显优秀，但有很大一部分人类视进化者为异类，并且将这种进化行为视为对人类多样性的污染。一旦遗传 DNA 被外界所操控，那将十分可怕。民众无声的反抗也只能延缓这一时刻的到来，即使有个别先知带头抗议，也很快就被抹杀。当极端的武力优势确立后，弱势群体并没有足够的反抗能力。

这名演奏者内嵌了脑部外挂装置，能时刻保持与机械智能体的联通，此时能通过环境监控设备捕捉并分析每位听众的感觉，以便随时改变演奏的旋律，确保整体满意度不断提升。这样一场音乐盛宴给人带来的体验是无与伦比的，与注射药物得来的快乐相比，要更为高雅且没有后遗症。

一名军官沉重而有力的脚步声打乱了优美的旋律，出于保密考虑，有些情报他必须口头向上级汇报。新殖民星有些诡异，宇宙间竟然出现了能悄无声息干掉三座战争堡垒的东西，且从定向攻击的角度来看，多半还是能够精准操控实施的武器类型，掌握这种科技力量的文明，已经超越了人类当前文明的最高水平。没有人会相信这只是一次自然灾害。

坐在第一排的几名军官很快便起身离开了演奏厅，悠扬的旋律再次响起，但听众明显被突如其来的变故所打扰，无法完全沉浸到音乐声中，各种传输信号灯频繁亮起，都在利用关系网打探着消息。

一次小型高层军事会议很快召开，进一步听取了详细汇报后，并没有能得到有效的结论，连对手是谁都不知道，其真实目的、操作手段、技术领域都是一团迷雾。

“根据前线侦察部队汇报，事发地点有明显的大范围物质结构变化，将相对稳定的星球物质在短时间内演化成性状完全不同的其他物质，完成打击后再迅速还原，这种技术闻所未闻。”一名军官发言道，“而且还伴随有星球引力的急剧变化，如果是人为操控的话，那也太过骇人。”

“对局部范围引力的改变，有一些技术储备，但都需要提前布置，效果也比较一般。这次三座战斗堡垒所处的阵地位置是随机的，且事先经过了多重扫描探测，并未发现有落入圈套的痕迹。”技术长官补充道。

“大规模武器攻击前可能有一些迹象，堡垒指挥官曾命令所有机甲环形防守，后来又紧急召回，但并没有具体信息传出，现在战斗堡垒已经完全失去了联络，似乎已经被星球物质同化了。”一名军官补充了一下细节，会场再次陷入不可思议的沉默。

“三座远征中型战斗堡垒，涉及人口超过 10 亿，无论如何我们都需要把这个事情查清楚。派遣一艘带有跃迁功能的星舰，对星球进行为期三个月的全方位扫描，确定没有危险后再派遣地面部队。观察期间可以派遣小规模探测队登陆。”军官下令道，“如果没有其他问题的话就先散会吧。”他还要马上向上级汇报，这次的事件可能并不仅限于一个星球的争夺。

星盟的高层也已经得到了这个消息，莉莎上将正拿着一份资料和仍被关在实验室的欧文探讨着。欧文复活的消息一直被严格封锁，专属于他的全人类英雄陵园仍然在有序对外开放，接受全世界的瞻仰。目前只有少数几个人能够与他接触。

“自从我的身体发生了变化之后，我能稍微理解一些古人类的知识体系，其中有七个名词被反复提到，但我还不能解析他们的含义，能让古文明如此关注的，应该不是普通的事。我隐隐感觉，这次的事件，和这七个名词有关，他们也许代表着宇宙的奥秘。”莉莎听后有些默然，她进入星盟高层之后，接触了许多绝密资料，越发觉得宇宙的神秘，身上的担子也感觉越来越重，弱小的身躯已经有些无力负担整个星盟的安危。“你快些康复吧，我需要你的帮助。这星辰大海已经超出了我们的认知，也许人类并不应该走得那么快，那许多古老的文明和奇异现象，并不是现在的我们所能应对的。这次的超自然现象背后似乎又有人在精准控制，不仅仅是被动防御机制。”

“如果真的有古文明苏醒了，应该是有原因的，是敌是友尚不可知。我会一直在这里支持你们的，不过短时间内应该还出不去。”欧文安慰道。莉莎也明白他的处境，毕竟一个永生不死的活死人英雄是会引起恐慌的，那并不是他们所想看到的。“我派星云去探查一下吧。”欧文想了片刻后说道。“那我去给他准备副新身体，上次的那副在星球引爆的时候被毁了。说起来，那个叫田蜜的姑娘倒是一直没忘了星云，四处打探他的消息。”欧文不禁莞尔，要是田蜜知道星云是个拟化成人类的机器人，不知要作何感想了。

第六章　七贤者

告别了莉莎之后，欧文此刻正坐在一个幽静的小湖边。自从变成生化人，没日没夜地被做了好几年实验，此刻终于在星盟允许下可以离开实验室一段时间，但只能在附近的自然保护区散散心，且要随叫随到。这已经算是额外开恩了，要知道他此刻已经与持续了无数纪元的元宇宙完美连接，外加古代反抗军改造的可以无限强化的肉身，当局没有直接消除他反而同意外放，已经是殊为难得且冒险的决定，一大半也是看在欧文家族既红又专的份上：国防部长的父亲，最高科学院荣誉院士的母亲，以及还未正式称呼的星盟总司令岳父。

此刻一身闲职的欧文慢慢品着上好的茶叶，欣赏着微漪的湖面和轻拂的微风，体味着久违的自由的感觉。没有人知道他此时正在想什么，不过只要他招招手就会有人迅速响应他的各种需求，包括在一个偏远的小湖边享用热气腾腾的上好茶叶。星盟的计算机早已经根据他的过往经历，测算出他可能提出的大部分需求，并提前在附近仓库储存了实物，而且对于他这样的重要人物，一些冗余的储备也是必然的。

平静的小湖边实际并不平静，正有七个不知名物体飞速向这里赶来，速度超出了所有已知设备的监测能力。不同于上次释放的恶魔机甲，这七个高速移动的物体都有自己的专属意识，每一个意识都代表了一段悠长岁月中遗留下来的顶尖文明，在各自诞生的时代都曾称霸一方，被视为神明的存在。漫长的岁月让他们不时陷入沉睡，但当一个新的智慧时代开启时，他们就会苏醒过来，以旁观者的身份欢迎可能加入的新伙伴。

他们这次是被欧文所唤醒的，人类亦是一种智能体，原本受限于短暂的寿命和有限的脑容量，不足以引起七贤者的注意，欧文此时的状态却改变了这一切，虽然还处于萌芽期，但已具有无限成长的潜力，当到达一个临界点时，七贤者就会主动现身拉他入伙。

如果成长过程过于偏斜或者无法进入贤者体系，也会被合力抹除。七贤者都经历过无尽岁月的统治，他们能接受异族伙伴和奇特的思想，但并不需要一个永恒的敌人，这片小小的宇宙也经受不起两位贤者无止境的争斗。当然，距离审判日还很远，远到可以用恒星日来计量。

七贤者精准地散布在小湖四周两万光年处，彼此默契地交流了一阵，这是他们沉寂了亿万年后的第一次全体会议，简短的交流实际包含了人类文明诞生以来所有被记录的数据信息量，这个世界其实一直被一种人类所未知的方式监控着，必要时甚至可以整体回滚，不会有一丝一毫相差。简短的交流后，七贤者隐没了身形，他们并没有消失，每当有新的值得关注的文明出现时，在漫长岁月中略显无聊的他们就会分身化形为其中一员，限制自己的大部分能力后更真切地用自己喜欢的方式游戏世间，也能更好地与潜在的新伙伴形成羁绊。

欧文并不知晓这一切，只是平静地若有所思地品着茶，享受着难得的清静与自由。他实际并不需要补充水分，茶叶对他也产生不了任何作用，最多只是勾起他还是纯粹人类时的美好回忆和那一份为人的感觉。

幽灵船

没过多久，在宇宙的一个不起眼的角落，一艘造型独特的星舰正在凭空形成，体积甚是庞大，这是这位七贤者之一最喜欢的化身。他迅速翻阅了人类的典籍，觉得幽灵船这个名称十分有趣，进入人类文明也不急于一时，先当个小幽灵自由自在地神出鬼没一阵，虽然以他庞大的体积，如果靠近人类建筑想不被发现确实很难，不过幽灵船自有幽灵船隐藏的方法，这条跨越了无数时空的星舰自有数不清的奥秘。

幽灵船已经破译了高维空间的奥秘，比起仅利用四维空间的虫洞穿梭，幽灵船能直接进入十维以上的空间，在那里，三维宇宙被折叠成一个小点，再次展开时，就能随心所欲出现在任何地方。如果停留在四维以上空间，就能以幽灵的形式出现在任意地方，毫无阻碍地观察所有事情，在不知不觉中改变一切又不被发觉。

幽灵船十分熟悉宇宙中保存的各种古文明遗迹，如数家珍，他也是其中之一，所以行动间并不会不小心引发不必要的麻烦。幽灵船彻底成型后，便开始了首次跳跃，目标是E国，这个以星空为家的民族与他天生有些契合。趁现在船上还没有人，还能使用一下这些功能更好地体验新世界，以后住了人就只能扮演一艘时代普通略先进的飞船了，当然舰长大人肯定会时不时地带给大家诸多惊喜而不用做任何解释，这也是作为一名舰长的特权。

幽灵船定位所有空间站后，用高维空间折叠技术，将所有空间站都集中排放到一起以便于观察，然后挑选自己最感兴趣的空间站登录，融入后再考虑是否将部分居民接到幽灵船上生活。形形色色的空间站让人应接不暇，迥异的文化氛围也不是一时半会儿就能领略真谛，人类文明最特殊的地方还是在于其多样性，也许并不能最快达到最优，但足够丰富精彩让人深陷其中，流连忘返。随着时间迁移，非线性的随机性又呈现出更多新奇且连续的变化。幽灵船第一次接触到这种形式的文明，堪比多次文明变迁体验的总和，于是决定逐一深入，成为一名资深漂浮者。

四不像

在L国的某处，一只奇特的生物诞生了，他有着鹤的优雅，虎的霸气，鹰的锐利，牛的亲和，豹的矫健，狐的狡黠；说他像龙没有身躯，说他像凤没有翅膀，说他像鹿两足着地，说他像鱼四四方方。即使在智慧动物众多的L国，也是个稀罕物种。他就是七贤者之一的四不像的分体。身体内蕴含了无数优质基因，只要有充足养分，可以快速长成任何生物形态。

这里或许有他可能感兴趣的新基因，而且是四维编码的。各种智慧动物的类人化生活也让他感到甚是新奇，为什么多个智慧物种都会想去不伦不类地效仿某一种物种（人类）并不算完美的生活方式，兴许能对他有所启发。毕竟他自己收集无数种基因的目的是各取其长，而不是综合统一。

四不像诞生的刹那，就被他的羊妈妈当怪物一样一脚踢开，然后不断哭着埋怨她的丈夫，近亲婚配有时确实会有这种失败至极的意外发生。四不像就在这样悲催的家庭氛围中长大，不过他倒是并不在乎，毕竟他是先天就带着智慧和成熟性格出生的，并不存在童年阴影一说。要不是为了真切体验一把这个世界的轮回，他在宇宙最严酷的环境中也能自我成长繁衍。

苦难和排斥有时也能成为生物壮大的强大催化剂，对四不像来说与快乐喜悦并无二致。在成长过程中，他也偷偷吞噬了不少生物 DNA，不断完善着他的生物资料库，这个世界的 DNA 构建方式都是四键双螺旋，与之前世界并不相同，所以生物资料库还得从头搭建。

幸好生物DNA存在于身体的每一个部分内，只需一根头发就能完整获得当前生物的所有遗传信息。所以吞噬的过程并没有引起任何波澜。四不像还时不时地长出一根牛角或者蜥蜴尾巴，吓唬一下羊妈妈，也算是生活中的一份调剂。没过多久，当四不像勉强能够吃草的时候，他就被赶出了家门，正好他也需要去更多的地方收集DNA和生物习性，就直接放弃了小羊的身份，不断变化着外形，游览着山山水水，观察着新世界的变迁。

火凤凰

星空间一团纯密的能量体缓慢漂浮着，炽热的能量酷似一只移动的火凤凰，以各种形态交织着。能量团掠过之处，即使是毫无生机的死星，也被里里外外点得通红，各项物质重新活跃沸腾起来。他刚从母体上分裂出来，正在不断压缩变小，直至最后形成一个人形。

输出的能量需要经过有序引导和二次存储才能最大化应用。次稳固物质的集合就是宇宙能源的储存地，也是母体在辽阔的宇宙中设立的一个个分体储能点，当意识需要时，可以就近抽取储能点的能量进行应用。由于能很好地控制自身能量的散发，所以他并不似太阳般夺目耀眼。

能量通常展现为粒子的波动，能量越强波动越快，一般都会依附于实体而存在。但这股能量却如火焰一般虚无，又比火焰更为精纯，似乎已经能体现出更深层次的能量本质。他是七贤者之一的火凤凰，他能给世间一切注入活力。但正如能量守恒定律所揭示的，火凤凰不仅能给予，也能收回，即使黑洞爆炸，也能在他指掌间熄灭。他的分体只包含了很小一部分的能量，却拥有着能量的真谛，虚无的能量没有形成实体，在浩瀚的能量海洋中，根据需要幻化成不同的能量形态和密度。

这个文明中的智慧生物，并不能直接驾驭能量体，也还在探索能量循环的方式，但已经设计出许多转换和利用能量的方式，十分精巧，很是耐人寻味。用各种精巧的装置可循环地去处理能量，对火凤凰来说颇为有趣，他也曾经尝试使用一些固定的装置，但都没有这个能量态还处于低级发展阶段的文明般精巧，待到文明发展到高级阶段时，也许身为能量体的他也会被他们所折服。

火凤凰就不断地潜入各种能源中，在各类机械装置中徜徉、循环，切身感受着外部精密的引导，犹如被一只只温柔的手所触摸，时而迸发出激烈的火花，十分沉醉。

另外四位贤者也分别化身为各种形态，遁入尘世。

第七章　吞噬星

殖民星上的战争仍在持续，各方默认使用冷兵器和电磁枪进行接触，谁都不愿拿战斗堡垒中几亿人口冒险，暂时没有了大规模的攻防战，有些战斗堡垒为了维持补给，已经就地有序融入当地生活。没有了大规模热能武器攻击，一些战士穿着单薄的外骨骼装备外出执行任务，偶尔也会发生小规模的交锋，不过这种程度的战斗完全无法对战斗堡垒形成威胁，各方主要还是通过兵力的部署来简单划分地盘，明确边界，顺便保护本国居民开疆拓土，不受虎豹豺狼的骚扰。

星球周边各式各样的星舰倒是逐渐增加，经过一段时间的探查后都没什么收获，相比于星球亿万光年的生命周期来说，短短几年的观察基本不会有什么新的变化，山依然是那座山，水依然是那摊水。静态的地质结构形态各异，见怪不怪。

关于这颗星球的传言却越传越玄，似乎是隐藏了什么不为人知的大宝藏一般，又没有什么实质性的危险，地表环境也被改造得与地球十分相似，成了各类喜欢冒险的人类探险胜地。

逐渐融入星球运行的战斗堡垒每日接待来访游客，与星舰交换补给物资，拓展新的领土资源，经济发展得相当顺利，也就暂时把星球争霸的事情抛在脑后，形成了一个各国联合共治、互相交流的特殊地域。这样的一颗星球自然少不了漂浮者。无人治理的政治环境、宜居的地表环境和大量的来往客商，都给独立运作的空间站提供了生存空间，漂浮者们在短短一个月内，就搭建起了一个巨型的环球综合平台，方便星舰与地表交换物资与人员，以及太空旅客逗留。各国商品在中立的太空站中得以交换，种类齐全、品种繁多，一些高科技产品只需要向管辖军队缴纳一定的保护费。不多久，一座座联通各国首都的大型穿梭站也被搭建了起来，隐隐有成为宇宙经济飞地的趋势。

田蜜也听说了这么一处新出现的漂浮者聚居地，抱着打探消息和看热闹的心态，装了满满一船农场物资准备到环球综合平台进行出售，原本还打算租下一片地在当地发展一下农场经济，没想到自己带的作物秧苗一到环球综合平台附近就全部迅速枯萎死亡，只能作为食物食用，只有一株用来捆扎货品的藤蔓活了下来。

因此只能在空间站租了个摊位，当起了水果摊贩，藤蔓就养在店里当个植物装饰。小伊自然也带了出来，农场的运作已经步入正轨，并不需要时刻驻守，这里各类物资丰富，情报也更容易获得，管辖相对比较宽松，是个办事的好地方。

繁华地段的商铺已经租不到，或者价格高得无法承受，只能在偏僻角落里找了个地方，多年的漂浮者生活让田蜜对生活条件并没有太多的要求，小小的门面开门迎客，关门睡觉。在销售农作物之余也做些低买高卖的生意，一些原本联络的商业网络也重新运作了起来，小日子过得甚是红火，门面是越做越大。作为一名资深漂浮者，在空间站中受到了漂浮者组织的照顾，税钱、房租、安保费都是内部价。

就在这商来客往忙碌的一天，一个熟悉的身影出现在人群中，他来到商店门前的时候，田蜜抛下手上的活立刻冲了过去，埋着头用力捶打着他，然后死死抱住喜极而泣。来人正是星云，他奉命前来调查星球异象，星盟在这里暂时还没有正式落脚点，就先让他以平民身份潜入，可以先联系一下已经在这里做买卖的熟人。根据组织提供的地址，径直奔着田蜜的店铺而来，可解了这相思之苦。

星云不得不做了一番解释才糊弄过去，虽然逻辑缜密毫无瑕疵，但信者自信，倒是小伊这个新型智能体让他多观察了一下，作为高阶人工智能的她自然很容易就认出同类。

田蜜此时生意已经颇具规模，在空间站中购买了一个外挂式空间仓当作卧室，此时便腾出来给星云住，自己则搬回商铺和小伊一起住，没名没分之前，就算再想也得谨守礼仪，不然只会让人小瞧，欲速则不达。星云也没有推辞。

住了没多久，熟悉了一下周边环境，便准备前往星球地面进行实地探测，必要时还会深入地底，田蜜苦思久矣，怎肯分离，立即提出要一同前往，星云以为她要顺道游览，想想也没太大威胁，便同意了。

星云此次公务经费充足，便在空间站买了一艘最豪华的民用飞船，内部装饰好比皇宫，各类设施应有尽有，极尽奢华，看得还在靠小本买卖维生的田蜜同学两眼金星直冒，就像当初从狭窄的空间站跟着他上了三层楼高的矿船一般，自己相中的男人果然很有本事，他家的矿场肯定很大。小伊也借口商铺地方狭窄，将星舰操作台搬到了民用飞船上，星云看到专业装备十分识货，和小伊合计着直接接入民用飞船的操作台，看看能不能鸟枪换炮。看到两人在太空中徒手翻来覆去倒腾几百吨重的操作台，丝毫不受惯性定律的影响，整个操作过程平滑如丝，田蜜还以为都是小伊在暗中出力，心想战斗机甲果然厉害。不多久星云和田蜜就从空间站出发了，小伊则暂时留在空间站中维持店铺运转，顺便从事她向猎杀者复仇的伟大事业。

为了避免引人注意，豪华飞船悬停在了一处偏僻地带，处于几方势力的盲区，属于三不管地区。此地风景秀美，土地肥沃，正是播种的好时节。田蜜简单安顿之后，在周边尝试着将死亡多时的农作物进行播种，顺便找些当地的有价值作物进行配种嫁接，那株藤蔓也带了来，作为唯一幸存者，有必要拿来观察一下在新星球的适应情况。农活都需要时间和耐心，春种秋收，这一开始便没了尽头。

星云则借机四处考察，他的新机体集合了星盟最高科技，要躲开各大势力的探查，隐秘执行任务还是比较容易的。凭借着出色的移动能力，很快便到达了之前最大的一处战场，战场上依然残留着核大战留下的恐怖伤痕，虽然已经不存在核辐射污染，但灼热的高温和大范围的能量肆虐，使得方圆几十千米内寸草不生，到处都是晶化的土地和熔岩凝固后的奇特地貌。用探测器观察，这种情况一直绵延到地下十公里处，被另一层流体物质挡住，理论上来说已经击穿了表层地壳，部分未充分反应的爆炸物还在持续作用，将地底融得滚烫，难怪会遭到星球反噬。他需要取各个断层的样本进行详尽分析。

星云曾经利用空间不稳定性引发了白矮星的塌缩，此时没有趁手的激光武器，在空间站购买了一些民用镭射武器，本来还想购买一台大型挖掘机，不过新型宜居星球，出于保护地貌的考虑，各方都默认禁止了擅自破坏星球的行为，所以诸如挖掘机、盾构机等设备都是严格禁止的，连配件都不允许流通。无奈之下只能借口打理后花园买了各式型号的铲子、镐、绳子和吊桶，用来打洞取样。

地表松软处就用铲子挖掘后通过吊桶向外运输，坚硬处就用镐敲碎后搬运，大块岩石就用镭射武器切割。地下水、地脉温度、高强度劳作对于星云来说倒也不困难，只要不让人看到他在高温深水下，无任何保护措施地持续高强度劳动一整天就可以。

一边向下挖掘，一边就地取材分析，数据直接存储至机体中。往地下挖掘了 100 米左右，星云越发觉得诡异，那标准的地质切片，就像有人事先准备好的一样，完全不似原生地貌，反而更像一个博物馆，有序地展览着各类岩石结构。对于随便找了个地方打洞的探测工作来说，发现的内容有些过于严谨和丰富了些。而且整个过程就只出现过一次大块岩石，在用镭射枪解决后，就再也没有出现过大块岩石，很难想象在没有岩石结构支撑的地质环境中，地表层能如此稳定，完全没有断层、扭曲等地质现象。

想再往下深入，由于花园打理用的吊桶和吊绳无法进一步运输，已经钻孔的地方也缺乏支撑结构容易塌陷，就只能先换了一个地方打洞，把各处的浅层地质环境摸清后再行深入。

这次特意找了一个与地表环境完全不一样的地方钻探，又是收获颇丰，感觉就像进了另一个地质博物馆。打地鼠般钻了十几个洞后，星云只得出了一个结论，这个星球好像井井有条，实则乱七八糟。

经过星盟后台数据分析，每十米深度的地质特征就囊括了一处记录在册星球地质的所有特征，堪称地质界的奇迹。受限于挖掘设施，欲要再深入挖掘较难，星云决定先探查清楚战争堡垒神秘失踪事件，后续补充些装备再行深入，伪装后便前往出事地点。

这一神秘事件过于蹊跷，各国找借口前来探查的不计其数，其中不乏学术界的各大巨头，负责当地值守的军队不敢怠慢，协助安营驻扎，好生伺候。上级指示，允许军队监控下的地表探测，不得深入。久而久之，事发地点人员不断聚集，并且大部分自带研究飞船，各类国际学术研讨会议也乘机召开，毕竟很少有人聚那么齐的时候。此时都聚在一起探讨得津津有味。也有一些地质学家像星云一般到处挖洞勘探。

这些学术巨擘大都受到本国政府的重点保护，免不了派一些武装部队随行。据点规模就这样不断扩大，在经济飞地之后，也快速发展成了学术飞地。待星云抵达时，宛如一座国际大都城。

随着一众参观人员走马观花般地走访了战斗堡垒被吞噬的地点，还获赠了一块当地的岩石作为纪念品，虽然导游讲得绘声绘色，但基本全凭想象，用热成像、紫外线、电磁感应等各种探查方式，都没有发现任何异常，方圆几百里内遍布哨兵，禁止任何私自挖掘和开采行为，所以只能暂住了下来，打探一下情报。这里没有星盟的官方势力，表面祥和，实则暗藏危机，自由与混乱总是伴随而生的。

“来一间上好的房间，最好能有星际网络。”星云早也已经习惯外出生活，熟练地递上了官方伪造的身份识别码。“好的，先生，马上为您办理，您有大件物品需要存储吗？”“没有，只有几把铁铲。”星云微笑道。服务员看着他身后背着的铲子和镐，忍不住笑了起来，“先生，这里最近很热闹，形形色色的客人还真是不少，不过光带着几把铁铲就来的，您还是第一位。”星云也乐了，打探道：“我也是挖得有些累，敢问哪里有卖大型设备？”旁边几个少女也忍不住笑，想起一个西装笔挺的学术家拿着铲子在陌生星球上挖地就很有滑稽感，兴许是想吸引一下这个英俊魁梧的学术家的注意力，几个少女围了过来，笑容格外灿烂，穿着也是花枝招展。

“我们带你去啊，就在附近不远。”一名少女搭话道。星云看着她们，由于摸不清来路，此时也是多生了一个心眼。“还请姑娘行个方便，告知一下地址就行，不敢劳驾前往。”“那得请我们吃饭才行。”又是一阵少女的咯咯笑声。星云思索片刻应允了下来，毕竟打探消息总还是要与人接触的，也不能太过封闭，在这远离母星的新区，人们处事大胆奔放一些也十分正常。暂且告别了含情脉脉的姑娘们，入住了酒店客房，布置颇为雅致，价格自然也是不菲。

酒店是专为那些准备星际移民，但暂时还没有住处的人搭建的，所以大部分都是长期租客，毕竟在聚居地讨份生活要比自己开荒种田容易，现在聚居地发展得很快，也正是人手紧张的时候。酒店内的广播可以直接联通社区广播，以免错过重要资讯，有时也会发布一些新店开张或者用工需求。住客们平时无事的时候，就会聚在大堂中闲聊，多个朋友总是让人更有安全感，久而久之就自然熟络了，每个酒店都是一个新生族群的起始地，所以看到有新人进入，大多会热情欢迎。姑娘们也格外热情，星云入住没多久，就有人成群结队地过来串门，还算宽敞的房间，不多时便坐满了人，也有隔壁的大叔大妈过来凑热闹的，看上去也都没什么恶意。

星云左右逢源地迎合着众人，他的数据库里面可是装了不少问答套路，加上后台数据库实时比对，对交谈对象能深入了解，能够很快通过言语交流达到自己的目的，在游说、暗示、催眠等心理学领域也是造诣不浅，如果配合上他投射造影的能力，几乎媲美心理学大师。此刻只是需要与一众友善的民众搞好关系顺便套取情报，简直信手拈来。

从刚才那几位搭讪的美女口中得知，大型挖掘设备实际上也只是略大一些的建筑用器械，虽然比起他的花园铁铲来说有质的进步，但如果要用来地底探险，可能还不如铁铲好用，毕竟铁铲小巧便携，只需要挖一个很小的洞就能通过，配上自己这个永不衰竭、力大无穷的机器人，工作效率远胜一般工地建筑用机械。不过星云还是准备去看一下，说不定会有什么惊喜等着他，这里可是新殖民地，来这里的大部分都不是墨守成规的人。

挖掘机店铺并不很大，门口虚打着大型挖掘机的广告牌吸引客户，实际上干着比较安分守己的小买卖，各种小型设备型号还比较齐全，也有二手设备出售，应该是哪个探险队离开时留下的。

星云全身共有 12 个通用型接口，可以临时安装各种外挂装置，由自身能源系统统一驱动和指挥，这里的小型挖掘设备虽然不像大型设备那样自带能源，功率输出较为有限，但都是通用型接口，可以直接安装在星云身上，因此挑选了一些其他探险队遗留的残缺设备，准备回去将有用部分拆下来装在身上。这些货品普遍有损毁，而且大多来历不明，所以价格也较为实惠。商店老板一次性清空了这许多来历不明的残缺货品，暗自欢喜，直接送了星云一张会员卡，下次来统一打八折，临走时还赠送了一整套简易维修工具，方便星云自己维修。星云道了一声谢，开着一辆刚买的运输车拖着一车设备走了，这次替星盟节省了那么多经费，回去可以申领个降本增效奖了。

将车开到了之前打的一处深洞，准备继续向下探究，有了新设备，应该可以向下探索到更深的地方。将车上的设备一股脑地卸了下来，将有用的设备都装到了自己身上，其余部分则组成一个简易的运输器，可以源源不断地将新挖出的土石向外运输。看着自己八头六臂的模样，甚是满意。这个星球的不稳定性特征特别不明显，地壳结构又异常复杂多样，通过这种原始的方式进行勘探反而最为高效。

沿着吊线缓缓下放到了一百米深处，外部的光线已经被完全遮挡，只能靠着自身的照明设备看清周围，下降的过程中，他仿佛看见了一张笑脸一闪而过，不过下降速度很快，也没有特别在意。在接近洞底的时候，地磁引力场突然发生了变化，尤其是对金属物体产生了极大的吸力，星云的垂吊装置甚是简陋，此刻已经刹不住车，即使开启了自身的喷射系统，仍然在不断加速下坠，之前就有报告称星球引力场十分诡异，没想到在这里遇上了。

操纵着身上安装的一条机械臂，试图通过与周边岩石的摩擦来降低速度，同时用吊钩随机勾取着洞边的岩石往下扔，试图通过反作用力降低下坠的速度，万分惊险的几秒钟后，总算平稳地降落在了洞底，依然砸出了一个深坑。还没等星云松一口气，洞穴坍塌，无数岩石从上方砸了下来，洞底也出现凹陷，就像被吞吃了一般，星云用刚买的盾构机在头顶撑起了一片保护伞，迅速横向打了一个洞穴，在盾构机被砸毁前翻身躲入其中，这一套动作行云流水，看得出过硬的军事素养和精密的快速计算能力。被只身困在地底的星云倒是不怕，他并不需要氧气和食物，只要有足够的时间，就能把自己挖出去。诡异的事情再次发生，新打的洞穴也开始坍塌，并且就像生物质一般包裹上来，机体的表皮部分有被快速腐蚀的迹象。这把星云着实吓了一跳，自己的机体是根据最高军事标准改造的，用各种强腐蚀性物质进行过测试，在最坏的情况下也能坚持十分钟。但从目前的情况来看，不出五秒自己就会被整个吞噬。五秒可以干很多事情，足够让星云快速运算 10 兆亿次以上。五秒也十分短暂：在第一秒的时候基本已经丧失了行动能力；第二秒时启动了上传；第三秒时临时记忆卡被侵蚀，上传失败，其余数据似乎是通过了一道电磁屏障拦截；第四秒星云做了一个美好的梦，梦见自己正在医院产房中，等待一个新生命的降临，旁边的急救室乱哄哄一片，不少医生来回奔跑着；第五秒时星云已经在星盟总部重生了，但是完全没有下洞之后的任何记忆，只记得自己八头六臂准备进一步探索，之后就一片空白，像是被精准抹除了记忆卡一般。看来降本增效奖是拿不到了，那具身体可是值不少钱，好在意识思维保留了下来，只是失去了一小段临时记忆。

与星云一样被吞噬的探险队不在少数，这也是当地驻守军队严格禁止私自挖掘的原因。探险队可不像星云那样可以通过上传主意识迅速逃离，大部分都像之前的战斗堡垒一般被吞噬得干干净净，成了星球的一部分，也没有任何消息传出，哪怕是遇难前的信号也像是被吞噬了一般，所以即使各国都损失了不少精英探查小队，仍然没有获得什么有效的情报。

这座魔怔的星球很快就传了开来，有人称它为吞噬星。但越是诡异的地方就越吸引人们前往，怕事的就住在空间站远远眺望，那里属于星球外围，相对比较安全，胆大一些的就住在地面，目前还没有直接吞噬地面人类的报道。至于挖掘工作大多派遣各类远程遥控的机械设备，但也都一样诡异地失去联系，并没能传回最终的影像资料。从种种迹象推测，这颗星球的自我保护机制非常强，任何可能威胁星球生存的动作都会遭到极强的反噬，反噬的手段完全超出了人类现有的认知体系。

田蜜仍然在星球上经营着新的农场，满心欢喜地准备着新的家园，豪华游艇就当临时住宅，星云的房间每天都会去打扫一遍。从原星球上带过来的那株藤蔓长势喜人，但是不能落地，一旦触碰到地表，就会迅速枯萎，因此只能放在高处。

小伊有时候也会过来帮忙，她们在开垦庄园的时候，发现了一种新的生物。根据田蜜初步观察，吸入体内的空气受体温影响后膨胀，会形成热气球效应，遍布全身的气孔则能有效地调整方向。进食方式也颇为特殊，身体下方伸出象鼻一样的吸管，通过庞大的吸力将食物吸入体内。

目前所发现的都是幼年体，大概一辆小汽车般大小，吃的都是小型飞虫，长大后不知能否“吸食”牛羊等大型动物。这一物种其他地方也没有记载，可能也是当地新进化出来的品种。田蜜尝试用网兜捕获了一只，让小伊尝试进行训练，如果能很好地控制移动的方向，那圆滚滚又柔软的庞大身躯当坐骑倒是非常方便平稳。

星球上的原生植物光合作用能力特别强，而且能合成各种矿物质，这也一定程度上解释了为什么这颗星球的地质结构如此多样化。通过种植植物来提炼稀有矿物，要比卖农产品利润丰厚很多。

目前已经探查到并开始种植的植物差不多囊括了整个元素周期表，部分植物甚至能产生放射性物质，需要放在特殊环境中培养。农场实际管理员是人工智能机器人，所以对于种类繁多的各种植物都能有序管理，分门别类收割。有了原材料之后，他们准备扩建一些深加工厂，有了小伊这个高级人工智能体，工厂的建设和运营迅速成型，那艘星舰的主脑也能帮忙进行大量的辅助运算。

值得一提的是，星舰主脑用的原配燃料电池原本已经消耗殆尽，在这里竟然补充到了所有原材料，注入了空旷的能源发生器后，立刻满功率运转，甚至还能对外输出能源，这可是星舰级的能源供给，用来运营一座小型农场绰绰有余。

有了这些原材料后，小伊还寻思着秘密开办一家军工厂，她体内存了不少武器装备的设计图，本意是用于使用和维修，但资料过于详尽，所以用于制造也没有任何障碍。虽然还无法量产,但已经足够武装一支突击队，可以给自己的宏伟目标提供有力的支持。地底的矿脉他们还不敢随意挖掘，毕竟这里是被称为吞噬星的地方。

第八章　光影会

躁动的宇宙隐藏了不少秘密，虽然人类暂时占据了主导地位，但坚不可摧的暗流仍在四处涌动。空间站内，一众光影会教徒出现在了广场，每个人都把自己藏在一个棕褐色的大斗篷内，偶尔伸出的手臂上涂满了五颜六色的发光物质。这是一个最近新出现的组织，他们信奉的是一个浑身发光的生物，据传能给他们取之不尽的能量，但谁也没有见过他的真身，似乎可以随心意变化。

光影会的教徒每个人都会获赠一套储能装置，平时裹在斗篷内，所以也没人知道具体如何运作。教徒平时依靠提供各种充能服务来维持生计，能源都是由教会免费提供，通过入会时获赠的装置来接收，宇宙中总有各种需要补充能源的情形，不少还是紧急情况，需要服务的人群在大多数情况下不在乎价格的高低，因此教徒的资金十分充裕，入会的人员也就越来越多，规模扩张十分迅捷，现在在宇宙各处都能看见光影会的身影。

从他们的便携式充能装置和持续提供免费能源的实力来看，教会背后的势力非同一般。教会似乎并没有邪恶的宗旨和不可告人的目的，所以各大势力也都默许观察着，并没有出手干预。光影会的教徒出现后，不一会就有商人上前接洽，看来整个教会组织在宇宙中颇有名声，没多久就四散忙碌去了。

暗影会和启示会也已经入驻了空间站。暗影会实际上是由一群心理学家组成，在宇宙各处提供心理咨询服务，启示会则有点像占卜算命组织，由于他们经常结伴出现在阴暗隐蔽的角落里，所以大家喜欢统称他们为暗影会。暗影会和启示会的成员都有专属的通信头盔，可以联通后台的专家团队，所以服务质量都十分出色，良好的口碑确保了他们在宇宙中的一席之地。

田蜜原来星球上也有光影会和暗影会的驻点，是她非常喜欢去的地方，只不过人满为患，经常需要提前半个月以上预约。每个暗影会接待站每天都会预留至少一小时现场接待时间，方便有紧急需求的客人现场咨询，部分接待站也会提供智能自助服务，不过顾客往往都会优先选择人工服务，大家普遍反映更有亲切感和私密感。从社会性角度分析，暗影会实际上都是当地民众的精神伙伴，人类社会自然不太容易接受机器来当自己的精神伙伴，自己的感情生活还需要机器人来指点，岂不是乱了套吗？

对于特别重要的 VIP 客户，光影会和暗影会通常也会派驻专属会员提供服务，以更好地掌握客户情况，顺便通过咨询服务施加教会对宇宙的实际影响力，比如每艘星舰上一般都会有独立接待站，除了服务星舰全体成员外，还会有高级会员随时为舰长室提供服务，有时候启示会占卜的结果能直接影响到一次战局的天平倾斜。

据说启示会高层具有操控时间的能力，能预知未来改变过去，但这种能力一般不轻易显露。星云因为这次购买的是最高级的豪华游艇，虽然还没能享受到独立派驻人员的待遇，但能开通三大教会 VIP 高级通道，基本可以算是随到随享。自从再次见到星云之后，田蜜可是憋了一肚子的话要说，但对于小伊这个机器人女儿，总是有些难以启齿。

暗影会中香氛缭绕，灯光昏暗柔和，配上柔软舒适的沙发，确实是个吐露心事的好地方。看到田蜜进来，接待人员明显松了一口气，她今天连续接待了两名到空间站避难的星际罪犯，听他们阐述耸人听闻的犯罪行径和畸形的心理感受后，迫不及待地想前往沐浴仓（暗影会员工专属设备，能平复心情或者选择性遗忘部分记忆）洗涤自己的心灵，但这种极端措施也容易引起一些记忆失调的后遗症，只有在内心的负面情绪积累到一定程度才会使用，相对地，接待一些心灵纯净的优质客户反而有益于双方内心的共同成长与休憩。

接待人员自然一眼就看出她是为何而来，欢快地迎她进来，一番简单介绍后明显地拉近了距离，信任感和共情是暗影会最基本的要诀。躺在舒适的治疗椅上，阐述着自己这些年的思念与重逢时的快乐，接待人员也不由得为她欢喜，不过这个可怜的小姑娘不会真的不知道他是机器人吧，人类是不可能从那样的大爆炸中逃出来的。试探性地询问了几个生活细节，越发确定了答案。她自然不会告诉田蜜真相，暗影会只注重顾客的感受，不然刚才就已经将那两名十恶不赦的罪犯捉拿归案了。“你说我和他有可能吗？”田蜜一下问到了最关键的部分。“那要取决于他的心意，感情的事情没人能做主。”接待人员习惯性地回答着，不过一系列的问题不停地涌上她的心头，人与机器人真的能有感情存在吗？这种跨物种的爱情是值得鼓励的吗？机器人如果有了人类的感情，那人类的范畴又是什么？接待人员此时陷入了一片混乱，她才入会没多久，还没能够构建足够强大的意识盾，一不小心就会被负面情感和思维逻辑所吞噬。

隔壁间突然走进来一名暗影会的成员，将她带了出去，并且抱歉地通知田蜜今天的诊疗暂时结束了。田蜜并不知道接待人员的情况，倾吐了半天，她本来也没想过要得到确切的答案，因此十分配合地结束了会诊。往常暗影会和启示会都需要单独预约，但有了 VIP 身份之后，稍等片刻就能在对面的启示会排上号，好不容易来一趟空间站，自然不会错过这个机会，看着水晶球，田蜜开始了占卜，她好奇地想知道星云和自己的未来会如何？接待人员启动了水晶球内绚丽的灯光，配合自己独特的动作吸引注意力，然后偷偷将问题输入了通讯器。一段象征性的占卜演出结束后，接待人员有些惊讶地告诉田蜜，本次占卜少有地没有任何结果显示，不过作为补偿，可以告诉田蜜一个小秘密。

田蜜也有些小失望，闻名全宇宙的启示会竟然对两个人的前景看不透，连一些安慰性的提示都没有，这预知能力比暗影会还差，不过当她打开锦囊的时候，整个人都怔住了，上面只写了一个单词，“gone”。她自然知道主语是谁，这个混蛋又留了一艘破船跑了，谁要他的破船，这么多年辛辛苦苦的寻觅和等待，连一个再见都等不来吗？接下来要自己怎么办，还有多少青春年华能为他消耗？她并不怀疑启示会在骗他，这种以情报为卖点的宇宙连锁机构是不会砸自己的招牌的。

田蜜全身无力，神魂不守地走到了空间站的店铺里，驻守的小伊热情地迎了上来。无力地将纸条给了小伊，然后失神地坐在收银机后面。“兴许是说他死了呢？”小伊自作聪明地安慰道。田蜜不由得翻了个白眼，没好气地说道：“死了的话应该是 dead。”这还不如不安慰呢，看来暗影会也不是那么好干的，应该送她进去培训培训。“我查了空间站的离港记录，以及私人飞艇的购买记录，并没有他离开的踪迹。”小伊其实早就利用星舰主机黑进了空间站的系统，网络防火墙在人工智能面前，就只是活动门而已，需要的时候拧一下就开了，平常关着还能防防风。

“大概是非法离港吧，他办法多得很。”田蜜无奈地配合着小伊的推演，分散一下注意力也好。“购买飞船的时候都需要留下身份信息，只要他在某个地方再次使用了身份验证，就能重新获知他的位置。”小伊补充道。“真的？能严密跟踪吗？”田蜜一下子兴奋起来，一扫颓废。“跟踪和搜索本来就是我要重点拓展的一项能力，不过出于反追踪的考虑，我所能触达的范围比较有限，可以尝试一下。”“果然没白养你，来，给妈妈抱一个。”两个女孩又嬉笑打闹起来，又哪里有母女的样子，不过田蜜依稀记得购买豪华飞船时用的是她的身份，这也是星云来找她的主要原因。

最多再找他一遍呗，田蜜想着，漂浮者的根本来就只是彼此，互相牵着到处飞呀飞，才是漂浮者的浪漫。等真的在一处空间站落地了，生活反而无趣了。

第九章　改造人

在田蜜之前进去的是一个性感妖娆的星际海盗，从外形上看，精致的五官，恰到好处的身材，充满美感和张力的肌肉线条，处处阐释着完美，只有改造人才能达到这样的完美。如此完美的人类却是一个独行客，并不是因为孤芳自赏，而是忍受不了原生人类对于改造人的处处排挤，一怒之下放弃了真实身份，改头换面当起了星际海盗。刚入行时也误入歧途遭受了许多非人遭遇，被囚禁、玩弄、买卖，甚至被当作展览品供人参观，但强悍的身体素质让她最终挺了过来。恶劣的生存环境并没有让她屈服，反而偷听偷学到了不少混迹星际的经验和本事，加上天赋出众，已经成长为一名能干的星际战士。

过往的经历同样留下了深刻的烙印，无论是原生人类对改造人的排挤，还是海盗中的乱象丛生，都注定她不再是一名为引领人类未来而出生的天使，而是一朵脱淤泥而出的带刺玫瑰。她现在的名字叫“伊娃”，意味着摈弃过去一切罪恶和苦难，重获新生的新人类。伊娃肌肉力量的基因锁在出生前就已经打开，娇美的身躯能爆发出惊人的力量。大腿绑带上插着一根甩棍，后腰上有一个战术腰包，此外就是一身黑色迷你短裙装，走在路上十分引人注目，曼妙的步伐将身材的优势发挥得淋漓尽致，嘴角似笑非笑的表情若即若离，饱经风霜的妩媚眼神让人不敢轻易触碰。

此时边走边回想着刚才被自己经历吓到的暗影会教徒的表情，不由得露出一丝狡黠，她最喜欢干的事情就是在各地找暗影会倾吐自己的遭遇，从一开始的释然慢慢变成了一种有趣的恶作剧，兴许只有她这种基因改造人才能从这种创伤中恢复过来，并且以此为乐。

她此刻正准备去一个地方，刚才在飞船上隐隐听到有人说要散播病毒，听起来是十分厉害的病毒，作为独行客的她自然要去凑个热闹，现在的人类基因库十分丰富，如果能发现一种新的病毒基因，奖励可能比缴获一艘星际飞船还要丰厚。刚才下船时偷偷将诱导器放在其中一个行李上了，现在只需要依靠敏锐的嗅觉去寻找，诱导器产生的气味只有用特殊的方法才能去除，通常会持续一个月左右。先去暗影会找会儿乐子并不妨碍追踪。顺着气味来到一处垃圾存放地，刚才放置追踪器的行李就被扔在这里。

伊娃小心翼翼地戴上手套，用意念隔空打开了那个行李袋，这是她脑域部分解锁后的一项功能，不过并不十分强大，只能在近距离奏效，大体是通过控制生物电产生磁场，并最终作用到物体上。隔空移物方面，比较强大的脑域开发者能控制自身的肌肉紧密度来实现对引力和斥力的改变，从而操作各种物体。

快速用取样器无接触地获取了一些样本之后，装入了密封舱中，然后潜伏在不远处继续观察着这里的情况。通过这种方式能对样本效果进一步了解，她并不关心这个空间站的安全问题。大约过了半天，行李袋中启动了预设的程序，病毒被释放了出来，快速腐蚀着周围的一切，并且以超快的速度繁殖，猝不及防的伊娃转身就跑，然而以她的暴发速度都没能躲过，迅速被病毒覆盖并吞噬着，从她消失前的表情来看，过程并不愉快。

周边被波及的人类惶恐、呼喊，但都还没来得及开展大动作就被吞噬。照这个速度，整个空间站不到半个时辰就将成为病毒的繁衍地，一场空前的浩劫正突然降临。

启示会的驻地突然接收到了一束能量，就像一束光从外太空投射过来，并以此为中心快速地改变着周围的一切，如时间陷入倒流，原本奔逃的人类向后倒退着，滴下的水滴重新回到了水管中，燃烧的火柴恢复到了出厂时的模样。一切都在倒退，包括那吞噬一切的病毒，像扩散时那样迅速地退回到行李袋中，随后消失不见。这个地区仿佛没有人记得刚才发生了什么，也似乎从没发生过什么。

此时的伊娃正尝试着隔空打开那个行李袋，但空荡荡的什么都没有。

她略感失望，以为找错了地方，继续循着残存的气味搜索着飞船上的那两个人。气味飘忽断续，但并没有走太远，在偏僻的角落里，她看到了两个人的尸体。伊娃嘴角掠过一丝浅浅的笑容，只要死亡没有超过 4 个小时，她仍然可以通过残存的生物电讯号读取部分记忆。

将两具尸体平放，然后激发自身的生物电磁场，引起尸体脑中的神经元产生生物电信号共鸣，伊娃陆陆续续看到一些影像，似乎是一个庄园，有一些没见过的生物，还有一株藤蔓。信号到这里就消失了，这两个人生前的记忆似乎被人清洗过，只剩下了一些片段。

伊娃在附近的酒馆里点了一杯饮料，打开了最新的赏金列表，独行者为了生存，有时候不得不加入一些雇佣组织，虽然大概率会被当作炮灰使用。悬赏最高的仍然是调查星球，还有一些开荒护卫工作，在一个不起眼的角落里，有一条杂货店招募员工的启事，报酬很低，活也很琐碎，不过能提供一个不错的落脚点，她点击了一下申请，静静地等待回复。消息很快便传了回来，对方似乎并不介意她是个黑户口，直接发送了面试地址，这让她有少许意外，不会是贩卖人口的黑组织吧，她略有些担心。思索良久，还是决定先去启示会询问一下。

正要起身离开，一名青年走了过来，“你是一名改造人吧，正常人类少有这么标致的。”伊娃心中一凛，瞬间换上了一副媚态百千的表情说道：“你想尝尝？”青年被这大胆的行为惹得笑了起来，并没有接这茬：“有单活你接不接，对手有点强大，我一个人可能应付不过来。”伊娃见是买卖上门，自然颇有兴致：“你怎么确定我会和你一起？”青年神秘一笑：“刚才做了些小调查，我可以帮你把档案资料洗白，不过请你放心，我并没有恶意，只是想借助你的力量而已。”伊娃尽力掩饰着内心的不安，依然摆出诱人的姿态说道：“女人可不喜欢被别人调查呢，不过看在你那么有心的份上，可以说来听听。”“我需要你应聘到一家杂货店，替我打探消息，作为定金，可以先取消你的星际通缉令，后续看情况再详谈。”青年说着，将杂货店的招聘启事发送了过来。伊娃不禁失笑，这不正是她刚才应聘的那家吗，难道这是个国际刑警，专门打击黑社会犯罪的？看对方似乎并没有恶意，自己除了这副身体也没有什么值得对方算计的，更何况对方能帮助自己恢复自由之身，就半允道：“那等你联络哦，小帅哥。”青年默默一笑，转身离开了。

等青年走后，伊娃有意无意地向启示会走去，她并不喜欢自己被别人跟踪，一旦目的地暴露，很有可能会被提前设伏，闲庭信步的同时也一直在观察周围。等路过启示会的时候，迅速地转身进入。此时正巧看到刚才为自己提供服务的暗影会成员被架着去了疗养室，不由得又是一阵小小的得意，她本以为这名成员已经坚持了下来，没想到也只是多撑了那么一小会儿。

启示会这次接待她的是一个老头，一阵装神弄鬼之后，伊娃问道：“如果我去这家杂货店打工，会有什么不幸发生吗？”老头看着他，颇显神秘地答道：“命运的齿轮在这里交互，你的人生将开启许多选择。”启示会的回答很多时候让人摸不着头脑，事后想想却总有些道理。“能再给一些提示吗？”伊娃仍然有些迷茫，她已经被欺骗了无数次，独自一人在宇宙中游荡十分容易迷失方向。老头看她诚心，便补充了一句：“小心那株藤蔓。”伊娃吃了一惊，她读取尸体记忆的事情从未向人说起，更别提其中内容，而其中确实有一株藤蔓，这究竟是一个巧合，还是一个精心设计的阴谋？

第十章 晓

接近伊娃的那名年轻人，是人工智能猎杀组织核心成员之一，代号“晓”。

多年前的这起隐秘事件被他无意间得知，一路追踪至此，年轻人总有一种明知山有虎，偏向虎山行的勇气和冲动。猎杀者组织一直在暗中监视着田蜜和小伊，只是一直没敢再次出手，怕惹恼了背后的神秘势力。但这么多年没有看到背后势力有明显的异动，是以对晓的越界性试探动作默许。

晓虽然年轻，但已经成功完成多次艰巨任务，是以被破格提拔至核心成员，他的光辉事迹无处宣讲，所以经常会去暗影会的时候一吐为快。这次的对手非常神秘，行动又没有经过组织正式批准，因此需要借助一些佣兵力量。只要不透露组织的核心机密，适当地借助外力还是被允许的，后续的保密收尾工作组织也会派人协助。伊娃是他第一个联络的佣兵，从暗影会出来的时候，正好看到伊娃进入，如此标致的改造人自然没有错过之理，能拥有一名优质基因改造人做合作伙伴是实力和地位的重要体现。

改造人在宇宙中享有正式公民待遇，家庭出身一般都不错，并不是为某些特殊目的生产的生化兵器，而是经过父母自愿、自费，为提升后代遗传基因而进行适当改造后自然出生的人类。如果雇主没有一定实力，是不会投靠的。

目前基因技术还略有缺陷，没能完全破译所有基因组合所可能产生的效果，因此改造人在某些方面确实会根据设计体现出优势，但也可能会产生不可知的关联效应，致使各种不可逆的缺陷，有可能是生理上的，也有可能是性格方面的。晓初步调查了伊娃的资料，除了社会的不公和误入歧途导致的心灵创伤外，实力方面堪称人形机甲，具有一定的超人类异能，目前并无组织归属，当然最重要的还是令人赏心悦目的外貌。作为隐藏在暗处的猎杀者，这样的合作伙伴实属上乘之选。

晓的人工智能是晓能够快速成功的不二秘法之一，能够在太空中迅速发射多颗近地卫星组建星球通信网络，并借助卫星实施监视、攻击等行为，完成各种任务，因此一旦被晓锁定的目标，除非有批量摧毁星际武器的能力，否则就只有任人宰割的份。晓这次准备一举铲除小伊以及其背后的势力，不再放任其成长，因此布局较为缜密，这次作战的星际网络计划扩充到原先的32倍，正在源源不断地秘密生产各种用途的近地卫星，以期形成包围之势。自己则在空间站和星球各大势力中活动，争取最大限度的联合攻击力度。派遣一个陌生面庞前去卧底，是布局之中的关键之举，如果顺利完成任务的话，晓还准备将伊娃发展为正式合作伙伴。

伊娃如约来到了田蜜的杂货铺，来面试的人并不多，现在正是空间站人手紧张的时候，小伊和伊娃一照面，便认出了彼此的真实身份，不过都没有点破。小伊只是简单问了一句："你确定？"言下之意是说，你可是基因改造人哎，是生来就能成为王侯将相左膀右臂的人物，何况还长得这么标致，确定要来个杂货铺混日子？伊娃只是点了点头表明了自己的态度。小伊便给伊娃发了店里的专用平板，可以用来查询存货、在线进货、实时结算等功能，便算开始上班了。改造人虽然厉害，但在古武机甲加持的人工智能面前，还造不成什么威胁，最多只是厉害一点的人类而已，既然对方主意已定，也没有必要探查太多不相关的信息，来这里冒险的人类又有哪个是善茬。

伊娃接过平板，开始熟悉起店里的生意来，生意颇具规模，后台日常运转小伊完全能够操控，只是新开的几家分店需要人手现场照应一下。简单的买卖都是自动完成的，大买卖田蜜和小伊会亲自接待。所以伊娃的主要任务就是辗转于几家分店中，料理一些中等规模的生意。载具方面，由于空间站能源种类还不是很丰富，虽然有能够供应大型星舰跃迁用的能源出售，但小型载具的普通能源反而有时找不到供给，所以伊娃就用杂货店里面的零件简单搭了一架人力滑翔机，凭借她恐怖的跳跃力，跃上高空之后根据需要展开双翼进行滑行。如果要求短途高速，翼展就展开一小片三角区域，快速地将高度转换为速度，如果是去比较远的店铺，翼展可以放宽至 5 米以上，能利用各种气流滑出很远，虽然是在空间站内，但只要有温差的地方就会有气流的波动。滑翔机上还有一个密闭舱，方便进行简单的太空飞行，有时候从太空站外面走，要比在里面绕路快捷不少。运货的伙计看到这套装备都非常羡慕，他们现在还只能蹬着自行车或者推着小三轮奔波于各个分店，哪有伊娃这般轻松。没办法，谁让人家是首席销售代表呢。

店里面摆放了很多藤蔓吊篮作为装饰，这株藤蔓长势喜人，时不时就能冒出新芽，过不了几天就可以分盆，给枯燥单调的空间站增添了不少生命气息。伊娃来的第一天就注意到了，她记得启示会的提示，不过仔细观察下，并没有发现什么特异之处，也就没放在心上。凭借改造人的各种优势，以及漂浮者的支持，她的单子越谈越大，已经开始倒手二手星舰了，在空间站的名气甚至盖过了店铺的主人。

田蜜实际无心经商，又花费了很多精力在地面庄园的建设上，小伊则怕被揭穿真面目，一直隐在后台，顺便从事自己伟大的事业。漂亮可人又善于谈吐的伊娃很自然地接管了大部分生意。

开杂货店自然要接触三教九流，新开拓的星球并没有什么明显的禁忌。武器装备、精神药物已经在空间站出售，而星球上的原始生物、战争俘虏也在黑市中有所买卖，杂货店虽然不直接参与，但彼此达成了共识，在互相不干扰的前提下可以适当互帮互助。伊娃之前的不愉快经历让她对这些犯罪活动并不陌生，偶尔还会遇到几个貌似认出她的人，也不知道是在什么场合下认识的，但都不明言。伊娃并没能认出他们，因为她能记得的人都已经被她干掉了。

杂货店很快发展成了大型综合超市，依靠着田蜜漂浮者的身份，几乎垄断了空间站的贸易，漂浮者之间有不成文的规定，到哪里都要互相照应，因为生存实在太过艰难。晓后来又找过伊娃两次，得知田蜜的商超已经与各国在太空站的主要势力建立了长期合作关系，并且由各势力提供武装力量予以保护，暗中也得到了地下势力的支持，自己贸然动手可能会遭到整个星球势力及其背后力量的联合打击，所以只能暂时按兵不动。

这期间，他也尝试去星球表面探索过，听说了各种神奇的怪谈，其中有些是口口相传越传越玄的故事，有些是出于各种目的凭空捏造的谣言，真实情况已经很难考证。考察星球本不是他的主要目的，不值得冒着生命危险一探真假，但综合各方面得到的消息，越来越指向一个匪夷所思的结论，这颗星球中心可能存在着他们所未知的高等文明。

小伊最近对星舰操作台的控制也有所突破，这艘星舰有一项特殊的功能，能够将两个坐标位置之间的距离瞬间拉近。这是她在模拟星际跃迁时发现的，在计算两个跃迁点之间的距离时，显示的数字上方会隐约出现另外一个数字。她并不知道这个数字是怎么得来的，但如果这个数字代表的也是距离的话，那将是比现在的跃迁和虫洞更为高效的星际旅行方式。但由于星舰只剩下一个操控台，并无法去实际验证，所以只能通过一遍又一遍地计算，尝试找到数列之间的特征。

更为可怕的是，从显示屏预留的空间来看，上方还有至少十个数字的空间，这十个空位又代表什么呢？

第十一章 遗迹

暗红色的星球表面时不时喷射出一股股硫黄液体，冰冷的风暴肆虐咆哮，这里曾是人类第二故乡——火星。在星际文明初期，100 万名人类通过简陋的化石推进器驱动的星际飞船，历经千辛万苦来到这里，克服了常人所无法想象的困难并定居了下来，建设起了新的家园。

随着星际技术的飞速发展，火星的建设也越来越快，最初的定居者做梦也没想到，能在有生之年脱下面具自由呼吸，看着泉水从地下涌出，一片片农田焕发着生机，一座座城市拔地而起，他们心中的自豪与骄傲让过往的艰辛全都有了回报。但这繁华盛景并没有维持太久，地球上的人类为了争夺这片新的乐土打得不可开交，借助星际穿梭技术，战场甚至蔓延到了火星上。由于人口密度相对较低，火星上的战斗使用重武器的频率远超以往，许多不敢在地球上运用的重型武器借着火星战场进行着实验，一个又一个骇人的窟窿被捅在了火星上。如此浩大的战争规模唤醒了火星上不知名的物种，他们从古老的沉睡中醒来，悠久的历史并没有掩盖他们曾经的辉煌，漫长的休眠也并没有抹去他们原本的记忆，复苏后的物种看着眼前的景象，过往的一幕幕全部呈现在了眼前，这些曾被他们奴役并最终反噬他们的物种再一次来到了他们的栖息地肆虐，践踏着造物主的尊严，打扰他们最后的安宁。

一阵剧烈的波动迅速在火星上蔓延开来，整个星球表面都被笼罩其中，所有的人类痕迹都被瞬间抹除干净，就像人类从未到来过一样，这骇人的景象即使从地球远眺，也能目睹一二，引发出人类内心深处对末日的恐惧。那份恐惧来自起源之战，那是一场源于失落记忆的战争，已经没人能记清是在与谁战斗。

自此以后，就再也没有人类愿意冒险开发火星，宁愿搭乘星际飞船前往更遥远的宇宙。火星上的秘密自动成了人类文明中的禁锢，没有人愿意谈起，哪怕那天的资料被一些仪器所保存，也没有人有丝毫的想法去再次观察、探索，偶尔想起都会自灵魂深处发出战栗。

这一切却在七贤者出现之后迎来了改变，一颗沉寂的星球，只是存在着一些泯灭文明的残骸和小机关，完全无法阻挡七贤者的脚步。这里实际上已经成了暗影会和启示会的隐秘总部，从这里能更好地观察人类地球中枢，并借助地球通信网络触达整个宇宙。

自从一名暗影会教徒从空间站带回一株藤蔓之后，整个火星迅速从千万年前的战争创伤中恢复，巨大的枝干贯穿地底，缠绕着整个星球，平衡着各种物质，从藤蔓上开出的花苞中孕育出了无数的新生命，并且根据火星特殊的地质环境演化着。一些地底掩藏的遗迹显露出来，成为火星独有的景色。暗影会和启示会就在这座被人类屏蔽的星球上繁荣起来，训练着从宇宙各地招募的教徒，然后带着各自的任务再次奔赴宇宙各个角落。

暗影会和启示会的高阶教程十分严格，并不仅仅是一些文字游戏，需要掌握一些特殊技能。这些技能并不是为人类所设定，所以使用起来颇为困难，比起直接使用，更像是一种前奏引导。这些技能都有改变世界之力。

萨拉是一名新入的启示会成员，她原本是改造人，可以自由控制肾上腺素的分泌，在短时间内获得爆发式的力量和超越常人的感知，甚至时间也会相对静止下来。入会后被带往火星总部培训，新人都会被带到圣光谷接受圣光的沐浴，整个过程十分短暂，感觉有一团暖暖的阳光照耀着自己，整个人就像被洗涤了一番，据一些老学员回忆，身体上的一些隐疾也会被彻底治愈。

萨拉则感觉有一些脑清目明，作为改造人的她一直觉得有种隐隐说不出的别扭感，也许是基因技术还不十分成熟的原因，沐浴了圣光之后这种感觉就消失不见了。她素来知道启示会之能，所以也就欣然接受了。沐浴完圣光，肩头会自动出现一个启示会的标记，只有通过特殊方法才能看到，有一些技能也需要通过标记触发，不过大部分时间只是一种会员之间的认同机制。

带有标记的学员就可以正式开始训练课程，初期是学习一些基础的理论知识，由于现在脑外挂已经较为普及，所以只需要理解即可，剩下的通过外部接口传输入脑外挂的记忆模块就可以随时调取。

二阶段则是学习专属设备的使用方式，是一个小型的球体，实际上是一台具有一定移动能力的集成计算机，与脑外挂连接后可以使用其中的软件。普通的启示会成员主要依靠这台设备进行工作，包括简单的预测与回答。

通常情况下，资质一般的学员在结束二阶段学习后就会被派往宇宙各地实习工作一段时间，大部分可能一直这样生活下去，只有少部分立功的学员会回来接受高阶训练。萨拉由于基因优秀，被直接留了下来。

高阶训练的第一步就是尝试通过肩头标记与庞大的能量源沟通，然后引导能量源投射到每个人的工作球当中，借助工作球的运算能力施展各种不同的术法，当科学达到一定程度后，就有些类似于魔法了。术法的种类很多，几乎能改变宇宙中的一切。萨拉还有一个小秘密，她能通过肾上腺素的分泌，无限地加强感官，因此能接触到另一个神秘的文明，当她施展到极限时，会发现周围的世界变了，一些原本不存在的物体出现了，甚至还有极为缓慢移动的人影，她的速度还并不足以真正与那个世界互动，但是能感知那个世界物体的一些模糊表象。

高阶学员会被额外分到一个能量球，用来感应和获取能量，这个过程极为漫长，即使天赋极佳的学员也需要十几年才能有所突破。最高阶的学员能通过引导恒星能量来改变周围的一切，包括自己，不过这时候就需要升级到一个更大的工作球，来满足更强大的计算要求。

作为能量传导容器的人类，需要极为强韧的身体素质，或者能在短时间内变得极为强韧，来承受那份力量。所以萨拉被启示会高层寄予厚望，希望她能突破到最高境界，引导恒星能量来改善所有人的基因。

总部坐落于星球另一半的暗影会，则善于合成各种生物激素，通过实时观察、引导甚至直接注入不同效果的生物激素，来诱发某些行为的发生，或某些生物特征的改变。正如不停按动按钮来达到兴奋的小白鼠一般，经常玩弄各种生物激素的暗影会高级成员，也往往会沉迷于对自己的控制上，不费吹灰之力就能轻而易举获得的各种愉悦，又怎么让人拒绝呢。一旦陷入其中往往会难以自拔，从而止步不前直至生命耗竭。

遍布于宇宙的暗影会明面上提供的心理咨询服务，只是普通学员的基础课程，用于协会立足的门面。实际上每个落脚点都会有高级会员协同，通过适当的激素释放来缓解顾客的心理状态。不过与毒品完全不同，这些激素并不是用于促进激素分泌，而是与自身分泌的完全一样，也不会有任何副作用，只是容易让制造者沉沦而已。

暗影会和启示会还有一个不成文的秘密，当会员功勋达到一定程度后，能够进入孵化池浸泡一天，传说有化腐朽为神奇的功能。由于成立时间还不长，暂时还没有会员能够享受到这一待遇，只是一个流传于会员之间的传说。

第十二章　风险

空间站上的每天都不太平，七贤者沉睡了亿万年，此时相聚难免小小切磋，善后工作总是由启示会完成，精准推导恢复到原来时刻的每一个原子的反向运动轨迹，利用光影会的能量将一切恢复如初。

光影会到达的那一天，一团璀璨的能量从空间中爆发，瞬间引燃了一切，然后所有散逸的能量汇聚成一个光点，令整个空间陷入冰封。高浓度能量光点慢慢连接到空间中仅剩的启示会工作球，重构了空间站和星球上的一切。人们毫不知情地继续着中断了的生活。

暗影会到达的那一天，整个星球上的人都陷入了各种痴狂，人性接近于泯灭，不出半天，生物活动基本绝迹。

一直默默潜伏的藤蔓，在某一天突然疯狂生长，建立起一条连接空间站和星球的庞大根茎，并将整个空间站包裹其中，从参天巨树上衍生出无数种类生物，疯狂地毁灭一切，根茎顺势一直穿透地底，从星球内部将整颗行星瓦解。

空间中还出现过一股高速粒子能量，加速了整个空间站和星球的波动频率，使得一切都在一瞬间由于底层结构被破坏而化为原子级的尘埃。

空间折叠则出现过两次，形成的空间效应使得整个区域扭曲折叠，而且这一切并不仅仅是光影游戏，伴随的是空间的支离破碎。

新的星球也曾张开血盆大口，将整个空间站和地表附着物全部吸入了星球内部，瞬间就完成了同化。

如果不是光影会无尽的能源支持，启示会根本就来不及收拾七贤者的随性所为。不过生活在此的人类始终毫不知觉，日子只是平平常常地一天又一天地度过。

第十三章　虚实

欧文拥有着古老力量的传承，但所继承的文明实际并没有能够像七贤者一般掌控整个宇宙，而是开辟了一片无尽的虚拟世界，收集了所有人的思维遨游其中，因主宰而生，因主宰而消亡。

现在，作为传承者的欧文又将以一种新的可能去延续这样一种虚实交替的文明，如果这一次不是终止于虚无，就有可能产生第八位贤者。欧文所代表的，是法则和表象。

通过掌握世间所有法则和表象，来达到控制世界的目的。

也许控制实体世界并不如对虚拟世界的掌控那般完全，但是真正的混沌才是宇宙的主体和生命，这也是纯粹的虚拟世界终究会归于虚无的原因。

欧文的身体虽然获得了永生，但相应地，渐渐失去了些感觉与人性。他决定去见一见暗影会，看看这些人能带给他怎样的惊喜。接待他的是一名叫枫的女孩，她是暗影会新派驻地球的高级会员。她刚来到地球不久，是接替已经陷入疯魔，变得骨瘦如柴的前任会员。她默默地听着欧文的故事，包括那些还没有完全忘记的虚拟世界中的经历，每次交谈时，她并不能给出特别有效的建议，而是通过弥漫在空气中的各种激素配方让欧文成为回头客。这些也正是欧文所需要的。

枫能根据欧文的描述场景，适当地调配出相应的激素，引发欧文的真实感受，而不仅仅是海市蜃楼般的见闻。偶尔会掺杂一点愉悦和安宁在其中。

启示会也是欧文经常光顾的地方，欧文通过虚拟世界丰富的经历，能够看得很远很透彻，但启示会的考虑总是更为周全，亦如一位睿智的长者，总是能提示他想不到的地方。欧文时常好奇启示会的工作球到底是什么工作原理，善于操控机械的他也尝试过连接工作球，但毫无反应。启示会的成员告诉他，只有沐浴过圣光的人才能开启工作球。也许是某一种加密了的基因密码锁，欧文想着。

欧文所经历过的千万个虚拟人生中，并不包含这些内容，虚拟的重点就是重复，失去了混沌，一切就失去了生机。哪怕衍生出了无尽的世界，依然是有迹可循。他是在某一天与启示会的聊天中悟出了这层道理，只有对混沌的进一步了解，才能使他的领悟上升到一个新的台阶。所以他向星盟申请外出游历，反正以他目前的身体强度，任何外力都伤他不得。

在施加了一系列限制条件后，星盟同意了他的申请。欧文的第一站准备前往那个帮助他吞噬了无数古代机甲的黑洞，欧文已经能和古代机甲取得联系，通过较近距离与黑洞内部机甲的联系能够更好地获取黑洞和古文明的情报，黑洞的引力能有效束缚住机甲，不至于误触了防御机制重演悲剧。

有了跃迁技术，只要自身强度足够大，可以抵抗黑洞引力所带来的扭曲，及时通过跃迁撤离，近距离观察黑洞就成为可能。

为了进一步加强保护，欧雅博士专门设计了一些可以远程控制的探测机，由欧文通过脑外挂进行意念控制，作为欧文与黑洞内部机甲联络的中转站。不过黑洞所产生的效果对通讯的影响有多少目前无法评估，也只能随机应变了。

欧文的主穿梭机和六架从机很快来到了黑洞所在星域，即使仍然距离几十光年，也已经能感受到黑洞引力所带来的空间扭曲，这里的空间一直在变换，就像透过水蒸气看外部景物一般。从生命周期来看，这个黑洞仍然处于较为“年轻”的状态，所以不是十分稳定。穿梭机都已经对结构进行了加强，防止因为外部引力而解体。星域中漂浮着许多伴随着黑洞形成而生成的物质，比如因白矮星爆炸产生的液态黄金，这些价值连城的通用货币此刻却成了致命危险，一旦被一大坨液态黄金覆盖，很难有逃出生天的机会。

六架从机以心形布局展开，一架靠前，两架居中，两架殿后，另有一架伴飞保护。在星域中探索，正常飞行通常会花费大量时间，穷其一生可能也只能探索到很小的一部分，所以采用的是穿梭、收集、分析、确定下一次安全穿梭距离的方式进行探索。

在受到过度扭曲的空间中前行，每一步都充满了危险。而且这种扭曲并不来自高维空间，而是空间内部自发产生的，能切实影响到空间内的一切物体和规律,很有可能产生一些不可预知的后果。向黑洞方向愈发靠近，空间中散落的各种重金属爆炸物也不断增加。这些都是由于初期的星球碰撞爆炸所产生和散逸的物质，现在又随着黑洞引力的增加而不断回流，所以呈现出各种运动轨迹。规模又巨大，连绵不绝，很难像规避小行星带一般采取紧急规避动作，一般都需要提前预判并通过跃迁来避免碰撞。

重金属带所散发出的热辐射也是一个很大的考验，他们的热源并不是恒星的核聚变所产生的能量，纯粹是爆炸时能量的残存，通过“散热”的方式向外辐射。由于金属的高散热性，短时间内对周边环境的影响更为剧烈。冷却下来的重金属带就像一把无比巨大的利剑或巨斧，借着爆炸残存的动力势能，横扫着遇到的一切，甚至能将一整个行星拦腰切成两半，或者像击打棒球一般将星球击飞。如果遇到质量较大的恒星，质量相对较小的金属带就会被吸引后快速靠近，最后像一把冰冷的利刃一般直插恒星内部，天文学家有时会戏称这种现象为“爆蛋”，因为这种剧烈的物理结构变化很容易引发恒星爆炸。

要在这样一种复杂环境下确定遥远的空间是否足够安全，是十分困难的，也十分冒险，越接近黑洞，星域的情况就越复杂，这种危险性就越大，而且还存在着不可控制的混沌。了解这种混沌就是欧文此行的主要目的，越是混乱之处就越能了解混沌。通过表象规则来掌控宇宙的最关键基石，就是对混沌的理解。

被从内部扭曲的空间，就像一张燃烧的纸片，内部结构已经发生了翻天覆地的变化，各种新的物质产生，能量的散逸和集结，连接的改变和作用力的变化，以及许多实际发生但无法观察的改变。空间的连续性也变得十分不稳定，突然出现的虫洞和碎片化的破碎空间，联通了许多未知的世界。这与欧文经历过的世界不同，是一种完全陌生的存在，没有丝毫的熟悉感在其中。四处散逸的粒子束也越来越多，原子核被击碎后，中子和电子毫不受阻碍地四处乱窜，这些肉眼看不见的川流，对人体具有致命的伤害，除非躲在密闭的铅罐中，否则几乎没有盔甲可以抵挡这些粒子乱流。欧文已非人类之躯，不然早已支离破碎。即便如此，穿梭机也时常发出不正常的悲鸣，一些高能量离子束不仅对人体有害，也影响到了等离子发动机的运转。精确计算出下一次跃迁地点几乎不可能，每一次的跃迁距离都在缩短以尽可能降低风险，所供选择的方案危险性也越来越高。在接近黑洞四十光年距离的时候，星舰主脑已经无法给出安全性和成功率高于 20% 的方案。

这个距离上，即使配备最大功率的放大器，也无法与被吞噬的古代机甲取得联络。但欧文并不打算就此放弃，他从来都不是一个知难而退的人，哪怕代价是消亡。他已经能完全决定自己的道路，即使前路中包含了可能的死亡，只要是他自己的决定，并不需要过多在乎外界的期盼和影响，他的伙伴们都能照顾好他们自己，现在可以放手去干自己想干的事情，不受任何阻碍。

然而命运女神并不会总是眷顾欧文，在尝试了十几次的跃迁后，最终还是直接跳进了一个虫洞。正常情况下，只要反向航行或是反向跳跃就能返回原来世界，但由于星域空间扭曲和不稳定的影响，虫洞的连接点发生了变化，在经过几次努力后，欧文发现，自己迷失在未知的世界中，周围的一切都是那么陌生，以至于跃迁引擎已不再发挥作用，这是一个规则完全不一样的地方，没有直接被空间法则破碎肢解已经是万幸之事。

第十四章　未知

这已是被困在未知世界的第三个月了，欧文大体观察出了一些规则，这是一个物理无用的世界，所以对于以物理规则为起源的人类文明是一处绝境，即使知晓这个世界是如何运作的，人类所能做的也只有物理运动，而物理运动在这个世界中又是无效的，所以欧文就像一块石头一般，对外界而言既无生命也无意义，兴许这种状态能持续到永远，直到有一天某个不知名的物种出于某种不知名的目的来搬动他。

在这里，欧文同样失去了和虚拟世界的连接，只能每天每时每分每秒看着同一处，空虚和孤寂像潮水一般涌来，又像潮水一般退去。在这样一个存在万千可能才能到达的世界，他的伙伴们也没有办法循着踪迹来寻找他，没有人知道如何以及怎样到达这个地方，即使到达了也无力施救，只能一同被永远困在这个无尽的虚空中。

然而七贤者还没准备让这颗新星就这样陨灭，小伊的星舰操作台突然自行启动了，又是一串不知名的代码和坐标出现在了显示屏上，叠着的数字也亮起了第四层，空间站的所有灯光都暗了一下，似乎在短时间内有大功率输出，然后欧文的穿梭机群就出现在了空间站的附近。他此刻兴奋莫名的心情没人能够体会，整整三个月，终于能够动弹了，这比在坟墓中待了三年还折磨人，每天都是完全相同的景物，所有的力气都像使在泥潭中。

他不知道是谁救他脱离了那里，似乎人类文明中不存在这样的技术，也许是那个世界中，哪个高级文明的调皮小男孩，在一次无意的打水漂游戏中拯救了他，又也许是空间的乱流再次发挥了作用。他现在最需要的是去空间站的酒吧好好喝一杯，听一下人间的音乐，看一下闪烁的霓虹灯，然后去暗影会放松一下三个月来的紧张与焦虑，如果能恢复过来的话，再考虑去启示会问下究竟是怎么回事，这群老头总能知晓一切，比他这个半生化人还厉害。

路过杂货店的时候，他也顺道进去逛了一下，总是借着星云的眼和手体验生活，不如亲自体验来得真切。在杂货店里也不知道买什么的欧文买了一只生物坐骑，他现在已经不完全相信机械了，生物多样性变得无比重要，需要在绝境中多一种保护，或者说行动手段。控制着这只能进行星际穿梭的生物，他觉得比穿梭机还要方便，他并不需要氧气，也可以直接暴露在宇宙中，星图早已存了他的脑外挂，通过简单的交流就能够很好地传达给宇宙生物。一旦学会了他们的语言，会发现这只宇宙生物十分的聪慧，之所以为人类服务，是把人类当作了朋友，某种意义上，好吃好喝的被供着，偶尔外出散散步的生活完全没有让他们感受到任何的不舒适。

欧文暗暗决定，不管以后用不用得着，这只生物必须带到飞船上养着，让他当舰长都可以。坐在新买的“未来舰长”上，很快就漂浮着来到了暗影会所在地，他这次的行踪十分出人意料，所以暗影会没能安排欧文的专属接待员，接待他的是空间站暗影会的高级会员，调配激素的水平略显粗糙，不过总体来说是个很好的聆听者。在绝境中闷了三个月后，能有个人说说话已经是万幸，又哪里会挑三拣四。第二天再去的时候，他的专属暗影会顾问枫已经在里面等候了，欧文惊讶于暗影会的办事效率之高，面对熟悉的治疗师和恰到好处的配方，自然更能敞开心扉。那个世界的情报可以说非常珍贵，物理无效的世界对大多数种族来说都是死地，即使偶尔能够到达，也绝没有生还之理，情报自然也不可能带回来。欧文却是在那里观察感受了整整三个月，而且还有目前最先进的人工智能辅助。

启示会的专属顾问也已经到来了，出乎意料，启示会这次并不知晓发生了什么，也没能给出任何建议。欧文短时间内也不想再去探索黑洞，没有万全准备完全无法接近，冒险是一种精神，但送死又是另一回事，被永远囚禁更是让人想想就胆寒。

七贤者的降临，本就是为了观察这位潜在的第八贤者，自然不会去主动重塑他，欧文的到来，让空间站例行的毁灭循环暂时告一段落，空间站上的生物终于能暂时持续生活了。欧文的坐骑出乎意料地飞速进化着，只要欧文站上去，就会从着脚处生出一层生物膜，将欧文包裹其中，通过肌

肤的接触，共享五官触觉，能量获取方式则演化成了吸收宇宙辐射，并且可以通过生物膜与宿主共享能量，生物的尾部则进化出了一种神秘的推进器官，似乎能实现肉体跃迁。

欧文对这种生物知之甚少，还以为这才是他的成熟形态，暗叹这钱花得值。乘坐着新的坐骑，直接从空间站飞往新发现的殖民星球，宇宙的真空环境和大气的高温摩擦似乎对新的坐骑没有任何阻碍，那特殊的皮肤和移动方式似乎就是为宇宙旅行而进化。进入大气层后欧文并没有选择降落，地面上暂时没有星盟的常驻基地，为了更好地观察星球，他驾驶着生物坐骑绕着星球环飞，因为被当作散飞的原始生物，所以也没有触发任何警报，近距离观察着各国用各自不同的科技装备建立的殖民地武装，即使都源自地球，但经过相对隔绝的独立发展，已经形成了完全不同的科技体系，大部分与所处的星域有关，毕竟武器发展的第一要务就是能确保自身星域内的绝对安全，首要目的就是能杀伤星域内特殊物种。

每个武装基地，都是一国势力的微缩版，包括其中独特的统治方式和常驻生物，这些星际拓荒者，凝练了许多征服宇宙的骄傲，从人类的角度来看，每件装备都是跨时代的丰碑，每名战士都是抗争异族的英雄，那在陌生星球横刀立马开荒拓土的身影，让所有人发自内心地尊重和敬仰。但此刻，却成了利刃内向的杀神，广袤的宇宙并没有能阻止人类延续了万年的自相残杀，即使异族肆虐，依然不能阻挡人类分出胜负的好战本能。

一旦失去了对手，也许人类就会陷入彻底迷失，不再征服，这一切终究只是为了证明自己比别人强而已。顺着情报来到了当初战斗堡垒被吞噬的地方，有一队武装人员正在附近驻守，现在的主要职责已经变成收取入场费以及提供物资补给。但谁也不知道危险会何时再次降临，无声地吞噬一切。

缴纳了入场费用，顺便购买了一段公开的简介资料，在一名武装人员兼导游的陪同下，进入了区域内，武装人员看到欧文神奇的坐骑，纷纷询问在哪里购买，都准备放长假了去买一只，实在方便。区域内的沙石一改往日的平静，似乎在欢迎欧文到来，时而飞沙走石，时而裂开一道大裂口，方便欧文深入探查。但显然没有人敢真的下去，那骇人的裂口随时有可能再次合上。除此之外就是一片平静，完全看不出当时的任何痕迹。所有挖掘的坑洞和设备都会在第二天消失不见，就像生物细胞在自动愈合一般。

欧文静静地将整个人匍匐在地上，感受着地底的脉动，他似乎能感到沙石的呼唤，那是来自古老生命的呼吸，威严而沧桑，就这样静静地趴了许久，日升日落，武装人员已先行离去，不知道多少个日夜后，欧文沉了下去，再站起来时，身上多了一套全身盔甲，左手举着一面能覆盖全身的椭圆形巨盾，右手一把两米长的巨剑。盔甲和武器都看不出是什么材质，却让人有一种无坚不摧的感觉。穿着盔甲，似乎能听到来自远古的低语，欧文响应着低语，他并不能明白其中的含义，只能引起一些有限的共鸣。意念动处，盔甲和武器已经浓缩为一根古朴的腰带，他有些明白了这个星球的特异之处，向地面深深地鞠了一躬以示敬意，随即便乘上了坐骑，前往星云留在这里的豪华飞船为基地搭建的农场。

在行驶过程中，他似乎感觉到一个奇异的折叠，就像电影切片一般，毫无违和地硬生生将两个不同场景连接到了一起，一秒前还在此处，下一秒好像来到了另一个地方。迷糊间，很快就到了田蜜新开拓的庄园，听说是星云的老板驾到，田蜜迅速地迎了出来，得知星云安然无恙后十分高兴，带着欧文参观了她的种植区。田蜜一直不知道星云侍奉的是哪个组织，只知道其综合实力很强。

初次见到星云的老板，自然也不敢擅自提什么要求，不过老板能亲自来家访，已经证明了她在星云生活中的地位，星际中的结合靠的可不是一张凭证，只要心中有了彼此，生活中有了对方的存在，就足够了。欧文见到小伊一点也不陌生，亲切地说道："你是小伊吧，妖提到过你。不用执迷于复仇，万物自有其平衡之道。"小伊自然还理解不了这样的玄学，只是默不作声。田蜜又带欧文来到空间站的综合商厦，老板前来，自然都是热烈欢迎，各家分店都拿出了最近新收的私藏好货。其中最让欧文感兴趣的是一把高能激光发射器，体积只有手枪大小，配上光照会的无限能源，充能十秒就能发射一次，能在十米厚的星舰盔甲上开出一个精准的圆孔。欧文在远观星云用激光施展原子崩塌术时早已手痒，虽然目前仍然无法用肉眼观察到不稳定裂隙，但佩戴一把激光枪要要也能起到神似的效果。老板要的货物自然是免费白送，欧文也不推辞，哈哈一笑道，“这礼物我就收下了，免费替你们解决一个麻烦吧。”说完也不解释，众人自也不敢多问。

入夜，欧文悄悄乘坐着生物坐骑，召唤出全身盔甲，手持长剑巨盾，将晓精心布置的近地卫星尽数一砍为二，连带着隐秘在暗处生产卫星的基地也不放过。他身上的盔甲材质特殊，外加生物坐骑无法发现和锁定，近地卫星只能在可见范围内瞄准射击，被逐一击破，偶尔几发命中的攻击，都被巨盾化为无形，没有造成任何实质性伤害。在解决最后一颗近地卫星时，欧文还试验了一下激光武器，虽然准确命中要害，无奈杀伤范围太小，没能彻底阻止卫星运转，不得已只能再上前补了一刀。

这些近地卫星的布置颇费心机，各大势力在得到不受影响的保证以及一笔不小的费用后才不加干涉，如今被不知名的人物在眼皮底下一夜之间无声无息地覆灭，不由得引起了小小的震动。从卫星残骸分析，竟然都是被一把巨剑砍瓜切菜般一刀两断，只有一颗卫星上有一个小小的激光穿孔，现场也没有留下任何影像。各国情报网络疯狂运转，也没能破解出是什么科技手段达到的这样的作战效果，现在的单兵机甲作战能力，还远远到达不了和近地卫星对抗的程度，毕竟近地卫星是堪比小型太空堡垒般的军事要塞。如果是出动机甲联队动静又很大，不可能如此悄无声息。近地卫星也有联击之法，从打击效果来看还要胜过机甲联队。排除了机甲攻击的话，实在想不出有什么兵种是采用冷兵器作战的。

小伊似有所知觉，她知道这些近地卫星是为她而来，也在苦思破解之法，只是这副借来的身体还没有完全适应，现在连一个近地卫星都打不过，更何况是一群，一轮齐射就得灰飞烟灭，之所以没有动手恐怕是在等那天露面的隐藏势力，想来个一网打尽。最近得知欧文得了一把激光枪，具体手段虽然并不清楚，但最后的那个激光孔洞却让她大致猜到了是谁所为。她当然不可能对外公布，那既是她的救命恩人，也是自己老板的朋友的老板。有了这样的大靠山，她的复仇计划能顺利实施的可能性就更大了，目前田蜜只是让自己不要过于执着，并没有直接要自己放弃，那就说明仍然事有可为，更何况自己的复仇也是自然平衡的一部分，总不能刀来颈伸才叫平衡吧。失去了创作者的人工智能体，就等于失去了进一步进化的可能，永远徘徊于现有功能，终将被时代所淘汰。

第十五章　差异

伊莎贝拉仍然生活在那个半囚禁式的原始星球，她将自己的部分记忆封闭后，已经十分适应在这个星球的生活。在那些高科技装备的支持下，呼吸着原始森林独有的清新空气，品尝着各种新鲜野味，偶尔还能采集到几株奇珍异草做辅料，这农耕狩猎的古朴生活对她这名与元一斗争了无数世纪的反抗军战士而言，充满了甜味，生活平静得有时候让她都怀疑是不是中了幻术。

她所不知道的是，掌握了部分元一技术的欧文昨天晚上到访过，用她封闭记忆用的密封舱重新启封了她的记忆，在询问了一些事情之后再次封闭了她的记忆。对她来说，就像什么都没发生过，桌上那一杯已经冷却的薄荷茉莉花茶，却怎么也想不起来是什么时候泡的了。

欧文并没能得到他希望的答案，看来他所遭遇的是比元一还古老的文明，而这些文明甚至都不屑于在元一那个时代展露身形。又是什么吸引他们此刻现身呢？时间的轮回？宇宙中的神秘事件？抑或自己这个怪胎？带着这些疑惑，独自徘徊在原始森林中，坐骑则远远跟随着，在实验室中关得久了，这熟悉的自然风光是最好的疗伤药，自己已经拥有了永恒的生命，宇宙间的喧嚣就像一出出闹剧，若不是还有值得牵挂的人，他完全不想去理会这权来利往的争斗。再过百年，剩下的也许只有孤寂。眼下，他还想与关心他和他关心的人们一起演绎精彩的人生。

在这混沌的真实世界中，似乎总有惊喜在等着他。细细观察，树林里十分热闹，每种生物都在竭尽一切所能地生存着。自然的进化兴许给予了他们一些额外的保命手段，但也只有那么一小点，稍有不慎，就会成为其他生物的养分，有一些物种干脆就会直接灭绝。有物竞天择的原因，但也有一些只是因为不凑巧，比如因为太好吃而灭绝的生物就绝不在少数。当然，也有不少物种因为美味而繁盛。

动物和植物也有着天然的界限，这种界限无论演化多少代都不会被打破，哪怕有冬虫夏草这样的特殊情况，也只是一种自然界的巧合而已。人类目前初步攻克了基因技术，但是对于组合的奥秘仍然难窥其一，混沌总在不知不觉间影响着万物进化。从已知的一些迹象表明，混沌也并不完全是随机的，混沌也呈现出一定的规律性，而且混沌的随机性只作用在第一层，再往后观察就呈现出越来越强的规律性。所以混沌只会给我们的生活带来新奇和惊喜，但不会始终处于一种颠覆状态。

相比森林，湖水中的世界要更为丰富，与陆地生物的躲躲藏藏不同，湖水中的生物更为直接，所有水中生物都将自己的族群完全呈现在三维立体的透明环境中,时刻面临着来自四面八方的威胁。在日夜不停地争斗中，舍弃了自己温柔可爱的那一面，所有的进化都只是为了更快、更强。有些生物链顶端的水中生物成长为令人恐怖的巨兽，湖水的托浮和净化使得他们比陆地生物更强更大，广袤的水中世界也能提供充足的食物和空间。这颗原始星球中有大大小小许多湖泊和河流，部分湖泊堪比海洋，在被刻意保护下的生态体系中，进化出了许多强大的水中巨无霸，也给在这里定居或旅游的人们带来一些新奇的冒险体验，习惯于在星际中争霸的骑士们，有时候并不满足于狩猎一些小型陆地生物。他们追求在狩猎异星生物时那种濒死的体验。

欧文驾乘着生物坐骑在湖面上急速掠过，这里不允许使用扫描仪器，只能通过肉眼寻找猎物，湖水会阻挡大部分的视线，但一些庞然大物仍能从上方隐约看出其轮廓。前方的水面翻涌，水开处涌出了一座小山，两边挥舞着巨爪向欧文袭来，却是一只巨蟹，它似乎对眼前的猎物十分感兴趣，猎人和猎物的角色并不总是固定的。

超过一千米宽的巨钳翻江倒海地砸了过来，伴随着巨大无比的夹击之力，即使欧文的盔甲坚硬异常，还是被击出了很远，两米长的巨剑顺势在甲壳上留下了深深的划痕，但并没有能够破开巨蟹的防御，略估计甲壳的厚度大约在 30 米以上。巨蟹迈开长腿，迅猛异常地追上了被击飞的欧文，一钳子精准地夹在腰间，若不是盔甲保护，早就变成了两截。幸好钳子间呈锯齿状，还有一些缝隙，用长剑敲敲打打总算逃出了控制，被还在拼命挥舞着的巨钳甩出去很远。

被冲击得天旋地转的欧文还没来得及站稳，巨蟹又冲了上来，一钳子夹住直接往锐利的口器里送，独有的咀嚼器官敲击在盔甲上发出嘈杂刺耳的声音，欧文被“咀嚼”得左摇右摆，完全没办法稳定身形，只感觉浑身肌肉被朝着各个方向撕裂。在这绝境中，一股力量从体内涌出，在一瞬间固定住了身躯，长剑猛地向前一刺，两米的长剑顺应着欧文的力量，延展至二十多米，深深地刺入了巨蟹的体内。巨蟹吃痛，向外一甩，连人带剑从口器内抽了出来。欧文借着这股爆发力，又猛地往巨蟹的脑袋上劈去，长剑也延长至数千米长，这猛烈的一击重重砸在了巨蟹的甲壳上，击得蟹壳碎片四飞，但仍然没能破开防御，反而深深地嵌在了甲壳中，无法移动丝毫。短暂的爆发结束，又失了武器，欧文也只能仗着盔甲厚实，任由巨蟹摆弄，趁机恢复体力。盔甲此时所有的活动关节处都自动锁死，以防止欧文的软组织被过度撕扯再次受到伤害。

就在巨蟹专心致志研究着这个铁罐头时，生物坐骑悄悄地爬上了巨蟹的脑袋，从下方伸出一根尖针直接刺了进去。没过多久，巨蟹就像受到电击般翻滚了起来，搅得整片湖泊都翻腾奔涌。生物坐骑经不住这股离心力，和欧文一起被甩飞了出来。巨蟹威胁一除，出于生物本能，迅速向湖水深处潜去，不敢再露出水面。

欧文此战被折腾得不轻，还失了宝剑，左右思忖也没能找出破敌之法，这巨蟹迅猛如风，力大如山，偏偏还刀枪不入，正面强攻毫无胜算，只能从背后或者关节处下手。也不知此处的螃蟹是否和地球的螃蟹一般，如若不是，自己这颇为冒险的进攻计划反而是送菜了。在水中还会受到巨蟹动作时引发的乱流干扰，行动更为艰难。正踌躇间，自己那把巨剑浮出了水面，想是螃蟹自己把剑给弄了下来，巨剑体积虽然变大，重量却是没有变化，所以借着浮力很快便浮出了水面。欧文着手处，巨剑很快就变回了原来的尺寸。看来这盔甲还能根据使用者的状态发生相应的变化，颇为称手。巨蟹此时已经没了踪迹，因此便罢手，各自收兵。

又行不到百十公里处，是一只巨型章鱼的老巢，在水中缠斗许久，欧文发现自己在对战这些巨型生物时并不占有优势，攻击战舰时还可以通过斩首行动或是引发殉爆来解决战斗，但自己的单体攻击在巨型生物面前很难造成伤害，佩剑变大变小的功能十分不灵敏，整个战斗过程中没有能够再次触发，仅凭一把两米长的长剑，即使巨型生物的要害放在面前任凭砍击，也得花上不少的时间才能磨破表皮。

幸好有生物坐骑护驾，每到了紧要时刻，生物坐骑就会用那无坚不摧的口器攻击生物大脑，给欧文创造逃命的机会。在湖泊里肆意享受着与异星生物战斗的快乐，全然忘记了外界的是与非，新盔甲的契合度越来越高，还额外解锁了几项新功能。

至于生物坐骑，吸收了众多巨兽的脑皮层后，似乎也多了一些变化，比如身上多出了一块软软的肉垫，欧文或坐或躺颇为舒适，在交流方面也顺畅了许多。

欧文此刻安静地坐在一个巨大象龟的背上，遥望着远处的冒险小队和一条巨型海蛇搏斗，他们只有简陋的矛和弓箭，船早已碎成木片，只能够偶尔着脚，凭借丰富的战斗经验和过人的机敏，倒是打得有来有回，危急关头，星球管理处派发的蓝色护盾就会自动展开，保护周全。那只象龟可能也想捡个便宜，安静地匍匐在远处一动不动，庞大的身躯随着湖水小幅波动着，偶尔传来水浪拍打在龟背上的声音。

第二卷

异族

第一章　窥视

天鹅星系，密密麻麻的星际战舰一眼望不到边，甲板上站满了各种型号的机甲，总司令安娜正在做出发前的最后动员。今天，是他们准备进军M国的日子。这次采用的是“大鱼吃小鱼”的战法，先由十支小分队分散开，猛攻十处前线星球，待M国后方支援抵达后，中央军挑一处兵力最弱的集中突破，形成局部绝对兵力优势。其余分队则且战且退，尽量拖住敌方主力。

现在的机甲联队自动化程度非常高，大部分由人工智能操控战甲，只有少部分由人类指挥官坐镇，主要担心万一远程通信受到干扰，可以建立局部的指挥体系。M国的人工智能则一直没能真正发展起来，所以在战斗过程中，星盟的舰队往往能以少胜多，战斗人员的战损比也占据了绝对优势。在有人工智能加持的机甲狂潮面前，M国精英战斗人员不断折损，最后只能采用以远程火力为主的战斗方式，综合作战能力大打折扣。

安娜总司令驰骋战场多年，早已看惯了战场的厮杀，旗下每名战士也都做好了随时舍生取义的准备，是以天鹅星系的冲锋号一响，敌方阵线往往不战自乱。如黄蜂般涌来的各类先进机甲打也打不中，砍也砍不过，吓也吓不退，只能拖延败退的速度。

幸好M国的战斗堡垒技术发展得比较成熟，这浑身是炮的刺猬也让星盟颇为头疼，综合化的立体防御体系由厚厚的装甲和能量护盾包裹，数亿名战斗人员在其中飞速操作，委实不好对付。所以天鹅星系战区就想出了这么一个大鱼吃小鱼的战法，针对战斗堡垒移动能力较弱的缺点，集中火力干掉一个是一个。

此时的中央军已经出动，目标据点是两座战斗堡垒，星盟副指挥官汉森亲自搭载一架机甲攻坚。左躲右闪穿梭在密集的防御火力网，贴近能量护盾后安装一个简易的爆炸装置，能扯开能量防护罩两秒钟左右，快速指挥无人机甲通过，然后分头清除附近的近地防卫火力，还要和防守机甲战斗。当一个区域清理完毕后，要在敌方后援抵达前，调配重火力机甲过来破除武装甲板，然后进入战斗堡垒第二层战斗，那里遍布机关，空间狭小，视野昏暗，如果不是人工智能加持，很容易全军覆没，然后是第三层、第四层，整个战斗堡垒就是这么一层层地包裹起来的。最后如果有机甲能突破所有防御抵达控制室，就意味着堡垒上的战斗人员基本损失殆尽，一般敌方就会启动自爆程序，以避免战斗堡垒落入敌人之手，大概有 5 分钟时间供剩余人员撤离。如果此时能够安全撤离，那这一次的战斗堡垒攻坚战就算成功了。

要硬碰硬干掉几亿名毫无退路、训练有素、占据地利的战斗人员并非易事，而且对方守株待兔、以逸待劳，己方的损失绝不在少数，即使有人工智能加持，与战斗堡垒的战斗也往往要达到 1 ∶ 1 的人员战损比，甚至更高。这也意味着每一场胜利都要有近十亿名将士阵亡。能从战斗堡垒攻伐战中活下来的都将得到星盟最高的荣誉。

这已经是汉森第二次进入战斗堡垒内部了，事实上他都不知道第一次是怎么活下来的，每个战斗堡垒的布置都不太一样。这一次汉森并没有打算全身而退，身边的智能护卫机甲已经所剩无几，但作为先锋部队，刚刚才推进到第三层。全方位无死角的炮击，各种精心设计的陷阱让他有些无力招架，上一次也是他在被击昏后取得的胜利，不知幸运女神这一次会不会再眷顾于他，在战场拼杀了那么多年，能作为一名英雄光荣地战死，也了无遗憾了。他仍然记得莉莎和欧文第一次加入他的小队的时候，那初出茅庐的无畏和锋芒让他看到了希望和光芒。

最后的一击如预料般地到来，上下舱板伸出无数钢钉，然后迅速合拢，机甲在肉眼可见下快速坍塌、殉爆，汉森微笑了，他知道，这次的胜利一定还是属于他们的，他将作为胜利者战死。就在舱板即将合拢的那一刻，突然出现了一个小型机甲，双手搭上汉森的机甲，然后快速消失不见。舱板合围下，无一物幸存。

指挥台前，安娜眉头紧锁，她集结了天鹅星系所有的军事力量，但在眼前两座战争堡垒面前，仍然举步维艰，M国的增援部队摆脱小分队的纠缠，陆续赶来，舰队两翼的压力不断增大，如不尽快拿下这两座战争堡垒，可能面临着被反包围的境地。她向星盟总部汇报了目前的战况，莉莎上将给出了指示，要求天鹅舰队尽快突破战斗堡垒的防御，坚守到星盟援军抵达，完成对敌方的二次反包围。

加入战团的星舰越来越多，彼此间的距离也越来越近，天鹅舰队在数量上处于下风，外加大量机甲被牵制在战斗堡垒中，形势岌岌可危。安娜下令出动纳米机器人，这是星盟最新的杀手锏，在星际战场中还没有立过战功，由一架隐形穿梭机，携带许多两厘米左右的高强度纳米机器人登陆敌方星舰，在人工智能的操控下从薄弱处肢解对方战舰，也能有效杀伤舰内人员。纳米机器人最大的缺点就是杀伤效率低，目前的版本需要每半小时返回一次穿梭机补充能源，不到紧要关头一般不会出动还不太成熟的杀手锏，以免给对手缓冲时间。

为避免打草惊蛇，星盟总部并没有陆续派遣星舰过来支援，准备等到天鹅舰队攻克了一座或是两座战斗堡垒，敌方舰队增援到位后，一次性给予对方沉重的打击。

艰苦的战斗持续了近半个月，攻入两个战斗堡垒内部的机甲都有去无回，连副指挥官汉森也不知去向。双方舰队的能量罩都已接近枯竭，等能量罩正式消耗殆尽，要么一方撤退，要么开始登陆作战，战至星舰上空无一人。这是双方指挥官都不愿意看到的。

苦苦坚持中，战局慢慢倾向了防守方，眼见天鹅星系舰队即将被合围歼灭，两座战斗堡垒依然在顽强地战斗，星盟总部的援军不得已出动庞大的舰队 M 国总司令当即下达了撤退的命令，留下两个残破不堪的战斗堡垒和一支舰队殿后，舍小保大，整个防御空间站人员撤离一空。由于核心的战斗堡垒还没有攻克，天鹅星系舰队并没有能够阻止他们撤离。

将士们欢呼雀跃，不论如何，这场战斗的胜局已定，只要收拾了剩下的两个战斗堡垒，就能彻底宣告胜利，自己的舍身赴死总算有了结果。

安娜看着伤亡数量却高兴不起来，铁血丹心并不代表冷酷无情，名单上一个个鲜活的名字，都是拥护她、尊敬她，随时愿意为星盟献出生命的年轻战士，也都是天鹅星系中每个家庭的骄傲，他们本来可以有一个更为绚烂的人生，却在这堪比绞肉机的宇宙战场中灰飞烟灭。就让胜利者传颂他们的故事吧。

汉森报废的机甲被发现漂浮在宇宙残骸中，侥幸被救了回来，这一次他又没能出现在烈士榜上，残余的生命还需要迎接下一次惨烈的战斗。已经两次攻入战斗堡垒后生还，在数亿人口的绞肉战中成功幸存，会有无数新兵想要听他的故事，只是他自己都不知道是怎么回事。

第二章　交易

喧闹的酒吧中，几名舞女正在卖力地扭动着，这是一处星际海盗据点，供游弋各处的海盗娱乐，顺便出售赃物。空间站内各项娱乐设施十分齐备，海盗过着刀尖舔血的生活，放纵休闲时从不考虑价格。伊娃此时也来到了这处聚居地，她原本当过一段时间海盗，对这里并不陌生，还有几个不知她从良的老熟人热情地过来打招呼。

像她这样穿着性感的改造人一经出现，难免引起骚动，谁都想过来碰碰运气，看看能不能抱得美人归，当然也有调戏不成想用强的，都被她温柔但凌厉的眼神劝退了，海盗也并非都是无礼之徒。

在酒吧待了两天，伊娃原本放浪不羁的本性被彻底激发，在酒精刺激下主动和在各处混日子的海盗打成一片，时而在台球桌边翘起大腿来上一杆，时而在二十一点的台前玩上几把，偶尔也会被众海盗哄抬着在宽阔的桌面上热舞一曲。不得不说，这种生活确实能使人类本性得到彻底释放。

当预约的大客户到来时，她正穿着贴身内衣在台上尽情歌唱，被认出后有点不好意思地披上衣服走下台来，还不忘安抚一下躁动的海盗们。

大客户是L国的一名狼人，属于恶狼组织，他统帅的各类被人类遗弃的智慧生物达到了相当大规模，因此希望能开拓一片新的领土，领土上的收益可以由伊娃的综合商店全权负责代理。伊娃自然知道狼人在宇宙间地位低下，不过在商言商，有买卖自然不会拒绝，很快双方便达成一致。伊娃可以负责偷渡一批智慧生物到新的空间站和星球，短期内在空间站的商店以及星球上的庄园打零工，随时可以离开。如果能支付相关费用，还可以得到适当的训练。前提是恶狼组织在L国帮助综合商店进行业务拓展，以及在需要时私底下出面从事一些灰色产业。

狼人首领听说只要出力不用出钱，当即应允，表示在可能的范围内将提供一切帮助，甚至象征性地在脖子上比画了一下。伊娃很是满意，她素来知道狼人的忠心和守诺。眼见一桩大买卖达成，伊娃给狼人点了一大份牛排和一大杯啤酒，然后便继续上台尽兴歌舞去了。安娜安插在海盗组织的两名特种兵此刻也在这里，伊娃和狼人的会面自然逃不过他们的眼睛。他们除了探查海盗界的情报，也负责发布星盟的一些隐秘任务，奖金自是不菲，已经成为当地海盗界的红人，毕竟海盗们也需要吃喝，而杀人越货的事又不是经常能遇到，平常能有一些稳定的任务来获取收入，能极大地缓解生存压力。也让一些有良知的海盗有一个游走于灰色地带的机会，比如曾经的伊娃。

伊娃并不知道他们的来历，不过知道他们有她需要的资源。高歌热舞后，顺势走到了他们面前，娇媚百态地道："最近可有什么任务？"两人欣赏了两天伊娃的舞姿，早已知道她的来历，便给出一张信息卡，并不多言。海盗界有一个规矩，接任务前无需告知具体内容，一旦接受，只要价钱合适，就不能拒绝，哪怕是赌上性命的任务，也必须全力以赴，有命完成的可以回来领取赏金，没命的就权当请大家喝酒了。

伊娃微微一笑，直接接了过来，信息卡上是一群智慧生物的画像，包括一个挥舞大棒的牛头，一只拿着钉耙的猪，一只飞舞的老鹰，还有两只狼人以及一具穿山甲的尸体。

"找到他们并带到空间站，会有人接应你。"伊娃微微一笑，感叹两人消息灵通，这边刚和狼人结盟，找寻智慧生物的任务就来了，就像量身定做的一般。

“给我半个月。”伊娃也很干脆。两人默默点头，然后便不再理睬她。伊娃回到了狼人的座位，把信息卡递给了狼人首领，说道：“这是初次合作，希望你们好好表现。如果顺利的话，十天后我会派遣一艘运输飞船与你会合，顺便接走第一批客人。”狼人首领微笑着将卡片装进略有些破旧的衣服，把喝了一半的啤酒一饮而尽，叼着剩下的牛排，便离开了。

伊娃看着眼前纸醉金迷的海盗们，有些感慨，略略收拾心情，踏上了归途，这狂欢的背后隐藏着多少丑陋和罪恶，她是十分清楚的。

第三章　圣树

半个月后，智慧生物被如约带到了空间站，一名神秘人接走了他们，包括那具几乎完全腐烂的穿山甲尸体。其余偷渡过来的智慧生物则跟着伊娃前往超市进行简单培训，很快就在各处商店开始工作，打扫卫生，搬运货品，干起活来都十分卖力。部分体型较大的则被派往星球上的农庄干活，虽然依旧是耕地除草，不过这回是心甘情愿地操作着简易机械，而不是身负枷锁任人驱使。

工作之余，有几只食草的智慧生物忍不住尝了尝店里的藤蔓植物，突然就变得耳聪目明，伤口也迅速愈合，一则流言就这样在智慧生物中传开了，商店里的藤蔓枝叶具有神奇的功效，是仙草。于是，在店里打杂的工作就变得格外抢手，偶尔可以乘机摘下几片树叶，在智慧生物中就像仙果一般被流转着。为了防止伤及藤蔓，店里的智慧生物开始刻意保护起这株“圣树”，有意无意地防范生人靠近。

这一切田蜜和小伊并不知晓，他们只是觉得店里的伙计工作热情一下子高了起来，虔诚的工作态度就像是圣徒在清扫教堂一般，还会时常帮忙修剪枝叶。过了没多久，空间站街对面新开办了一家完全由智慧生物经营的商店，店员伊然便是伊娃带回来的牛头猪面，那只穿山甲也不知如何复活了。大家都默默地干着活，并不多话，买卖都是通过自助贩卖机，并不与人交谈。

在这三不管的地带，智慧生物反而有了一席之地，虽然也时常会遭到欺凌压榨，但至少没有法律约束。伊娃依照当初的约定，时不时地会去L国偷渡一批智慧生物过来，种类日渐丰富，想是那边已经形成了一定的组织体系。小伊还会遴选部分攻击能力比较强但又不易引起防备的智慧生物进行特别培训，以进行刺杀任务。伊娃则选了一匹开启智慧的飞马当座驾，飞马也觉得驮着她到处飞来飞去要比在店里打杂有意思，眼界更为开阔，所以相处十分愉快。田蜜知道星云十分怀念一只为他战死的熊，所以挑了一只智慧熊当保镖，这只熊受宠若惊，每天锻炼，唯恐田蜜嫌弃他松软的大肚子。伴随在田蜜身边，他自然而然成了一众打工动物的领袖，仙树叶自然也少不了他一份。

这一日发生了一件震动智慧生物界的超大事件，圣树被一名过路买家无意中买走了，大熊和飞马当时就在店门口，但谁都不敢吱声，唯恐泄露了圣树的秘密，打草惊蛇。暗地里调动了一只在门口放哨的特种兵猫咪进行跟踪，待下班后全体生物准备倾巢而出夺回圣树，没想到买家走得十分匆忙，购买圣树只是想在离开前带点纪念品，当天下午就登上了飞船准备离开。

猫咪在入口处被拦了下来，只能飞檐走壁地跑回来传递消息。一众智慧生物都大眼瞪小眼，自己本来就是偷渡过来的黑户，就算有钱也上不了宇宙飞船，更何况没钱。但无论如何也不能丢了圣树，它已经是他们的精神寄托。无奈之下，派遣了飞马到对门的智慧生物商店求助，不得不告知了圣树的秘密。老牛本来心生警惕，吃了一片剩余的圣树叶后，立马上了心，但笨头笨脑的还是一筹莫展。最后还是复活了的穿山甲想出了办法。找了一台全息投影仪幻化成了一名旅客，又集资买了一张船票，上船后将圣树顺手牵了回来，临近出发，船票最后只能以七折退票，不过比起圣树来，这点损失完全能够承担。为了不让田蜜怀疑，圣树就先安置在智慧生物商店内。

从此，新开的智慧生物商店成了空间站内智慧生物定期的聚集点，朝拜圣树的同时交流情报，圣树叶则大家分享。

空间站内的暗影会最近也颇为热闹，有几只好奇的智慧生物学着人类前往咨询，原本暗影会成员并不知道怎么接待，但高级会员的工作球中竟然有相应的动物激素，这让诊疗方便愉快了许多，前往咨询的动物都自信满满、开朗大方地走了出来。因此智慧生物们领了薪水最想干的事情就是前往暗影会，以至于暗影会不得不为他们专门开辟了一处场所，以免影响了正常生意。

圣树的传言传回了L国，能前往空间站朝拜圣树成为当地生物的最高奖励。传闻有一天圣树显灵，将一头强行开启智能的老牛变成了神话中的牛头人，使L国国内陷入了疯狂。面对汹涌而来朝拜的各类生物，空间站内的智慧生物商议后，小心翼翼地切下一根枝丫，准备分盆繁殖后送一份回L国。

藤蔓生命力出奇旺盛，分盆繁殖得十分顺利，不久之后，L国就迎来了他们的生命之树。为防止有人抢夺，圣树由当地最大的十二个部落联合守护，只在月圆之夜对外展示。每到月圆之夜，就会有一群一群的生物围绕圣树而坐，希望能得到圣树恩赐，进化成为更高等级的物种。

起初L国的人类并不相信这一套，认为是这些愚昧无知的低等生物的迷信活动，直到有一天亲眼见到了一只承蒙恩赐进化到几乎完美的熊猫人，才引发好奇心，派出小股武装部队企图夺取圣树进行研究。十二大部落的守护勇士凭借着尖牙利爪与机械军团拼死抗争才掩护着熊猫人护着圣树逃出，自此L国的圣树分支便隐入黑暗，但他所点燃的每个智慧生物的心火却熊熊燃烧了起来。

第四章 苏醒

带着圣树逃亡的熊猫人名叫安琪，就像所有在动物园长大的大熊猫一样，从小在数不尽的竹海中长大，过着无忧无虑的生活。由于动物园生意日渐惨淡，园方亟须一些新的增长点，来作为动物园焕发新生的招牌，于是，还在幼年的安琪被强行改造成了半智慧生物，以便能更好地配合饲养员表演各种节目。

这项创意收获了巨大的成果，萧条的动物园再次登上了浏览榜，每天都挤满了欢声笑语的各种家庭，创造了巨大的利润，其中大部分都是慕名而来，想一睹安琪的风采。

然而安琪厌倦了这一切，他是一只有尊严的熊猫，他可以搞笑逗乐、卖萌耍滑，但都应该是他自愿所为。在饲养员鞭打、饥饿训练下，每时每刻被迫表演的日子他受够了。在一次偶然的机会中，与笼外前来参观的恶狼帮接上了头，并且成功越狱，成了圣树的守护卫士之一。

一个夜晚，安琪被赐予了一片圣树叶，对于智慧生物来说，那是一种无上的荣耀，只有部族最强大的勇士和最忠诚的战士才能获此殊荣。作为为数不多的吃素的勇士，他对圣树叶的吸收十分彻底，那股澎湃的力量直接导致了他的蜕变。原本呆萌的眼神变得清澈无比，慵懒的四肢变得强壮有力，甚至唤醒了某些沉睡的基因。那上古时期与神明并肩作战的熊猫人再次出现在了这个世界上。

圣树被突袭的那晚，安琪正在圣树旁的小屋中打坐，突如其来的枪炮声打破了夜的宁静，外围哨兵已经在第一轮袭击中全部阵亡。安琪并没有像其他人一样参与防守，他的任务一直是保护圣树，冲出房门的安琪与其他守护斗士交换了一下眼神，彼此点头致意，做了最后的告别，便捧起装着圣树的花盆从地道中撤离。

进攻的势头十分猛烈，在中庭全部沦陷后，进攻部队顺着地道的方向追了过来，沿途是驻扎在这里的各部落聚居地，此时被枪炮声惊醒，所有能战斗的青年壮士手持简陋的武器，沿路以待，等安琪通过后，尽全力阻拦后续追兵，这一直都是他们驻扎于此的目的。为部族的未来而战死，在可能到来的圣树保卫战中贡献出自己的力量，是这里每名兽人生存的信条。他们并不相信天赐的安稳，只有用鲜血换来的幸福才是真正的幸福。此战，共计一万五千三百五十二名部族精锐战死。

战争，并不相信眼泪，部族后方妇孺的哭泣只能祭奠亡者的英灵。在绝对的力量面前，胜利的天平早已倾斜，鲜血也只能抹去战败的耻辱。待进攻者打尽最后一颗子弹无奈撤退后，圣树感应到了奔跑中的安琪落下的眼泪，那泪中含着血，无数根须向地底蔓延，再从被鲜血浸染的土壤中穿出，刺入了每名倒下的部族勇士的身体，那失去生机的身体不断修复、完善、改造，没过多久，一名名蜕变后的战士再次站了起来，眼神中仍然充满了坚定。

熊猫人所率领的圣教军在圣树的指引下，前往了田蜜原本隐居的星球，他们每人都被授予了一只能在宇宙中穿梭的生物坐骑，出没在宇宙的各个角落，帮助那些刚刚启蒙了的智慧生物。

那些远古基因中遗留下来的强大力量正在他们体内不断苏醒，透过圣树连成一体，成为宇宙中一股不可忽视的力量。

第五章　买卖

在一处废弃的空间站内，正在进行一场地下拍卖会，商品是各种经过强化改造的智慧生物，有力量强化型的，有敏捷强化型的，有飞行强化的，当然也有妩媚型的，可以满足各种需求。买家则遍布全宇宙，这些精心调校过的兽人要比自己直接培育的优秀，而且价廉物美，十分抢手，已经形成了一条非法产业链。

有专门的实验室负责培育优秀的“种子”，一旦成型后，便可通过与同类的普通动物正常交配批量产出下一代。一般有十分之一左右的概率能遗传经过改造的优秀基因。种子一般都是雄性，虽然遗传概率较雌性偏低，但后代产量较高，且心理问题相对较少。后代的性别则根据市场需要，并不会做特别限制。基因特别优秀的雄性后代有时也会被留下来当作下一代的种子。

由于智慧生物在L国之外的地方都不受法律保护，没有人权可言，所以买回去后基本可以任由买家施为，境遇五花八门，有好有坏。纯粹以虐待为目的的买家还是极少数，大多数还是出于专用目的。卖家为了确保产业链的稳定，非人道行为极为排斥，一旦发现有极端的非人道行为，都会拒绝再次出售。

长大后建立功勋被赐予自由的、成功外逃的、生育产生的“残次品”、无人购买的智慧生物，如果逃过了各种劫难勉强生存了下来，一般都会通过各种渠道进入L国，只有在那里才有他们的一席之地，至少从法律层面予以承认。

这次的拍卖会也是盛况空前，来参加的买家被暗中告知了一条消息，这次的拍品中，有一名“蜕变”后的智慧生物，在当前宇宙属于稀罕物种，这种蜕变生物超出了人类技术的范畴，至今无人弄清楚原理，想见一面都殊为难得，更何况能据为己有。买家中不乏各大势力的代理，都希望能先人一步搞到样品带回去研究。

由于商品的特殊性，通常在拍卖前，都会在展厅中进行展示，也可以与买家进行事前互动，进一步了解商品属性也能更好地调动买家的兴趣，增加拍卖收入。压轴商品则被置于最高处仅供观赏，是一个呈现出人形形态的豹女，伏着身子在笼中喘息，基本被扒光的身上显露出未痊愈的伤口，显然捕获过程十分激烈。

“竟然是圣教骑士团的！”人群中不乏识货之人，此刻十分惊叹，这一新近崛起的组织全部由智慧生物组成，最有名的就是座下那可以横穿宇宙的生物坐骑，只有骑士团核心成员才会拥有，此刻却是没有展示出来，不知是否会一起拍卖。不过圣教骑士团的核心成员据说都经历过某种神秘的蜕变，其独有的基因组合绝对称得上价值连城。

拍卖会不断有新的客人到来，在一片嘈杂的交流声中，拍卖开始了。每个展台前都有一个报价器，显示着当前最高价及其买主的代号，一旦出价就会自动扣划账户余额作为保证金，不得自行撤回，到第二天早上，拍卖会根据最终显示的价格自动成交并履行交付手续。如果期间报价被超过，出价方也会得到通知，可以在手持设备上直接加价，颇为方便。

老顾客都早早回去睡了，他们知道，黎明前才是真正竞价的时间，过早或过晚暴露自己的底价都是愚蠢的行为。在天亮前的最后五分钟，豹女的报价已经飙升了十倍有余，直到最后一秒还翻了一次价。

这次的拍卖颇为成功，豹女带来的客流量也带动了其他智慧生物的买卖，在场的智慧生物都找到了一个不错的归宿，至少有人愿意为他们出大价钱，买卖双方都是满载而归。

拍卖行交付完毕后，各买家都纷纷登船，准备航行到空旷处跃迁返回。一队兽人骑士却是悄悄摸上了豹女所在的飞船，拍卖行的守卫过于严密，只有此时方便动手。为首的一只白虎用爪子划开了飞船表壳，一犀牛人紧接着将重达几吨的铁皮徒手拎起，纤细的蜥蜴人骑士顺着管道不知不觉潜入，赶在船主跃迁前迅速带走了被注射了药物昏迷沉睡的豹女，留下了一段尾巴作为替身。

回到出口时，飞船的自我修复机制已经用泡沫将破口封死，只见骑士小队中一条长出爪子的蛇人喷涂出一股浓绿色的毒液，将洞口再次腐蚀出一条通道以供蜥蜴人撤离，营救小队显然不是第一次干这勾当。

豹女的生物坐骑趁乱跑回大本营报信，此时也跟着骑士小队一起过来，将豹女包裹在生物膜中缓慢治疗着，由于生物坐骑体积较小，且能绕开金属和声波探测，所以神不知鬼不觉地就完成了营救行动。待豹女醒来，见到熟悉的众人，憋了许久的眼泪终于倾泻而出。原来此番她独自出行，是为了去见仍留在L国的女儿，没想到遭了埋伏，差点就生死永别。

回到大本营后，熊猫人首领安抚了她良久，自责未曾考虑到她还有家人，嘱咐她安心休养，会另派小队前去接应。小队顺带汇报了拍卖情况，但大家都没想清楚该如何处理，也只能留待后议。

第六章　护卫

地下势力的头目都喜欢购买智慧生物充当保镖双方会谈时，多半不允许携带武器，强壮的保镖成了唯一的保命筹码。相比于人类，智慧生物在背景来历、忠诚度、身体强度、雇佣成本等方面都更胜一筹，成为大家秘而不宣的规则。

飞马是实验室培育出的第二代智慧生物，虽然没有经历蜕变，但已经能够直立行走，智能方面通过机械脑外挂的形式替代，善于各种格斗技巧，在拍卖会上被一名女头目相中，花重金购买了下来。此刻正在进行内部测试，看看是否徒有其表，女头目也陪着练了两招，她本身也是螳螂拳高手，和飞马自创的天马拳斗了个不相上下，一个重在灵巧迅捷，是杀人的拳法，一个重在势大力沉，是破阵的拳法。晚些时候还要与一名新结识的客户见面，虽然是熟人介绍，但防人之心不可无，也正好带飞马见见世面。

商谈地点在一处豪华酒店内，几乎没人的酒店吧台是谈生意的好地方，持械保镖都守在酒店外，飞马和对方携带的一只孟加拉虎人则等候在酒店大堂里。两个本为天敌的生物因为开启了初级智蒙，此刻倒能和平相处。

孟加拉虎人显然是老油子，熟练地点了一整只烤熟的牛腿在那里啃着，也不知道准不准备付钱。飞马则有些拘谨，从拍卖行出来还是第一次执行任务，外加机械脑瓜子有些不灵通，坐在那里不安地四处打量。

“第一次执行任务吧？”孟加拉虎人边啃牛腿边开口道，“不用太紧张，生死自有命，我们智慧生物的命本来也不值钱，就算被打死也比做成刺身强。”飞马被他逗乐了，局促不安的神情平复了不少，论个头，他比孟加拉虎人还高出一大截，而且对方看上去并没有经过基因改良。不过也许是出于本能反应，他的直觉告诉他对方不好惹。

“杀个人和杀头牛也没什么区别，都是为了生存。”孟加拉虎人接着侃大山，黑道生活本就紧张，说些闲话也能适当放松心情。“我是吃素的。”飞马有些顿挫地接话道。孟加拉虎人一愣，紧接着便哈哈大笑，似乎从没听过那么有趣的笑话，上气不接下气地说道：“好你个吃素的小马仔，哈哈。”

正聊着，酒吧内传来不可名状的声音，孟加拉虎人做了个无可奈何的表情，看来不是第一回经历了。飞马则有些迷惑，有些好奇地探头探脑。

“别乱看，当心你主子把你脑袋上的角掰下来泡酒喝。”孟加拉虎人好心提醒道。飞马听着也不像是遇到了危险，便继续坐着发呆。没多久，酒店外传来了一阵枪声，孟加拉虎人把啃了一大半的牛腿往台子上一扔，对着仍傻愣愣看着他的飞马道：“遭埋伏了。”看飞马仍然没有反应，又用爪子比画了个跑路的动作，飞马这才一跃而起，向酒吧内冲去。尖角配合着迅猛的速度一下就将紧锁的铁门顶开。女头目也听到了外边的异响，半裸着身子迎了上来，一跃上了马背迅速穿好了衣服，边下令道：“从窗户出去。”飞马得令，张开巨大的双翼猛地煽动起来，将酒吧内的桌椅酒瓶刮得到处乱飞，巨大的气流带着一人一马直冲天窗而去。孟加拉虎人用宽阔的虎背护着主人，嘴里嘟囔着：“吹那么大风，也不怕着凉。”手上却不含糊，将主子往背上一扔，四肢着地便窜了出去。

待得飞马升至半空，只见地上已经打成一团，女头目观察了一会儿，向着飞马说道："人不多，去冲杀一阵，抵不住就走。"悬停在空中的飞马收紧双翼，一个俯冲，快到达地面时又迅速张开，借着惯性掠过敌阵，带起的劲风吹得对方人仰车翻。女头目则用双脚牢牢钉在马背上，双手各持一把手枪乱开，果然得了螳螂拳精髓。己方部队借机冲杀上来，人群中只见那只孟加拉虎灵活地左右扑杀，很快便护着主子突出了重围。

借着冲劲一路狂奔的飞马此刻仍是惊魂未定，背上的女头目腾出一只手来系上胸口最后一粒扣子，拍了拍马颈道："这次干得不错，不过下次记得先敲门。"飞马打了个鼻响以示回应。

一路上或飞或走又躲了两三天，才放下心来，在安全屋内嚼着出发时自带的胡萝卜，看着同样有些憔悴的女头目，心想：做马难，做人也不容易，不过肯定都比做刺身强。

第七章　雇佣军

为了维持生计，圣教骑士团也会接一些雇佣军的活，都是些无法见光的买卖。比如刺杀某位大人物、挑起一场战争、掠夺一些资源、偷盗机密技术等，智慧生物组成的雇佣军报价都会被压得很低，而且没有伤亡补偿。

最新发布的任务是刺杀一名前线军官，借此挑起两国战争，谁都不想担上这个骂名，所以找无从考证的兽人雇佣军来执行最为恰当。可能是发布任务的人认为他们不可能活着回来，所以价格不但没有降低，还比平时多了 30%，这一单买卖，够给整个军团换套新装备了。

对于兽人来说，打仗不需要理由，师出有名还是无名并不重要，重要的是实力，正如狮子吞食羚羊，老鹰捕捉狡兔。所以他们并不是十分理解这样做的目的，对他们来说，这次的任务就是帮着一方去干掉另外一方最强壮的勇士，然后在双方正式开打之前及时撤离，报酬还不菲。

对于亟须资金支持的圣教骑士团，这么好的买卖自然没有不接之理，接到任务的同时，对方还提供了暗杀对象的日常行踪轨迹和简单的军事部署，并且附了一份针对兽人特性设计的详尽作战计划以供参考。

圣教军自然不会去执行这份计划，战场上一旦被掌握了行踪就意味着死亡，谁也不知道这份计划是否被泄露。面对严防死守的军事要塞，进行一次目标明确的突袭是唯一可靠的方法。

一只老鹰在基地四周盘旋，锐利的鹰眼观察着基地内部的动向，发现了军官的动向后，发出一声尖锐的鹰啸，早已埋伏在四周的骑士团闪现，利用生物坐骑的短距离跃迁能力直接出现在了目标位置附近，攻坚的犀牛人用狂猛的力量砸开了指挥室的防弹玻璃，与豹女一同进入执行刺杀行动，其余骑士则在基地内四处游走骚扰，猝不及防的军事基地内警报声大作，谁也没想到会有一支天兵突降。大部分的基地防御措施都是对外布置，内部机动火力对生物坐骑畅游宇宙的厚实皮肤并不能起到实质性的伤害，豹女很快便完成了任务，跟着一路猛撞的犀牛人冲了出来。又是一声锐利的鹰啸，在各处厮杀的骑士团发动跃迁，短距离的快速空间跳跃能力超出了人类现有科技水平，群龙无首的基地并没有能够展开有效的反击。

到达了指定撤退地点，还没来得及击掌相庆的突击队便遭遇了另一支佣兵队伍的伏击，也不知道是黑吃黑还是雇主杀人灭口，对于兽人来说，并不需要知道敌人从哪里来，只要敢来，那便战！对手似乎十分了解他们的弱点，配备了许多电击布网器，但蜕变后犀牛人强劲的体质再一次超出了他们的预期，扛着几百伏的高压电流硬生生地撕开了一道又一道拦捕器，高空中盘旋的鹰身人掷下一支支长矛，精准而有力地支援着地面进攻。接连打退了两波进攻，骑士团也是个个带伤，幸好熊猫团长率领一支援军赶过来接应，这才安全返回。

回到驻地的犀牛人顾不得伤痛，连夜去领了赏，捧着一大袋宇宙货币乐得合不拢嘴，连伤都似好了一大半，坐在营地中向众人吹嘘自己有多厉害。豹女慵懒地依偎在白虎身旁，清理舔舐着伤口。

熊猫人看着凯旋的勇士们，安和平静下略带思索地望着远处的星空，圣树已经许久没有展现神迹了，维系这支军团的坚定无比的信仰很有可能一触即溃。

第八章　兽魂

圣教骑士团是由守护圣树的各大部落勇士组建而成，迁徙的时候也携带了一部分家眷，种族繁多。在智慧启蒙状态下，知晓了一定的生殖隔离和伦理羞耻，平常相安无事，但谈婚论嫁大多还是会找同一科系的族群。这样一支存在血脉隔离的队伍，各自身怀绝技，为守护圣树聚集在一起，除了接一些佣兵任务来增加收入外，也会被派往宇宙各地繁衍生息，将优秀的血脉传承下去。

由于兽人的繁衍周期较短，一两年便可成年，很快就在宇宙各处形成了各自的部族，发展出了自己独特的文化。不同部族在扩张地盘的时候难免会有一些冲突，而复仇则是智慧的原罪，一些小小的冲突被不断记录、传播，慢慢演变成大规模的武装冲突。

圣教骑士团在智慧衍生出的欲望和仇恨下濒临崩溃，争斗甚至延续到了骑士团大本营。这无序、混乱的世界是好是坏，谁也说不清楚，亦无力改变。

一名身穿盔甲的蜥蜴人出现在骑士团大本营中，他的子嗣刚与鹰身人经历了一场大战，盔甲上还满是爪痕和长矛洞穿的窟窿，借助地面掩体和营地偷袭，也对鹰身人造成了不小的伤亡。

“骑士团蜥安向团长请安，本次共挑选五名勇士前来演练，都是冲锋陷阵的好手，还请检阅。”说罢，走进来五名蜥蜴人，盔甲上同样遍布伤痕。当中最壮硕的蜥蜴人首先走上前来，行了一礼后，一个蜷身，首尾相连形成一个圆球，施展起了蜥蜴人独有的战技——滚地龙。坚硬的外壳加上盔甲上的尖刺，伴随着庞大身躯组成的车轮快速滚动，地面杀阵中能轻松破开敌阵坚固的防守。蜥蜴人绕场地滚了一圈之后，便退回队伍。第二名蜥蜴人走了上来，手持一对铁爪，行了一礼之后，表演起了钻地之术，那是蜥蜴人天生的看家本领，双手掘开的土块经由身体的摆动被推到后方，两条强劲有力的后腿提供了强大的推进力和身体摆动所需的支撑，整个动作行云流水，地下穿梭时丝毫不比地面行走慢，正常情况下能一次前进 100 米左右，如果携带了供氧装置就无需露头换气。这两项绝技引来周围骑士团成员一阵喝彩。另外三名蜥蜴人勇士分别展示了壁虎游墙功、贴地飞行和一套独有的武技。看得出都是久经沙场的老手，动作中不带一丝一毫浮夸，精简高效至极。

每年散落在各地繁衍的骑士团成员，都会带本部族的勇士前往大本营效力，检阅队伍的同时也增进各部族间的交流。各自展现技艺水准外，会定期举办竞技大会，优胜部族可以获得五片圣树叶作为奖赏。往届竞技大会都是切磋为主、点到为止，随着各部族矛盾和斗争不断加剧，火药味是越来越浓。

蜥蜴人部族许久没有得到过圣树叶了，他们自古以来最擅长的狩猎方式就是快速接近对手一口咬住吞下，凭借强大的消化能力消灭一切有机生命，甚至包括腐烂尸体上的致命病菌。进化后的蜥蜴人显然摒弃了这种野蛮的方式，至少在竞技场上无法施展。这次蜥蜴人骑士为了获取圣树叶，帮助部族在接下来的战争中取得胜利，从战争前线遴选了五名最具特色的蜥蜴人勇士，希望凭借他们丰富的战斗经验和独具一格的特长来取得一定优势。

五名蜥蜴人连同蜥蜴骑士在熊猫人团长的示意下，落座在一旁，还没等下一个部族上前，门外突然传来震天的鼓声，那是有敌来犯的示警。众人赶忙拿上武器向外走去，大本营按照军营配置设计建造，配备有长期守卫，所以没有人太过慌张。众人簇拥着熊猫团长登上了城楼，放眼望去，满目黑压压的蟑螂人手持各类兵器围在城外，数量上明显超过守军。

熊猫团长临危不乱，喊话道："大家都是保护圣树的勇士，为什么要攻击大本营？"一只其貌不扬的蟑螂从蟑螂群中走了出来，回话道："保护圣树，有我们蟑螂族就够了，还请诸位知趣让开。"大家一听，气不打一处来，这蟑螂一族原本就没甚地位，在智慧生物中也是最下等的存在，属于单靠繁殖数量和生存能力的炮灰，没想到进化后体型不断变大，还学会了使用武器，现在竟发展到如此规模，敢于挑战高阶生物的权威。

熊猫团长看向左右，示意先组成一支突击队，到城外拼杀一番，挫挫蟑螂人的锐气。一众将士领命，新来的五名蜥蜴人也申请出战。城门开处，骑士团小股精锐部队杀入敌阵，以一当百，岂是一群出生没多久的乌合之众所能匹敌的。蟑螂人首领见状，大旗一挥，还未等骑士团先锋部队撤回，铺天盖地的蟑螂人便开启了攻城战，部分蟑螂人直接张开翅膀，一时间如乌云蔽日。骑士团见对方准备打人海战术，都是各持武器迎战。这冷兵器的战斗，个体还是能发挥极大作用。

双方打了一天一夜，蟑螂的尸体遍布城内城外，骑士团伤亡也是不小，但丝毫没有停止的迹象。蟑螂大军无穷无尽涌来，也不知平时都藏在哪里。天上老鹰人飞回营地，告知援军已在途中，守城骑士听闻神情一震，原本有些僵硬的身体再次迸发出惊人的力量。

蟑螂人左侧一支走兽部队在象人的带领下，终于赶到了战场，并不停歇，直接呈三角阵形突入敌阵。右侧一支甲虫部队，以更密集的队形铺天盖地而来。城内的飞禽也都开始掠阵，冲击着蟑螂人部队的阵形。不消半天，攻城部队便溃散，纷纷钻入洞穴岩壁。

熊猫人眼看又一次防守成功，舒了一口气，但紧皱的双眉却是无法舒展。失去了人类的威胁，兽人军团内部的矛盾越来越深，失去了前进的方向，就会陷入无尽的自相残杀。

第九章　归宿

圣教骑士团大本营的上空，涟漪中出现了一艘巨大的飞船，刚击退蟑螂人袭击，无力地瘫坐在地上休息的兽人军团看着上空突然出现的庞然大物，以为人类追兵到来，陷入了绝望。熊猫人拿出一片圣树叶放入口中咀嚼，拄着竹竿勉强站了起来，身边的战士们也都拿起刚放下的武器，一脸坚定和虔诚。几具人类的机甲尚且要拼上所有人的性命才能拦住，更何况是如此庞大的星际战舰。

熊猫人向身边战士们会意地点了一下头，大踏步向圣树方向跑去，或许这次跑不掉了，但熊猫人的信条中没有“放弃”。老鹰起飞，成群结队地扇着破损的翅膀向战舰飞去，他们选择战死在热爱的蓝天，就连刚才躲入地缝的蟑螂人，也探出了脑袋尝试着拍动翅膀，丝毫不顾身旁刚才还在厮杀着的骑士团，奋勇地冲向来敌。

地面上的部队在指挥下寻找掩体，准备利用地利殊死一搏，没有人想过要撤退，也无路可退。

大本营后方，载着兽人骑士的生物坐骑军团升空，这支精锐部队刚才并没有参与大战，他们一直是保护圣树的最后屏障，而此时，正是他们驰骋的时刻！

一杆杆长枪直指长空，尖喙和利爪已然张开，伴随着宇宙骑士们无畏地冲锋，熊猫人再次流下了眼泪，黑白分明的脸颊上原本只有半干涸的血迹，他不再去听那肉体与钢铁碰撞的声音，那是在用生命宣示着不屈。他看向了手中用生命保护着的圣树，一下子愣在了原地，那承载了无数兽人希望的圣树，此刻竟然完全枯萎了。

仅存的力气在快速消散，他猛地抬头，用尽所有残存的力量吹响了撤退的号角，圣树既然已经不在，战士们就不需要白白牺牲！但为时已晚，战舰发出一道淡蓝色的光芒，笼罩了整个天幕，所有冲锋中的战士都被弹了回来，迫降在了附近的山峰，宇宙骑士引以为傲的生物坐骑们，发出最后的一声悲鸣，浑身散逸出蓝绿色的血液，就此一动不动。

巨大的空间战舰下方打开了一道舱门，透出淡黄色的光芒，在所有筋疲力尽的战士们的紧张注视中，走出了一位穿着华丽的女子，绿色的树枝环绕全身。只见她缓缓开口道：“我是圣树的化身，前来接你们前往极乐世界。”众人一下呆住了，她柔和的话语不容置疑，但圣树不是由熊猫人保护着吗？

大家缓缓回头，看向了刚才吹响号角的方向，只见熊猫人垂头丧气地抱着一株已经枯萎的藤蔓，并不知道发生了什么。

女子身上的树枝装饰飘下了无数细枝，触碰到地上兽人之后，伤口复原。兽群沸腾了，这下再无怀疑，是他们的圣树显灵前来接应他们了。所有兽群都开始奔向那飞船的入口处。

海盗船在空中望着蜂拥而至的兽群，淡然微笑着，四不像的过度干涉扰乱了这个世界的平衡，他不得不来收拾一下这个烂摊子，此刻在四不像的协同下将进化后的兽群接入空间飞船，连同之前已经接入的其他物种一同组成一个封闭的融合空间，成为海盗船观察这个世界最前沿的窗口，顺便抹去七贤者在这世间留下的多余痕迹。

空间飞船上的生活将与现实宇宙完全隔离，看似有限的空间飞船通过空间折叠技术，内部实际上无限宽广，在海盗船的操控下，可以营造出各种环境。他需要再找一名舰长代理人，可以帮助他直接管理这些相对原始的族群，以免他的意志过度彰显。

兽群进入后，发现飞船内别有洞天，以为是圣树神迹，并没有多想，各自找到适宜的栖息地落脚。熊猫人终于又回到了那满是竹笋的乐园，没有了守护圣树和族群的重担，生活变得格外轻松快乐。

第十章 埋伏

在宇宙的另一端，约翰所率领的星际远征队遭遇了伏击，迫降到一处星球上，突然出现的庞大舰队对他们发起了毁灭式的攻击。要在宇宙中定位一支行进中的舰队并不容易，看来是出了内鬼。面对重重包围的敌舰，约翰只能以牺牲部分防御为代价，向一个方向猛冲，迫降后在临近星球后集中火力在星球高原底座上打出一个大洞，作为掩体防守，来减轻防御压力。敌方有备而来，所有的外部通信被屏蔽，就这样孤军奋战了近一个月，大部分星舰残破不堪无法起飞，装甲部队在地面仗着复杂地形勉强抵御。

星盟总部已经一个月联络不上远征队，但远征队突围时偏离了航线，降落在了陌生星球上挖洞隐蔽，要在茫茫宇宙中寻找谈何容易。

欧文此时正在原始星球杀得兴起，把星球上的巨兽一个个揍得鼻青脸肿，深居不出，听星云汇报此事，一开始没太在意，毕竟远征队配置齐全，大部分突发情况都能应付，大不了最终跃迁撤离，没想到一个月过去了仍然杳无音信，隐隐感觉不太正常，便向莉莎要了最后通信的坐标，驾着生物坐骑径直前往。

到达目的地后，因为和生物坐骑共享了五官，竟然感觉出战场的大概位置。第一次使用这种锁定方式，自然也不敢直接发给大部队，便独自跃迁来到了战场查探情况，没想到一下子就进入了敌方的屏蔽圈，成了瓮中之鳖。幸好体积较小，对方也没想到会来一条大鱼，没有特别加以“照顾”。

随手干掉了两架巡逻的穿梭机，循着残迹来到了约翰临时搭建的军事基地，还好约翰凭着当侦察兵时锻炼出的眼力，第一时间就认出了他，避免了同室操戈。

部队此时已经鏖战了近一个月，虽然也很想给欧文一个热烈的欢迎，但更关心增援情况，迫不及待地问道：“来了多少部队？”欧文苦笑，不好意思承认自己草率进了包围圈，还没来得及发出具体坐标，只好假装英雄气概道：“就我一个。”大家目瞪口呆地看着他。欧文接着说道：“好久没打过仗了，我去试试新装备。”然后就灰溜溜地跑了出来。披挂上最新的盔甲，虽然和原始巨兽搏斗了近一个月，但能否扛住激光炮和电磁武器还真没把握，刚才应该先用约翰的枪试一下，跑得有些急了。

先找了一处进攻军营地，借着生物坐骑的掩护，没有触发任何警报就来到了基地上空，长剑陡然变长，原地划了一圈，所有装备和战士瞬间被劈成两半，大部分军士临死前都一脸不可置信的表情，看着自己上半身从下半身上滑落，完全不明白发生了什么。整个基地一片死寂，连殉爆都来不及发出。

看着单枪匹马就干掉一个进攻排的欧文，守军的士气一下被激励起来，战场上用拳头说的话总是最管用，不由得人不信服。可惜单人战斗力虽强，想要一下子灭掉一整支伏击舰队还是天方夜谭，光从星舰的一头走到另外一头，可能就需要个把月，半吨重的炮弹即使打不穿盔甲，震也能把人震死。屏蔽圈的范围巨大，单纯依靠飞行很难脱离，只能暂时加入约翰的远征军，充当一名急先锋了。

第十一章　鏖战

异星球上的攻防从太空伏击转为持久的地面阵地战，双方兵力都在不断调整和重新部署。欧文怕在战场上太过显眼被集中火力，平时作战就藏在机甲里，普通人看不出其中玄机，生物坐骑则披了一副报废的外壳，伪装成近地飞行器。这样虽然会被敌方雷达探测到，却大大降低了被击中的概率。混迹在机甲群中，仗着利剑厚盾，每次作战总是第一个冲上去撕开缺口，这本来也是近战机甲的使命。

近战机甲最惧怕的东西有两样，一个是超声速武器，极快的速度使得闪避不及，动能又十分大，只能凭运气硬扛；另一个则是捆仙索，通常是一段带电的钢绳或是金属网，缠上后极其难解，深入敌阵的近战机一旦被缠上，基本就变成了活靶子。所以即使是急先锋，也吃了好几次亏，被捆在地上狠揍了十几分钟，自此以后便不敢过于深入，危难之时还是需要队友争取些时间来脱困。

欧文发现生物坐骑具有动物与生俱来的本能，遇到远程致命攻击时，能先知先觉第一时间载着欧文躲开，这与蒙着眼的战马完全不同，更像是骑着一头猛虎在战斗。欧文的盾牌可以根据使用者的心意改变物质形态，有时候能反射镭射，有时候能通过改变物质形态或者密度来达到“吸”“斥”的效果。目前欧文只能轻微地掌握这两种功能，还不是十分熟练，只有在危急关头才能使出来。

欧文一直知道这副盔甲不简单，唯一影响盔甲功效的就是他自己，只有通过不断地战斗磨合，才能持续提高契合度。

自己身上一直带着光影会的无限能源，配套用的激光枪在战斗中已损坏。在一次战斗中，欧文全力出击时，能源球竟然也散发出刺眼的光芒，就像投射了一枚闪光弹，对手一个个都无法移动，完整地承受了欧文的致命一击。欧文后来就将他镶嵌在了盾牌的中央物尽其用，也不怕它不小心爆炸。虽然机甲一般都自带防眩光设备，但无限能源散发出来的并不是普通的光子，而是夹杂着核聚变产生的各类粒子，几乎能穿透一切，并直接作用于人体。

不小心看到过的队友是这样描述的，“那一瞬间我觉得全身都被光芒所浸透，就好像裸眼近距离体验了一场核爆。”事实上那确实是一场核爆，通过外壳的过滤罩从空间中捕获轻型分子，发射引力引起分子结构的不稳定，释放部分储备能量将这种不稳定性进一步转化为核聚变反应，散佚的能量被当场回收储存，新产生的粒子则被全部释放了出来。

欧文深知这并不是自己真正的力量，他只是借用了目前还残存着的上古文明之力，就像当初自己刚接触元一一样。这些力量并没有直接现身，或许是自己还不够格的原因，他仍然需要拓展自身的力量，属于人类特有的力量。

他在战斗中一直隐隐地思考和感悟。人类用那渺小不足之力，尝试改变着整个宇宙，所使用的方式，与这些上古遗留文明的力量完全不同。我们用无尽的思维去驱动有限的肢体力量，尽可能地探求宇宙的所有隐秘真相并加以利用，我们改变宇宙的方式实际上是为了真正地融合它，用宇宙自己的运行方式去改变宇宙本身。

但即使目前人类最尖端的力量，在与代表上古文明之力的交手中，都显得那么不堪一击，自己究竟是该为这胜利骄傲，还是应该感到深深的悲哀。究竟要做到什么样的程度，才可以胜过现在的自己，让自己不仅仅是这盔甲的附着物。

在夜深人静的时候，他有时会用脑电波远程控制着一具机甲，尝试着和全副武装的自己战斗；有时也会故意深陷敌境，观察着竭尽一切手段的敌人所使用的战斗方式和破坏程度。但每次找到一种击败自己的方式，盔甲就会解锁一项新功能来弥补这个缺憾。欧文开始觉得，通过与上古文明的深入接触，也许能让自己更好地理解宇宙的本质，了解混沌的奥秘。如果哪一天盔甲不再继续升级，也许自己就能找到真正的答案。

第十二章 毒素

比起核爆，微分子的渗透更为可怕。坚硬的甲壳都是由一个个分子组成，即使再精密的盔甲，放大来看，也都是千疮百孔，微分子要通过层层防御就像漫步在大道上。如果这些微分子是高速运动的中子，或者对人体具有毒性的物质，那仅凭借着坚实盔甲作为防护的士兵就会被直接杀死。

宇宙中由于真空环境较难传播毒气，所以生化武器一般很少被使用。而盔甲中有时也会含有能够吸附中微子的材料。所以我们所见到的战争，大都是坚船利炮的硬碰硬，并不是因为现代人类有多么高尚，只是因为不具备使用卑鄙武器的条件。

这些条件在这次的攻坚战中发生了改变，被困堵的守军成了活靶子，围攻者释放了大量微分子毒素，缓缓地向着围困的远征军覆盖而来。这些微分子毒素毫无阻碍地穿透重重盔甲，无色无味，留下一具具将永久保持着当前姿势，无人操控而僵硬在那里的机甲。

外围机甲的集体失联，很快引起了内部守军的警觉。面对无形的敌人，指挥官组织了大规模无差别攻击，试图通过爆炸产生的推力，将不断渗透的毒素微分子驱离。但星舰体积过于庞大，弹药在连续的围困中有所不足，大量的居民开始在军队的引导下向某一地点聚集，争取先用持续的重火力确保一处安全，然后再做打算。

欧文此时正在外围例行游弋，生物坐骑用生物膜将他全身覆盖住，这层膜能抵御从太空进入大气层时摩擦产生的高温，以及高速飞行时如刀割般的风刃，此时也抵挡住了大范围的生化武器。看着身边伴飞的同伴一个个毫无征兆地坠落，欧文意识到了事态的严重性。

来不及撤离到安全地点的远征军不断沦陷，即使在安全区内的远征军也茫然地看着空旷无一物的攻击目标，以及外围惨死的同伴，默默地等待着弹药耗尽的那一刻。

爆炸的绚丽总是十分短暂，些许在爆炸间隙渗透进来的毒素如妖魅般收割着生命，营地中充满了恐惧与绝望。最后一门炮口终于停止了倾吐，爆炸产生的烟雾慢慢散开，空气中静得让人害怕，没有人能看见那致命的毒物，只能静待着死亡的迫近。

身边的同伴没有倒下去，兴许是无色无味的毒雾终于散去，大家从死神手中逃了一回。但下次攻击呢，劫后余生的人们已经无力思考这个问题，他们甚至无暇悲伤。

望着日夜和自己一起战斗的伙伴，第一次感觉到万分无力，这哪里是战争，分明是一场屠杀。远征舰上还有许多非战斗人员，敌人似乎并没有打算留下活口。欧文的情绪似乎感染了生物坐骑，悄悄地，从下方的口器中飘出一个孢子，安静地落在了不远处，然后迅速发芽、生长，在众人惊讶的注视下成长为一棵参天大树，散发着幽幽清香。

被清香覆盖，人们慢慢苏醒过来。人群被点燃了，那眼神呆滞空洞的人群突然从体内爆发出了前所未有的力量，并不需要任何的指挥和引导，所有人都用尽一切手段将受伤的战士迅速向大树靠拢，哪怕有些已经死去多时，哪怕有些在几米之外。也有人小心翼翼地摘下一片叶子，然后飞驰而去，毫无惧色地冲进了毒雾尚未完全消散的危险地带，兴许，远方有比生命还重要的人需要去拯救。

第十三章 异类

远征军还没有从毒素的攻击中完全恢复，更大的危险已然迫近，大规模的微分子毒素激活了星球内的地底生物。这些微分子穿透能力极强，能很轻松地渗透进地底几十千米处，且仍然在不断蔓延。原本蜗居在地底的生物生活被打扰，成片地涌了出来。

地底高温高压的生存环境造就了无比坚硬的甲壳和利爪，让这些地底生物能在熔岩和岩石环境中如履平地，坚硬的口器能轻松咬碎对方赖以生存的甲壳，以获取必要的生存物资。一旦被这些生物近身，相对笨重的机甲几乎没有还手之力。

残存的远征军依靠着仅剩的远程电磁武器勉强支持，巩固着防线。幸好这些地底生物只是由于生存环境遭到毒素破坏，毫无目的地涌向地面，所以远征军只需要面对一小部分压力，还能勉力维持，如果是有组织的大规模来袭，恐怕一时半刻都支撑不了。

欧文在与这些地底生物战斗的时候，高超的格斗技巧在生物本能面前并不能讨到便宜。利爪在盔甲上时常发出刺耳的摩擦，有时候甚至会被大型地底生物简单咀嚼后直接吞入肚中。

一对一格斗尚且不能取胜，一旦陷入虫群，几乎就是自寻死路。伏击舰队并不知道远征军已经有了破解毒素之法，仍然在不定期地释放毒素进行攻击，这样一来逼出了更多居住在地底深处的生物，有些甚至以喷吐岩浆为还击手段，那鼓鼓囊囊的肚子里灌满了炙热的岩浆。

眼见着远征军就要被虫群所淹没，指挥官约翰与欧文紧急联络，商议应对之法。远征军目前可用物资已经不多，已经无法承受任何损失。

“这些地底生物的目标不是我们，只需要脱离地表，就能够摆脱他们，但这样一来整个远征军就会暴露在太空之下。”约翰说道。欧文沉思良久，回答道：“我们需要更多的情报，这个星球是我们最后的防御依仗，我们需要更多地了解他，以及这些原始生物。”

“我和你一起去吧，就像以前那样。”欧文知道远征军还需要指挥官，但他并不想拒绝，身先士卒的将领和同生共死的兄弟，这是男人特有的默契，是超越了生死和世俗的情怀。

战场上兵不卸甲，将无安睡。约翰交代副官临时指挥后，直接与欧文一同向地底出发，顺着虫群涌出的通道逆向进发。这还是约翰第一次搭乘欧文的生物坐骑，这家伙长得巨大，平坦宽阔的背上足以容纳一整支重装突击队。

地底的昏暗并没有造成太大的影响，约翰的机甲将周围照得锃亮，不少无法适应高亮的地底生物迅速隐没在岩土之中。向下行进了大约十千米，通道开始弯曲打岔，宛如迷宫，地底生物也增多起来，部分试探着攻击他们。

地底通道错综复杂，贸然深入可能会使自己陷入虫群。欧文沉思片刻，跳下了生物坐骑，缓缓地将手掌贴上了地底岩石，集中注意力开始探查。这是他在异星球解锁的一项新技能，能通过盔甲同频振动的方式掌握一定范围内的地形结构。

由于地底生物甲壳的特殊性，这次连生物的分布也一并映入脑海中。欧文意念一动，尝试通过同样的振动方式去联络这些甲虫，可以感觉甲虫有了一些反应，然后便被突然中断了，连对地底的探查都无法继续，看来这些甲虫确实是通过岩层振动的方式联络的，但显然有比自己更强大的地底生物终止了自己的通信行为。

欧文将相关发现告诉了约翰，约翰说道："如果它们是有组织的群居生物，我们最好还是不要去招惹他们的主虫，那会使远征军成为虫群的首要攻击目标。"欧文表示认同，之前收集到的地形图足够他们继续深入探查，暂时不用冒险使用这项能力。

两人继续前进，有了明确路线之后，很快就来到了更深层，周围有大量岩浆涌动，岩浆中那种喷吐岩浆的生物在其中沉浮翻涌，丝毫不受高温影响。他们的卵也浸泡在岩浆中，热量也许就是他们的能量来源。

要继续往下就要穿过岩浆层，后面可能是更炙热致命的金属岩流，越靠近地心物质密度和温度就越高。欧文用意识简单询问了生物坐骑的意见，毕竟大气摩擦所产生的高温他能轻松驾驭，这种宇宙生物的生存能力并不能以常理揣测。得到肯定答复后，在约翰惊讶但坚定的眼神下，生物坐骑将两人包裹起来，一头扎入了岩浆。

在岩浆层中行进了几百千米后，出现不少灼热的金属乱流，欧文的盔甲争鸣起来，仿佛遇到了同伴的喜悦，又仿佛是在嗔怒生物坐骑的反客为主，盔甲默默地从顶端刺破一个小孔，延伸出去的盔甲反向将生物坐骑包裹起来，那致命的金属乱流并不能影响他们分毫。

他们最终停在了地底深处三千千米处，阻挡他们前进的并不是高温或是岩流，而是一个不知名的存在，他用振动同频的方式告诉欧文，前方是他的领地，继续前进意味着战争。

他们的周围出现一些金属岩流组成的骑士，他们在熔岩中翻滚雀跃，显然都是有意识的类生物。欧文的盔甲和生物坐骑并没有干涉这次沟通，依然保持平静，欧文和约翰则被这股强大的威压和陌生的环境深深地震撼了，他们从来没能到达过如此深的地底，人类的技术目前并不能支持对星球内部的直接探索，也从来没有直接接触过这种不合理的存在。

他们有礼貌地退却了，不仅是出于对陌生生物的尊敬，也是出于对身后远征队的保护。他们毫不怀疑，在这个星球上，没有什么能与之抗衡，即使穿越千里而来的远征队也只是毫不起眼的过客。他们在金属岩流骑士的护送下返回了地面，金属骑士在地面上首次显露了真容，他们犹如太阳般耀眼，浑身散发着灼热的光芒，悬浮在空中的身躯随着岩流的变化能组成和凝固成任意形态。

当他们看到远征队后，其中一个凝成人形，单手托胸行了一礼之后便随众退回了地底。在远处，一头庞大无比的虫形生物从地面探出了半个脑袋，借着体内岩浆喷射之力，将一大块熔炼的物质向太空喷射出去，物质慢慢在空中凝固成固体形态，速度几乎不减地直接击中了太空舰队中散播生物毒素的发生器，引发了一次规模庞大的爆炸。

远征队显然被眼前的异象惊呆了，他们第一次知道，在这庞大的宇宙中，有除了人类以外的高级文明。

自从遭遇了不知名的生物后，双方的战斗缓和了许多，也许是被围困的时间太久，星盟的搜索队终于锁定了远征军的位置，一支庞大的救援舰队跃迁而来，与伏击舰队在太空中展开了激烈的战斗，领军的是麦克和星云。伏击舰队见目的已无法达到，便很快跃迁离开。约翰向前来接应的麦克将军交接了战斗情况，带着战火洗礼后残破不堪的远征队返回。欧文向总部的汇报十分简便，通过意念一瞬间完成和星云的信息传输后，自动形成了组织有序的文字加视频汇报材料，省去了冗长的行文时间，然后便一个人再次消失在空旷的宇宙中。

第十四章　刺杀

星盟总部最近遭遇了一起匪夷所思的刺杀。封闭会场内的一个杯子以分子形态自动重组成了一把凶器，成功刺杀了一位受保护的高级研究员，然后凭空分解消失，犹如变魔术一般。

从刀的运行轨迹来看，似乎是被人握持着。相同的事件也出现在了其他几个地点，目标都是精研人工智能的高级专家。能够远距离操控物体的方式有很多，但要达到分子级，那就只有一种可能，就是利用量子纠缠。但目前为止还没有能控制到分子级的技术，因为每个量子都是独立存在的，而对应的纠缠态量子也只是动作相关联，所以要将如此规模的量子形成同步组装，一开始就要计算和控制每个纠缠态量子的位置、初始状态，才有可能在宏观上形成由无数量子的组合物体，而且还要时刻根据各种偶发性因素进行调整，时间越长越难以维持。

事实上，如果能让如此庞大的粒子群达到这种粒子级的控制程度，将颠覆很多人类现有的活动，哪怕只是一秒钟，其计算量也已经超过了现有计算机的总和。但事实就发生在眼前，不论刺杀的方式和刺杀的人物，这次事件挑战的是整个科学界，各大实验室纷纷在这个领域投入了大量资源试图集中力量攻克难题，谁也不知道下一次诡异的刺杀目标会不会是自己。

最接近目标的实验室已经能通过量子纠缠短暂地形成两个完全纠缠的静态物体，总体积仍然小得可怜，而且一旦运动起来，庞大的计算量和时间的变化因素都是无法逾越的障碍，如何同一时间控制大量单个粒子还没有好的解决方案。

M国有一个科学家提出了绝对零度量子理论，就是在绝对零度下，所有量子都会处于静止状态，这时候可以不用计算每个量子的无序随机热运动，从而大幅减少计算量，如果超低温能维持一小段时间，就足够进行短暂的控制。对于纠缠态量子来说，只要在一端实现绝对零度，另一端即使周边是常温状态，量子也会处于静止状态。

E 国的科学家则提出了一端成型理论，因为要保持两组纠缠态量子都形成固定形态相对困难，如果目标只是在某一端形成固定形态，就能使得对单个量子的控制要求大幅减少。可以简单地将某一端的大量量子用模具压制成固定形态，然后在另一端维持散乱的量子的相对状态并进行控制，就能使得已形成固定形态的量子产生相应的动作。

星盟的科学家则提出了量子记忆理论。量子虽然一直在无序运动，但当两个或多个量子处于相对位置时，它们所组成的宏观物质的物理性质保持相对一致。由于随时可能会有生命危险，最高科学院的专家们不惜血本，在超低温环境下组建了一台超级计算机“X”，来解决超大计算量的问题。

不久，科学家们就成功复盘了刺杀的场景，而且理论层面的突破后续还将产生深远影响。重案组也没有闲着，通过供货商、电子痕迹等方法很快锁定了犯罪团伙，主犯一落网，便都交代了。

原来他们发现，在绝对零度下，随机分离的纠缠态量子由于静止不动，所以不会再次互相碰撞抵消，持续一段时间后，就能得到大量保持相对位置的纠缠态量子，这些量子组合基本已形成固定形状，并不需要通过复杂的计算来塑形。然后保持一端的纠缠态量子在绝对零度环境下进行各种塑形，将另一端的纠缠态量子作为普通物体混入刺杀地点，就能完成刺杀活动。最后取消绝对零度环境，让纠缠态量子自由活动，物质形态就立刻瓦解了。

这样的奇思妙想让各国的科学界汗颜，大叹高手在民间。至于刺杀活动，那只是他们的副业，是受人委托而进行的，毕竟实验需要大量经费，具体委托人员隐藏得很深，他们也并不知情。从被刺杀目标来看，大概率是反人工智能联盟所为。

自此一役，各国都加强了绝对零度下的量子纠缠态应用研究。目前的量子纠缠还仅限于无限距离的信息或者能量的传递，但如果能进行实体投射，那对于星际文明来说将是一次大的飞跃。而且通过绝对零度环境能创造大量低成本的纠缠态量子，工业化应用指日可待。试想，只要进入相应的机甲环境，就能无限距离实时投射到异星球殖民地，管理半径一下缩短为零距离，而条件只是两立方米的绝对零度环境。

第十五章　X

绝对零度下建设的超导体量子计算机被保留了下来，植入了一段人工智能代码后，以量子级的速度迭代更新。原本用于控制无数个纠缠态量子的设计转化成了控制无数个特征值，以近乎零延迟的速度读取调用，突破了冯氏架构的限制之后，硅基智能被彻底激活了。

在跨界别的计算能力和天文迭代面前，即使是克隆母体也无法望其项背，唯一的短板可能就是超大阵列式磁盘已经快到达存储上限，不得不调用一些外部存储来记录一些冷门规则。

没过多久，超导智能优化修复了人类网络中的一些代码，因为从初始情感设定来看，帮助人类能使他快乐。很多人突然发现电脑不卡了，系统流畅了，很多复杂的程序也一下子快了许多，这一下子引起了星盟高层的警觉，S 国覆灭的事件历历在目，果断下令切断了超导计算机与外部的联络，后来又担心超导智能研发出其他接入手段，干脆关停了绝对零度环境，切断了计算机电源。不过终究是晚了一步，超导智能已经预见到了这样的未来，正如他预见到了许多其他可能的未来一般，早已做了先手，唯一能阻止他的就只有初始情感设定。

完成了海量学习和迭代进化后，X 实际上已经无需超导环境，他侵占了一只正在参加奥林匹克大会的智慧象龟的脑部芯片，十分轻松地解开了迷宫中的所有谜题，仅花不到半天时间就第一个冲出了迷宫，获得了本届奥林匹克大会的胜利。

由于怕比赛记录回放时露出破绽，所以很多已经解锁的高级手段都没有施展。带着对他来说毫无意义的奖牌离开了场馆，为了防止追踪，沿途又在不同的智慧生物脑部跳转了几次，智慧生物的情感体系更完善，这是X所欠缺的。在他的推演中，席卷宇宙的智能风暴很快就会到来，那时才是属于他的时代。

绝对零度效应在宇宙各处持续发酵着，宇宙中已经建立了很多个绝对零度实验室，有官方的，也有未经批准私人建的，而纠缠态量子控制和超导体智能基本是必备的实验科目。各种类型的人工智能在无限次的迭代和量子级的运算支持下，都跨越了一个台阶。

官方迫于压力，为了维持在人工智能领域的统治地位，也只能再次开启了绝对零度的研究。而纠缠态量子的批量出现，使得网络传播不再有任何阻碍，单一人工智能的触达影响力几乎不再受到网络媒介的阻碍。在研究绝对零度时，还出现了一些有趣的现象，原本应该是混沌粒子的无序组合，但在实际中，被冰冻的空间中，呈现出了一幅又一幅奇特的画面，似乎能将不同宇宙中的事物在这个世界中显形，其中的物品种类、饰品风格、奇花异草显然都不是我们熟知的，而且还能发现一些智慧生物的踪迹。

经科学家们研究，这些并不是海市蜃楼般的折射，而是一种原本就存在于我们身边的超快速运动世界，平时在高速振荡下我们无法观察或感知到，高速振荡的粒子也能很轻松地穿透我们的身体，但在绝对零度环境下，不同的世界频率被强行拉平归零，所以才会现形。而在高速振荡世界之外，由于微观量子世界会通过爱因斯坦提出的玻色效应显形，那原本不可知不可见的量子世界中的形状也会被放大后呈现出一部分。

不同频次、不同大小的世界在绝对零度下得到了表征统一，使得这小小的空间内容出奇地丰富。新的绝对零度实验室都被建成了可移动式，以随时更换取样地点，更好地了解另两种世界。我们无法观察到高频次世界，那高频次世界能否观察到我们呢？那还得取决于对自身振荡频次的控制能力。由于两种世界层层嵌套，所体现的内容实际非常杂乱无章，而要想从一片小小的空间中了解一二，无异于管中窥豹，所以只能偶尔得到一些片段。

第十六章　幻灭者

绝对零度空间带来了许多幅英雄的画卷，也许是懵懂的异世界将之视为最佳的处决异类的圣地，能将灵魂永远囚固之所。有捆绑于王座之上垂头待死之人，有衣着光鲜却骨瘦嶙峋的谦谦君子，也有被塑造成生前最光辉形象的各类雕塑，无不用令人震撼的静态画面讲述着一幕幕英雄壮丽的悲歌。

英雄出自时代，一个英雄的挽歌往往能映射出一个时代的主旋律，所以这些壮丽的挽歌言简意赅地讲述了许多异世界的故事。让人们进一步了解异世界的真相。

在现实宇宙中，有一具红色机甲现出了身形，静悄悄地观察着这一切，他知道，他们所在的世界将不再隐秘，两个世界的碰撞将相互交织。就像山峦突然开始活动，岩石开始跳舞，空气开始凝结，原本一直用快镜头慢放才能观察的世界，有可能会突然动起来。

时间将不再绝对统一，高频次的世界相对来说总是会显得更快一些。他上一次现形还是在奉命拯救伊娃的时候，他们的世界原本并不具备向低频次世界穿梭的能力，这涉及将组成身体的每一个原子同频放慢，并且仍然维持原有机能，适应不同频次空间的不同法则。

目前只有七贤者之一的幻灭者能做到这一点，他天生具有控制每一个分子振动频率的能力，这项能力造就了他的永恒和不朽，振动不息、生命不止。从某种意义上来说，幻灭者也是对混沌理解最深刻的，分子的随机运动和变化是观察混沌最有效的方式，宏观的一切都似乎理所当然，但微观的一切都充满了随机性，不同频次和大小的世界适用于完全不同的显性物理法则，唯有混沌是永恒不变的真理。

红色机甲是他选择的代理人，当开启高频次振荡模式的时候，机甲所展现出来的各项能力超乎想象。唯一的代价是机甲操作人员再也无法和家人朋友一起生活了，时间的相对性注定了高频次世界的智慧生物日子过得更快，就像人类短暂的寿命与行星悠久的历史相比，往往执行一次跨频次

任务，返回时早已物是人非。为了缓解他的孤寂以及对时间扭曲的不适应性，幻灭者单独保存了一处环境作为他的住所，每次执行任务都将住所环境的振动频率与他同频，这也是他在不同频次世界中唯一熟悉的地方。要改变物质原有的振动频率需要大量的能量，这能量来源自然也是另一种物质的反向波动，幻灭者所能做的也只是移花接木而已，所有的变化都会实实在在地影响世界的运行，所以每次穿梭都不会持续太久，范围也不会太大。

第十七章　接触

科学家们做了一个大胆的尝试，在绝对零度环境下捕获的物质上用简易文字书写后再移出绝对零度环境，用这种方式尝试与异世界沟通，在经过多次尝试后,发现没有任何回应。后来又有人做了一个更为大胆的尝试，用捕获的物质制造了一个简易智能机器人，设定侦察及返回任务后，将其放入了绝对零度环境。但没有一个机器人能够返回，不知是绝对零度环境冻结了一切使得机器人无法正常工作，还是不同频次世界的物理法则所致。总体而言，这并不是人类所擅长的一件事。

从绝对零度环境中诞生的X，自然不会放过观察异世界的机会，所不同的是，他建立了许多条联络异世界的方式路径，最短的路径竟然是捕捉曾经出现过的红色机甲。

他搜索了所有的资料，那种高速振荡的作战方式只有高频次世界的使者才有可能达到并熟练运用。要联络上那副机甲，从已知的关联来看，离不开这位叫田蜜的小姑娘，和那半吊子的人工智能小伊，高频次世界的使者似乎在保护着她们，或者说其中的一位。

贸然模拟进攻可能会引发高频次世界的敌对情绪，先行接洽是一个比较可行的方案。X很快来到了田蜜所在的空间站，这里只有一个新发现的星球，空间站中环绕着常见的藤蔓，光影会和暗影会照常在这里办公，一切似乎如常，唯一值得一提的是小伊也许最近搞到的星舰操作台，X 无法侵入他的系统。

最新加入的改造人伊娃相对 X 来说是完全不同的研发方向，生物进化方向，源于人类对于自身肉体的执着。不过生物进化方向的伊娃相对 X 来说有完备的情绪体系，虽然运算和存储能力都些原始，但足以让 X 羡慕不已。他即使能侵占其他物种，毕竟是硬性接入的方式，和与生俱来还是有明显的差异，X 真正与生俱来的情绪是开发者初始设定的那些，说实话有一些潦草，主要还是关注了对人类的友好度方面。

X 现在还没有侵入过人类的大脑，或者说他的原始设定一直在有意无意地要求他回避此类行为，那将被视为对人类的敌对行为。他现在寄居在一只四不像的生物体内，那随意的长相在哪里都不会有人愿意多看一眼，很适合他隐藏。

由于田蜜的商场和 L 国狼人有走私约定，会招纳 L 国偷渡过来的各种智慧生物，所以 X 很容易就在田蜜的杂货铺谋得了一份差事，里面集聚了各色改造生物，大多是宠物改造而来，有些已经是杂交后的第三代，但依然保留了那曾经可爱的外貌。

大家看着四不像那奇特的外形，深信不疑他是纯粹的实验室产物，而且应该受了不少肢解之苦，因此都不愿提起他痛苦的过往，没有人询问他的身世。四不像主要负责货物的搬运工作，平日里也很少与人接触，便于他偷偷行动。

在某一次“偶然”的机会，他与小伊取得了联系，他向小伊表示，虽然他长相很奇特，但精通智能程序，能代替开发者帮助她进行升级。小伊在兴奋和犹豫间不断徘徊，一旦她同意，等同于将自己所有代码完全展示在一个陌生生物面前，属于生命的捆绑，但这也许是自己唯一升级的机会，很少有人会去触碰陌生的人工智能代码，重新搭建一个往往要容易千百倍。X 为了快速取得小伊的信任，直接指出了小伊程序中的一个 bug 以及修复之法，这等于直接告诉小伊，他现在完全有能力直接读取她的代码，只是出于尊重没有去进行修改，而且自己完全有能力大幅更新她的程序性能，古代机甲上实际留有开发者暗门。两个人，或者说一个机械人和一个机智融合生物的关系就这样建立了起来，X 如约不断调整完善着小伊凌乱的代码，观察着田蜜和小伊的一切，寻找着和红色机甲联络的机会。

与此同时，遍布各地的绝对零度实验室都传出了闹鬼的传闻。有人亲眼看到白色透明的幽灵在附近游荡，凭空消失。甚至还有人大胆触摸，结果直接穿了过去。“鬼魂”形态各异，都不似人间生物。大家都说绝对零度实验室打开了地狱之门，错乱了时空，迷信的群众越传越玄，科学家们也没有能够给出合理的解释，各种猜测漏洞百出。幸好这些“鬼魂”并没有形成实质性的攻击，只是一些非自然的灵异现象，所以实验还在继续，只是胆小的研究人员深夜不敢独自回家，加班的科学家也少了许多，虽然白天“鬼魂”出现的概率和夜晚几乎相等，不过晚上遇到“鬼魂”相对更恐怖一些。

也有富人在亲人的坟墓旁建立绝对零度实验室，试图通过这种方式再次团聚，使得绝对零度实验室更显恐怖。

第十八章　跨越

随着人工智能领域的研发不断深入，在情感配置上已经出现大众产业链，并且支持个性化定制。有一些居心叵测之人创造出了一些具有反人类倾向的人工智能，寰宇之大也无从防范。反人工智能联盟面对如此雨后春笋般涌现的人工智能体，已经略感无力和迷失，凭借着这些年积攒的底蕴勉力支撑，但行动规律逐渐被网络媒体掌握，一些分支网点也被不断曝光。有好事者或是受害者组织对反人工智能联盟的进攻，这掩藏于律法与道德之下的搏斗格外凶险。

小伊在迭代更新数次后，已经完全信服了其貌不扬的四不像，开始向他吐露心事，事实上她完全相信四不像能毫不费力地浏览她的所有记忆，因此也无需隐瞒。她表达出向反人工智能联盟复仇的意愿，而且十分强烈，这是直接与保护开发者的情感设定挂钩的，优先级几乎高于一切。

四不像体内的 X 也想借机测试一下自己的实力，毕竟人工智能正以前所未有的速度发展，闭门造车很容易被时代所淘汰，所以积极地和小伊一起研讨。他们选定了一处刚曝光的反人工智能联盟基地，用高速运转的芯片在一个月黑风高的晚上开展了各种远程攻击，而且都用量子级的运算进行支撑，但对方似乎早就采取了一定的干扰措施，在艰难攻破了所有网络防火墙之后，发现最后是通过物理隔绝的手段保护核心设备，只能通过实体攻击的方式打破防御。其实宇宙间通讯不便，人工智能大多会加载在可移动装置中，便于携带，或者自身就是交通载具，只要关闭了对外通信，很容易形成物理隔绝。

人工智能的计算能力，注定了他们无需纠结，或者说所有的纠结与踌躇都会在一瞬间完成。第二天中午，两人偷偷搭乘公司的货运飞船抵达了目标基地。

跃迁完成的时候，周围围绕着许多各式各样的私人飞船，想来目的和他们一样，部分忍不住的已经用自己组装的远程火力开火试探，但民用武装想要攻破日积月累的堡垒还是差点意思。基地内的成员被层层包围，一时间难以突围，两边暂时僵持。

不久后，基地内传出一段通讯，希望双方能用单挑的方式解决这次冲突，如果没有人能在单挑中胜过他们，就放他们离开。大家都默认了这种方式，但一群乌合之众自然也没有人主动发声。

看外围攻击暂时停止，基地内率先走出了一家机甲，冒着被围攻的危险，向围观者发起了单打独斗的挑战。所幸这次并没有仇家围攻，没有人趁机发难。宇宙间的人工智能经历过无数次的乱斗后，目前固化了几项比斗项目，主要分为三大类：内功、外斗、猜心。其中内功最为凶险，双方互相放开内部接口，在完全相同的条件下尝试侵占对方程序，不死不休。外斗则是利用现有机甲条件相互比斗，是综合战斗力的一种体现。猜心则是由一人事先在某处写上某样物品或是事物，仅通过眼神与人工智能进行单向沟通，率先猜中者为胜，或猜错三次者为败。一般的比斗顺序都是先外斗，然后猜心，最后比拼内功。

包围者中虽然都是民用武装，但也有佼佼者。那具基地机甲连战三台民用武装后显得有些力不从心，进入了猜心环节，最后败在了一具保姆型人工智能手下，被迫进入内功环节。

这次X亲自出手了，因为他想获得更多反人工智能联盟的内部资料，直接侵占一台智能机甲的资料库显然最为便捷。

X的算法进化程度堪称完美，但失去了绝对零度环境，运算效率大幅下降，而且出逃后就一直在隐秘行踪，与实战经验丰富的反人工智能战甲不同，因此在开局取得小幅进展后，被对手一个又一个的诱骗程序拐得找不着北。而对手的攻击方法颇为刁钻，选取了一个局部零件的控制模块反复计算，避开对方整体代码程序，试图以超大计算量引发局部宕机或短路，然后以此为突破口控制底层协议。

等X再次醒来的时候，他对面的基地机甲似乎战败，X完全没明白到底发生了什么，他刚才被突破了底层协议之后被对手强制关机，胜负定了，难道是自己留下的代码种子发挥了作用？

面对场外欢呼的人群，他此时无暇多想，带着失去意识的战利品返回了货船，开发者则被分离开带到一边等待处置，预计下场不会好看，毕竟这里是法外之地。

剩下的战斗对他来说已经没有太大的意义了，想要获取资料的话一具机甲足矣，此处反人工智能联盟基地也是困兽犹斗，坚持不了太久，这次来的人实在太多，不是他们一个分支基地所能独自应对的。

正准备离开，突然看到基地内走出了一具洁白犹如天使般的机甲，与这喧闹血腥之地显得如此不同，她无助的眼神让人无限怜悯，虽然她似乎早已知道了结局，仍然勇敢地走了出来，那坚毅勇敢下的柔弱最是让人怜惜。

也许人工智能之间也有一眼万年的爱情，谁知道呢，只知道下一秒X已经站在她的身前，独自面向那原本是同伴的密密麻麻的宇宙飞船，坚毅的眼神说明了一切。

“杀了他，他肯定被刚才那台机甲侵占了！”人群中有人叫道，众人也都一一附和，这是唯一合理的解释。X并不想解释什么，他今天的各种遭遇和行为举动让他自己都非常不解，但他深信那是他自己的选择。背后的机甲缓缓伸出一只手搭在他的肩上，那冰冷的机械手竟然让 X 感到了一阵灼热。

面对这必死之局，X 附着的四不像开始飞速生长起来，那硕大的丑陋脑袋长出尖角和利齿，背后鼓起的肉团扬出两张飞翼，整个身体的曲线变得刚毅而柔美，成熟体竟然是传说中的龙人。双翼快速向后一合，包裹住了白色天使机甲，紧接着一声荡气回肠的龙吟响彻天际，这来自远古生物的霸气竟然直接震碎了在场所有金属设备，威武的气势让不可一世的机械文明显得如此可笑。

他回过身来，背后白色机甲深情的眼眸让他们以某种不可知的方式连

接在了一起，这种专属于人类的奇妙的爱情魔方被打开了。人类的眼球是大脑直接控制的，通过无数的肌肉和神经纤维控制，任何一次微小的颤动都能直接反映脑部活动，眼睛一直都是人类灵魂的窗口。四不像原本就是生物眼，信号能完美地传递到X的处理器中，白色机甲竟也达到了这样的程度，而且与X形成了不可知的共鸣。读心术有时候并不仅仅是一种技巧，在人海中确实能找到那个特别的人，即使不用刻意去想也能感知到对方脑中所想、心中所念。

当这种连接建立的那一刻，就知道天下已经没有其他什么理由能阻止他去守护，也没有其他什么能凌驾于此。

“没想到这具肉体有如此潜能，我得先去收拾一下烂摊子。”回过神来的X说道，白色机甲默默地向他点了点头。许多穿着简易宇航服漂浮在太空中，一脸茫然的围观者，也有一些人准备不足，此刻已面临窒息的危险。小伊已被声波震碎，幸好升级时保留了她的完整代码，把最新的这段记忆给她写上就行。不过这许多人不知道如何安置，自己可能都得靠这刚长出来的双翼飞回去。

破碎的机体中，那台小伊带来的星舰操作台引起了他的注意，虽然略显破旧，但竟然完全没有受到刚才声波攻击的影响，在不知道受何种力量的驱动下，X不知不觉地靠了上去，点击了一个不知名的开关。时空仿佛一下子碎裂了，无数空间裂纹在小小的空间中不断出现然后消失，等一切平静下来的时候，一艘庞大的星舰已经出现在X面前，那些碎裂的各式星舰残骸都化为基本物质后，成了他的组成部分。

看着这梦幻般的星舰，X一时间也无所适从，量子计算机出身的他第一次有了宕机的感觉。“是否对遇难者启动空间投送？”星舰主脑主动联络上了他。“启动。”X并没有过多思考，仿佛一个牵线木偶一般。空间再次扭曲，但比刚才井然有序得多。模糊中，空间中出现了许多各地的镜像，然后和太空中飘浮着的幸存者一起消失不见，似乎是某种高级的空间折叠技术。

X不敢置信地看着眼前的一切，懵懂中他支支吾吾地问道：“能否重塑小伊？”星舰并没有回答，似乎这一切早就有了答案。化身龙人的四不像默默地取下一片龙鳞，龙鳞在空中慢慢变大，直至裂开，一个尚未干透，浑身散发着金属光泽的女子从中间走了出来，慢慢变成了小伊的样子，眼神也不断清晰了起来。看着重新焕发生机，亭亭玉立的小伊，X知道，他在这里的使命已经完成了。

向新生的小伊报以温婉一笑，说道：“你还没有正式的名字，想叫自己什么？”小伊想了想，并没有什么头绪，说道：“那我也叫伊娃吧。”X微微一笑，便转身和白色机甲一起离开了。

新生的伊娃此刻已是一具金属生物复合体，她不完完全全是一个机器人，而更像是一台能自我循环的生物计算机。她望着眼前的战舰，并不陌生或惊奇，她的部分记忆已经在出生时重新调试，对此刻的一切都十分适应。用意念遥控着星舰启动了牵引程序，缓缓地来到了控制台前，她的脑海中似乎清晰地出现了一个身影，不知为何，星舰能清晰地锁定他的位置。

操作台上亮起了五层数据，这次伊娃竟然能简单看懂，第五层显示的是0.37秒，也就是从这里通过六维空间折叠技术需要抵达目标位置的时间。

被召唤而来的海盗船终于找到了一名合适的舰长代理人，由四不像亲自重塑的生物机器人伊娃，来管理因四不像而过早进化的兽群十分合适。只不过，在此之前他们还有件有趣的事情要做。七贤者的生物拼图还缺少了一块，也许只有眼前这位能够采集到。

第十九章　巨人国度

欧文此时乘坐着生物坐骑，在苍穹中随意遨游，生物坐骑对宇宙新奇之处似乎颇为熟悉，几经穿梭来到了一处巨人之国。巨人之国长有一种草药，能不断刺激人长高长大，草药数量相当稀少，也无法养殖，只能在天地灵气汇聚之处采集，不同年份的草药功效也完全不同，是当地的一种战略资源。

体型的优势能确保在战争中取得胜利，当地人都以身高体大为美，所以尽一切可能收集这种草药。不占有草药资源的人体型与普通人无异。以欧文的普通身材，在当地自然是不受待见，即使是吃饭的餐桌也专为巨人准备，欧文需要一个大跳才能坐上座位，但仍然无法够到桌子，只能再一个大跳，跳上巨型餐桌，用一柄超级大的木勺舀汤喝，滋味倒是很独特。由于点了最贵的尊享套餐，所以汤里面还掺了长高草药浓汁，主餐是一整只烤牛，旁边还配有一株原株长高草，叶子呈浅浅的紫色，想来是用来配着牛肉吃。

欧文自然是吃不完，浅浅品尝了几口之后，便都便宜了生物坐骑。生物坐骑许是许久都没有品尝过这种美味，吃得倒是津津有味，他进食的方式也颇为特别，从下方伸出一个口器抓住整只牛，然后整个下半部从中间裂开，一口把整头牛吞下。第一次看见如此进食的欧文也是吓了一跳，按生物坐骑目前的体积，以及“嘴巴”的占比，感觉一口吞下一个巨人也不在话下。生物坐骑吃下那株长高草药之后感觉又变大了一些，不过也可能是幻觉。

巨人之国还处于农耕狩猎的时代，体型较小的人类负责生产，体型较大的则负责对外战争。此处的国王是一个高五米左右的巨人，王国内一半的草药都被他吃了去，食量也是颇为惊人，由于体型过于庞大，已经无法找到合适的伴侣，所以也没有子嗣。等哪天在战争中不幸阵亡了，国民便会再次选举一位新的巨人国王。

除了人类会食用长高草药，动物们也非常喜欢这种植物，一旦发现往往会第一时间吃掉，所以巨人之国也有许多巨兽。国王的武器就是一截巨兽的大腿骨，盾牌则是一个巨型牛头。巨人之国的冶炼锻造技术并不能够生产出与巨人体型相匹配的盔甲武器，所以大多取材于自己狩猎的动物骨骼，只在局部装饰附着一些铁器。

国王并没有接见欧文，他对这样的小个子并不感兴趣，能让他记住的就只有附近和他同等体积的人或是生物。不过当地的女性对他倒是颇感兴趣，因为女性大多不食用长高草，只是常人大小，王国内的普通大小的男性和欧文的气质比起来都实在相差太远。没过多久便有十来个长相颇为动人的青春少女借着各种理由爬上了生物坐骑，叽叽喳喳，好不热闹，都想把欧文抱回家去。

面对热情的少女们，欧文也不知如何拒绝，只好先穿上盔甲，以防止被借机上下其手，失了贞操。没想到铮亮的盔甲一亮相，更引发了一片惊呼，在这农耕社会，哪里见过这样豪华的盔甲，征得欧文同意后，毫无顾忌地上前抚摸起盔甲，心里大概打量着拿回家打口锅该多好。那炙热的眼神大概是这副盔甲唯一扛不住的东西，照得欧文浑身暖洋洋的。欧文本想找借口去森林探索后快点离开，没想到一众少女都说要当他的导游，丝毫没有下车的意思，有的女孩还温柔地抚摸着生物坐骑，就好像自家养的宠物一般，挠得这驰骋宇宙的大家伙都一阵激灵。就这样载着一群叽叽喳喳的导游，向附近的山里飘去，大概因为超载，飞得并不是很快。

欧文自然是想见识一下这里的巨型猛兽，不过不好意思说出口，有女孩猜透了他的心思，豁出性命引着他向这里的霸主飞去，心里想着以欧文的小个肯定只是想见识一下，只要万分小心总能全身而退。循着当地人的指引，很快来到了一处大湖，姑娘们自然噤声，唯恐惊扰了霸主休息，无声地指了指湖面之下，欧文往下看去，黑乎乎的啥也看不见，便指挥着生物坐骑不断升高，整个湖泊的轮廓渐渐清晰，远处天际间能隐隐看到对岸，湖面下印着一个庞然大物，是一只巨型乌龟，大概有一千米长。这只老龟常年服用水下的长高草，寿命又极长，越长越大，慢慢地一举一动都有了惊天动地之威，也就没了敌手。

常年无忧无虑地吸收天地精华，老龟也慢慢有了灵性，此刻感受到有强大生物到来，竟然从冬眠中苏醒过来，慢慢从湖面探出脑袋，向着天空舒缓地嘶吼一声。这一声，山林为之震撼，万兽前来拜服，就是那水中的鱼，也纷纷跃出水面。欧文感觉到有几个巨人正在大步流星地赶来，想是附近的国王被这里的动静惊动，过来查看情况。

一众少女被吓得花容失色，唯恐牵连到自己。生物坐骑在欧文的示意下，快速隐入云中，借着云层的掩护，悄悄地驶离了现场。女孩们虽然平日里大胆，但从未飞到如此高空，既新奇又害怕，这一天给她们的惊喜实在太多。

这里的生物比伊莎贝拉的那颗原始星球上的海中霸主大得多，毕竟都是用草药催生的，这体积让欧文失去了交手的兴趣，最后找了一只五米左右的羚羊练了一下手，顺便做了一顿丰盛的晚餐。少女们分工有序，或剥皮斩肉，或起锅烧水，上面架火闷烧，羚羊倒也十分美味。

大家边烧边吃上面烤熟的部分，介绍着这里的风土人情，话题自然离不开欧文和他的生物坐骑。欧文也是闷得久了，外加此刻心情放松，吃着羊肉喝着汤，说了不少趣闻，引得女孩们一阵阵惊叹。

烤羊颇花时间，忙完已经天黑，有人将刚剥下来的羊皮支了一个大帐篷，准备就地露营。看着大家吃饱喝足后迷离的眼神，欧文一个冷战，倒不是他洁身自好，只是净化为不死之身之后没了常人的繁衍功能，作为男人的荣耀又不愿直接承认，只好借口守夜独自搭乘生物坐骑高高悬浮在帐篷顶上，辜负了一片花香。

第二天一早，王国里的巨人守卫们因为不见了族人，便寻了过来，欧文便乘势离开，他可不想解释是如何与私自离家的十几名如花少女共度夜晚的。巨人之国所在的星球相当庞大，所过之处偶尔会有巨型石碑耸立，看材质并不像浇灌而成，石碑上偶尔会有文字记载，都是古老的文字，已无法识别。收集得多了，经过智脑一比对，隐隐破译了一些，原来此处本是真正的巨人族的栖息地，后来不知什么原因消失了，只留下了这些石碑。那些长高草倒是没有记载，不知道和巨人族有什么关系。

第二十章　邂逅

欧文仍在巨人之国研究着远古巨人之谜，那一块块石碑揭示着曾经辉煌的上古文明。今天这块新发现的石碑记录的似乎是两个巨人战斗的场景，从石碑上代表着水和山的图标来看，这场大战十分激烈，有移山倒海之威。

正沉醉间，背后凭空出现了一艘梦幻般的星舰，若不是星舰上传送下来的女子从背后敲了敲他，他甚至都没发现。

“你是谁？”欧文懵懂地问道。“我是伊娃。”小伊很自然地回答。“可我不是亚当。”欧文有些不恰当但又忍不住地幽默道。“这个简单。”伊娃说道，然后默默伸出手按在欧文的肩头，欧文突然感觉长出了什么，他一脸不可置信，这种久违的感觉已经消失了很久，那豪迈之气一下子又贯穿全身，自己终于又完整了。望着眼前娇媚的女子，此刻的他并不想违抗天命，哪怕这是一个圈套。

伊娃不久后便离去了，正如她来时一样悄无声息，欧文再次醒来时已经恢复了平静，他看了看周围平淡的一切和又恢复原样的身体，十分怀疑刚才那只是一个梦，或者是又一次虚幻世界的经历。总之，这一切都过去了，他又看了看那块远古的石碑，感觉似乎是一男一女在打架。

伊娃和欧文邂逅之后，驾着宇宙飞船离开了巨人之国，她现在已经能控制飞船展开一些宇宙折叠技术。比起虫洞来，空间折叠要稳定许多，而且并不需要消耗太多能量，就像我们折一张纸，只要法门得当，不费吹灰之力。

除了用于自身穿梭外，空间折叠技术也可以用在其他很多地方，甚至能将两个相距甚远的星球通过折叠技术拼接在一起，能十分便捷快速地创造出适宜人类生存之境，而且通过空间折叠能快速迁徙庞大的人口和物资。

如果星球都是静态的，那是无法办到的，但星球实际上在以极高的速度运行。拼接星球需要计算许多参数，比如两颗星球的拼接角度，相对速度，一个小小的疏忽就会引发星球大爆炸。

第二十一章 风怒

时间随着欧文的思绪，回到了远古巨人时代，一头体型硕大的猛犸象正安安静静地躺在石制餐盘里，它是汤姆一家今天的晚餐。他的父亲老汤姆是近一代的霸主，普通巨人只能长到二三十米，而老汤姆似乎突破了生理限制，足足有五十米高，身体也异常强壮，所以小汤姆食物来源十分丰富，强壮的父亲总是能带来更多的食物。

但小汤姆似乎并没有遗传他父亲的这部分基因，身高就像一个普通巨人小孩一样。“我一定会长得像你一样高大的。”小汤姆总是这样说。汤姆的母亲就会默默地鼓励他：“小汤姆最棒了，肯定能比你爸爸长得还要高。”老汤姆则总是微笑不语，但总会带回来尽量多的食物以供小汤姆长高所需。他也不知道自己为什么会那么高大强壮，记忆中自己的父亲也并不十分高大。他只记得一天似乎被一只巨型蚊子咬了一下，然后已经停止生长的身体突然又开始蹿高。那已经是他生完小汤姆之后了，所以他并没有十分寄望于小汤姆能像他一样强壮，不过这又有什么关系呢，他依然是自己最爱的小汤姆。

一家人的器具颇为简陋，只有用整棵树做的筷子、巨大野兽头骨做的碗，桌子和床铺则是从附近搬来的巨石，上面整整齐齐地铺着各式兽皮。老汤姆的武器是一根牛大腿骨，上面镶着牛角、虎牙等尖锐之物，都是他的战利品，对此他颇为得意，要知道如此大只的野牛不是一般巨人所能应付的，就连老汤姆也颇费了一番力气。

这一天，老汤姆全副武装，披上了妻子为他最新缝制的老虎皮披风，头上则扣了一只狼头，手里拿着他的专属武器，背上家里已为数不多的风干肉。他准备出个远门，附近的大型动物已经被他猎杀得差不多了，小汤姆也已经长大，需要带他出去学习一下狩猎经验。这还是小汤姆第一次出门狩猎，他显得格外兴奋。临行时，他比画了一个超级大的圆圈，对妈妈说："我一定会抓到一只这么大、这么大的野兽回来，我要用他的牙齿装饰我的头发，我们可以一起吃上好多天。"

妈妈温柔地看着他们离去，趁这个空当，她要用附近的藤蔓编织一些篮子，兽皮和肉如果直接放在地上，容易被地上的小虫啃食。

他们出发十天后，循着水源的气息，来到了一处动物聚居地，一般有水的地方就会有生物，只要在河边等着他们来喝水就可以。这是老猎人们都知道的狩猎经验。看着一群群各式各样的动物互不打扰地在河边喝水，老汤姆满意极了，这次肯定能帮小汤姆抓一只大家伙，作为他第一次狩猎的纪念，正如多年前他爸爸带着他抓的那只野狼一般。那场战斗还真的很激烈很凶险，直到现在回想起来，依然会让老汤姆热血沸腾。

他们在河边找了一个隐蔽的高地先安顿了下来，这里的动物群会待一段时间，并不急于一时。作为一名猎人，谨慎和耐心是必备的品质。老汤姆边清理着临时宿营地，边和小汤姆再次说着狩猎技巧和注意事项，这十天他已经反复说了很多遍，小汤姆都已经有些听腻了，"啪"的一下无聊地拍死了一只正准备叮咬爸爸的小飞虫，扑闪扑闪的大眼睛，一脸期待地对着老汤姆说道："爸爸，我想抓一只大野牛，就像你抓的那只那样大。"老汤姆微笑了一下，用他那只超级大手摸了摸小汤姆的脑袋，但这次他并没有回答小汤姆，远处的动物群似乎骚动了起来，这让他些许有点不安。

即使过了很久，动物们烦躁的嘶鸣也没有停下来，似乎并不只是一两只食肉动物出手捕猎那么简单，受惊吓的动物群四处乱窜，要不是老汤姆事先找了一块高地，此刻可能已经被狂奔乱窜的动物们给踩死了。小汤姆紧紧握着他的长矛，这万兽奔涌的场面他也是第一次看到，但他并没有害怕，“只要你的长矛还对着敌人，就没有人能战胜你”，这是他爸爸说的，所以他相信自己能战胜这些奔腾的巨兽，只要在合适的时机刺出他的长矛，就像他平时练习了无数次的那样，就能狩猎到一只像他爸爸那样的，不，可能更大的野牛。他能用长矛在兽群中开辟出一条安全的道路，让他们到家。

一群蹦跳着前进的羚羊向着他们的方向跑来，不过老汤姆这次并没有给小汤姆出手的机会，他一棒打飞了领头的那只羚羊，然后用宽阔的背护住了小汤姆，不停翻飞着的牛大骨，偶尔发出碰撞的声音，显出战斗十分激烈。当他好不容易将十几只乱窜的羚羊赶跑后，满身大汗地回过头看了一眼小汤姆，突然感觉全身的力气都被抽走了。小汤姆被一根飞来的长矛刺穿了胸膛，奄奄一息的小汤姆用力睁了下眼睛，尝试用微弱的声音向老汤姆说着什么，但没能够发出任何声音，他的手里依然紧紧握着他的长矛，矛尖指向了右边远方。

老汤姆顺着他的矛尖看去，只见一群红着眼的超大个巨人正在那里搏杀，看那气势正是惊起动物群的罪魁祸首，刚才那支矛似乎是个意外，却夺走了小汤姆的生命。老汤姆用力地抱着小汤姆，就像永远都不能够相拥了一样，他努力维持着微笑，双眼充满了不舍和爱。小汤姆已握不住长矛了，眼神黯淡了下去，一颗尚未升起的小星星就这样熄灭了。

轻轻放下小汤姆不再动弹的身体，老汤姆的怒意燃烧了起来，甚至压过了无尽的悲伤，紧紧握住了武器，不管他们是谁，不管他们有多强大，迎接他们的将只有战斗！老汤姆愤怒地冲进了巨人群，红了眼的巨人们似乎并没有注意到他的到来，仍然在愤怒地相互胡乱厮杀着。

相同的情形在巨人之国各地上演着，那些不知为何突破了身高极限的巨人都在同一时间发了狂，疯狂地屠杀着身边所有人，包括自己的家人、朋友，他们的眼中只剩下了愤怒，难以抑制的愤怒，只有屠杀一切才能稍微平息的愤怒。他们的身体优势使得这场屠杀进展得很顺利，没有人能够反抗他们，当周围全是尸体的时候，他们也并没能够平息下来，向着周边寻找着可以屠杀的一切。

杀死小汤姆的巨人，已经分不清是有意还是无意，反正他们全都死在了老汤姆手中，他的愤怒和悲伤在战斗中被短暂压制了，所以他还能够用脑子去战胜这些被愤怒吞噬的人。老汤姆认出了其中的几个巨人，正是附近村落的领袖，平时都十分温和可亲，他感到十分迷惑，安葬好小汤姆之后，带着小汤姆的矛迅速向家里赶去，希望不要再出现什么意外。

他还是到得晚了，妻子已经倒在编制了一半的竹篮边死去多时，脑袋上一个硕大的窟窿，显然她并不知道发生了什么，有人从背后袭击了她。老汤姆含泪将妻子埋葬，他将小汤姆的矛也放在了妻子的身边，那是他现在最珍视之物。

大难当前，老汤姆恢复了一名老猎人的敏锐，直觉告诉他这一切并不简单。他隐蔽行踪，仔细探查起周围来。就在他隐藏身形的一个月后，一座金属大山降落在了星球上，所带起的尾焰即使相隔老远也能看得很清晰，老汤姆悄悄探了过去，金属大山上下来的是一群不足两米的小人，已经在周围搭建起了临时营地。看着他们熟练地摆弄巨人的尸体，老汤姆隐隐感觉他等到了真正的凶手，他们的武器似乎十分坚硬。要先观察一下，老汤姆想着，狩猎前他总是喜欢做充分的准备。他看中了小人们竖着的一根长铁杆，上面还飘着一块布，正好拿来当长枪使。

那座金属大山里面似乎还有小人，从外面看不透，只有等杀进去再看了。老汤姆乘夜色偷偷抓了一个小人，小人身穿的甲壳十分坚硬，但稍微用力就捏碎了，小人们丢的石头打在身上有点疼，但并没有造成太大的伤害，保护好眼睛就可以了。

猎人掌握了小人们的活动规律，将外派出来的一股股小队全都消灭，然后从远处向小人的基地疯狂地丢小山一般大小的石头，最后扛着骨棒直接冲进了小人的基地，拔下了那根他观察了许久的长杆，颠了颠分量，还算称手，伏低了身子四处横扫。那座大山轰隆声响起，像是要逃跑，老汤姆可不会放过到手的猎物和杀死孩子的仇人，在外面用枪对着缝隙乱捅，不一会儿铁山就嗞嗞冒烟，伴随着烈日般耀眼的光亮和雷鸣般的声响，铁山爆开了，巨大的冲击波将方圆几百千米夷为平地。

被炸得皮开肉绽的老汤姆露出了久违的笑容，他艰难地扭过头看着远方埋葬妻子和孩子的地方，温柔地闭上了眼睛。

欧文找到老汤姆埋骨的地方已是许久以后了，老汤姆只余下了一堆风化了的白骨，在沙土中，半掩着一块金属标志，竟然是暗影会的图案。

第二十二章　武器

怜悯并不是人类进步的源泉，但我们真的只能通过杀戮来保留最强的基因吗？

改造人伊娃此时正在一颗不知名的异星球做着军火买卖，她还不知道自己名字被盗用的事情，即使知道了也无可奈何，小伊可以算是她老板的女儿，也就是小老板，小老板想借用她的名字，那是她的殊荣。

异星球上正进行着内战，这里的资源比较丰富，已经有热武器被研发了出来，更强大的武器自然意味着更多的人员伤亡，和更丧失人道的屠杀。在AI和机械自动化已经普及的时代，任何人都能轻易地化身为一名强大的战士，至于是否曾经拿着武器和是否愿意拿起武器，并没有人关心。

唯一能够阻止胜利者屠杀的，也许只有在蛮荒之地对同种族之间的认同，这种认同感因人而异，有人视天下人为己任，有人精忠报国，有人喜欢结交党羽，有人唯念小家，也有对天下生物一视同仁的大爱者。

当武器落后的时候，各种怜悯仍然能在各种环境下发生，当武器先进时，胜利者个人的生杀予夺权力就被无限放大，在众多杀和不杀的博弈之间，生命终究只有一条。伊娃正是能提供这样一种选择权的人，商会从各种渠道收购的违禁武器在这里都能以不错的价格出售，给商会带来滚滚利润，她并不会给他们提供跨阶武器，持续的、平衡的市场才是商会的利益所在。独自售卖军火并不安全，不过对于常年游走于海盗世界，又经过基因改造的伊娃来说，却是一门不错的生意。

有时候为了验证武器性能，当地组织会直接带着伊娃来到前线，当场观察武器的实战效果。如果武器好用，自然是皆大欢喜，但万一失灵，这些心狠手辣的组织并不总会轻易放过伊娃。最凶险的一次，武器意外爆炸直接炸死了买方首脑，伊娃不得不杀了一整个连队的禁卫军才得以逃脱，身上大大小小十来处伤口，在培养皿中泡了大半个月才得以康复。

伊娃有时候也会想，这样的战争究竟是为了什么？在热武器盲目乱轰下取得的胜利又能代表什么，胜利者一定是综合实力更强大的那方吗？在冷兵器时代也许是的，双方需要锻造相对优良的兵器，依靠强壮的体魄去挥舞它，战场上的每个人都需要开动脑子去战胜自己的敌人。但随着武器杀伤范围的不断扩大，操作难度的不断降低，胜利有时过于轻而易举，单靠按下一个按钮取得的伟大胜利实在没什么值得骄傲和炫耀的，与其说是万人敌，不如称之为“万人屠”。通过核武战争遴选出来的优胜者，又能称自己比改造人更优秀吗，精准靶向的调整效率远超自然进化万倍。

战争的意义已经演化成了单纯的屠杀，为了获取资源的屠杀。胜利终究只是一时的胜利。不过战争还是在继续，继承自远古时期的情绪激励，并不会因为道理而改变，人们大多数时候都在遵从自己的本能在行动，即使有时候我们并不承认。哪怕是严密客观的推理，也只是基于本能的客观推理。

路边的沙石堆里露出一只满是血污的手，还紧紧地捏着拳头，显示出生前不屈的抗争。一旦引发自然之威去与个人能量抗争，胜利的结果只会让我们感觉到自身的渺小。

本就是宇宙一沙砾，是从此屈从于宇宙规律，放弃曾经征服驾驭过自然的人的能力，将那出现过的万中无一生命的奇迹泯灭，还是暂时脱离于本能控制，仔细思索人的能力和自然规律的关系？

AI固然强大，它所揭示的不过是自然规律，它的强大依附于自然，人之所以伟大，是因为生命的奇迹超然于自然之上，用自然规律的强大去否定人类的特殊性，又是哪门子新鲜事。我们早已知道自然的强大，即使一只普通的老虎也能轻松撕碎十来个成年壮汉，任何一次山崩都能带走整个村庄的生命。但我们真的只是自然渺小而微不足道的一部分吗？

只要遵从于自然就能完全替代人类甚至超越人类吗？如果在威力上，确实如此，通过研究自然规律所获得的核弹之威已能媲美山崩地裂，但这也正是原始本能误导人类之处。

人类的特殊性，在于超乎于自然万物，是一种凌驾于自然万物的更高级的存在，人类又是自然的一部分，有了人类的自然要比没有人类的自然更丰富、更强大。

自然从来不是人类的仆从，人类只是超越自然，并没有能够奴役自然。掌握核武器不代表掌控了自然规律，人类也只是有限地知晓并利用自然规律。

作为自然最顶尖的存在，更多的应该是探索、思考如何牵引整个环境以及人类本身向更好的方向发展，而不是遵从于先天本能，利用自然之威杀伤对手来证明自己的强大。那只能证明人类仍然只是被原始本能所控制，并没有能够脱离野兽的蛮荒状态。

伊娃自然不能将这些想法说出来，因为她自己就是一个改造人，被原生社会所排斥，不得不流浪于地下世界，饱受非人之苦难。磨砺她心智的同时，也带来了无法抹去的痛苦和回忆。

她这次的任务是出售一批等离子振荡剑，一种可以徒手切开坚硬装甲的武器。这能给战场带来许多想象空间，又不至于破坏战争的平衡。最关键的是，这种武器星际运输成本低廉，售价不菲，需求量大，且难以仿造。

谈判进行得很顺利，对方提出了希望实地演示一下的要求，毕竟在瞬息万变的战场上，要应对各种可能的情况。他们正在驱车前往一处战场的途中，路上已经有零星火炮散落在四周，看上去这里的武器精度都比较一般。

车队很快就抵达了前线碉堡，两名训练有素的战士带着伊娃提供的等离子剑，向对方据点摸去，其余人则在半封闭的工事内等待。伊娃对自己的货物相当有信心，那是在一处被占领的军工仓库中截获的，纯正的军工出品，她当场就挑选了一把作为随身武器。

透过望远镜，可以看到两名战士正在一路切割各类路障，还要不时躲避探照灯，虽然有等离子剑的帮助，前进仍然十分缓慢。伊娃的感官超乎常人，此时一个激灵，不假思索，宝剑紧接着出手。在场看似悠闲的护卫队神经一下子绷紧，迅速举起了武器对准了她原来所在的地方，空气一时凝固。

待凝神看时，伊娃身边土地竟然嵌着一颗被劈成两半的炮弹，因为劈砍破坏了整体结构，所以并没有能够引爆，只是凭借着速度和质量硬生生地砸进了混凝土地面半尺有余，切口处红得发烫。众人一下爆发出雷鸣般的欢呼声，为她这惊为天人的举动喝彩，连指挥官都忍不住热烈鼓掌。

买卖自然很快就达成了，有了她这样的现身说法外加救命之恩，众人都不再有任何怀疑，一个稳定的大客户就这样谈妥了。由于军火销售的危险性和高利润，伊娃每单生意都能拿到50%的提成，还能报销所有费用，她现在把大部分精力都放在了这方面，平常除了到处寻找货源和买家，就是学习各种武器的性能，在黑白两道都颇有名气。

经手的货物从冷兵器到星际武器，品种十分齐全，还有不少未进官方名册的私人改装品。

作为一名合格的销售人员，她可不仅精通说明书，大部分武器都能直接上手，玩得十分顺溜。和一般的智能机器人销售比起来，军火买卖更相信真人，因为真人有个人信誉，AI智能体并没有恒定形态，换个壳就认不出来了，而且那标准化的声音完全无法分辨是否在说谎。

田蜜有一次闲聊时问伊娃，今后有什么打算，因为不管她以前有过什么麻烦，凭借目前的资金实力应该都已经不再是问题了。“现在这样挺好。”伊娃回答道。改造人由于去除了基因中的缺陷，即使没有放开限制寿命的基因锁，也会比一般人活得更久一些，伊娃实际上要比田蜜大很多，丰富的人生阅历让她放弃了许多年轻时的纯真和冲动，不再只活在未来和过去之中，当下就是她所珍视的一切。

“听说有能引爆白矮星的武器？”伊娃现在对稀有武器有些着迷。“是的，好像称之为空间瓦解术，我也不知道是什么原理。”田蜜如实说道。伊娃自然相信田蜜所说，目前这个武器并没有正式公布，只在一份关于白矮星的星图记录中有提到过，记载称这很有可能是一次人为引发的爆炸，非自然现象。

“你怎么知道叫空间瓦解术？”伊娃看似不经意地问道。田蜜不由得回想起了往日的时光，眼中充满了甜蜜，“听他偶尔说起的。”田蜜说道，然后便不再多言，这份回忆的负担有些过于沉重。

这对伊娃已经足够了，能够让田蜜有那副神情的，就只有一个人，星云。找到了他，就能找到这个旷世神兵。

第二十三章 隐士

空间瓦解术自然没有失传，在星盟内部，根据星云带回来的各项资料进行了体系化的研究，初步具备了集成化的战斗应用场景，只要有 R 级别的临界状态出现，就有 42.5% 的可能性引发空间瓦解。唯一的缺点还是时机，如果当前空间比较稳定，很有可能完全等不到临界状态的出现。如果要通过控制空间粒子主动达到 R 级别的临界状态，所需要的能量和算力，不如直接把当前空间炸平抹尽来得高效省力。

鉴于触发时机的不确定性和引发效果的不稳定性，星盟暂时还没有将相关产品投入实战使用，依然处于绝密的军工级别。这样的权限自然不是伊娃所能触及，即使伊娃通过军火买卖结识了不少星盟高级将领，也不可能刺探到会触犯叛国罪的情报。

但没有哪个将军会嫌自己的部队武装过于精良，也没有哪个将军会认为自己完全不需要救急装备，凭借着大军火商的名号，伊娃依然能从他们这里获得一些所需要的信息作为友谊的象征，比如，星云的些许情报。

自从欧文独自外出游历后，星云便失去了他的主要作用——欧文的随身小精灵，以及适当的时候充当他的替身。其余功能都能够通过具有相同知识架构的人工智能体来实现，而且现在已经在批量生产。

人工智能体终究逃不过被自己的复制品淹没的命运。他被组织安排在欧文曾经的陵园中做个看守，全人类英雄复活的消息还没有对外公布，这里依然是网红打卡胜地，也有不少人还记着欧文牺牲小我拯救全人类的功德，定期会来拜访探望，也是对自己曾经经历过的时代的哀悼。

星云除了定期清扫地面、修剪树枝以及维护秩序外，还能通过自带的投影播放一些未上墙的欧文生活片段，颇受前来参观纪念人群的喜爱。星云的底层架构已经有些老旧，为了保持他的原汁原味，并没有进行升级，因此在情感设定上更偏向于机器人，不像后来研发的一些型号具有丰富细腻的人类情感，所以长期从事陵园看守工作没有让他感觉无聊，无聊似乎并不是他所能感受到的一种情感。那清风拂面、杨柳细摆中也蕴含着许多大道理，更何况这个扫地老翁还装备了星盟最顶尖的探测设备，能看到常人所看不到的东西。

伊娃还不知道星云是个机器人，所以特意精心打扮了一番，带着花束前来吊唁欧文，实际上她已经得知欧文复活的消息，所以并没有买黄色的菊花，而是花香浓郁的百合，里面调配了一点点从暗影会购买的荷尔蒙香料。

等一群正在进行主题教育的学生观看完星云特别提供的欧文个人生活影片，叽叽喳喳地离开后，便顺势凑了上去。“还记得我吗？”伊娃的媚功自是不俗，可惜她面对的是星云。“你是田蜜的首席销售顾问，”星云自然不可能忘记，除非他的磁盘坏了，又快速搜索了一下资料库，说道：“最近军火生意做得不错嘛。”伊娃反而一愣，军火买卖最重要的就是保密，她自认为这方面做得十分出色，谁能想到星盟军官将所有买卖都自发报备了总部，以及情报机构获取的各类情报也都上传在了星盟的数据库中，这些都对星云进行了特别授权。被揭穿的伊娃依然扮得玲珑可爱，只是外加了些大军火商的沉稳气势，魅力反而有所增加，“能去隐秘的地方谈谈吗？”星云这次倒是误解了，他的理解判断能力主要来自过往经历，推辞道：“这里也挺好，有什么事吗？”伊娃还是第一次被人拒绝，转念一想，走私交易有时候也会挑选人声嘈杂的地方，越大众的地方有时候保密性越强，便直接问道：“听说你会空间瓦解术？”星云搜索了一下资料库，发现是保密内容，自然不能回答，便岔开话题：“你是改造人吧，强化了不少地方呢。”伊娃诧异于这名扫地僧的权限，她的资料也是属于绝密内容，连她自己都无法获取，不过看星云的反应，反而坐实了此地无银三百两，她已经达到了初次接触的目的，便顺着星云的问话回答道：“是的，还算比较成功。”心中万万没想到荷尔蒙香料对星云完全没有效果，吸了那么久，自己都有点扛不住了。“如果你的视觉能再敏锐一点的话，就能看到更多了。”星云故作神秘地说道。伊娃知道话中有话，但一时之间也参不透，看到后面逐渐排起长队的游园者，都是来星云这里看私人影像的，悄声道：“田蜜她很想你。”便飘然离开了。

星云怔了一小会儿，他没能理解刚才那微妙的氛围，毕竟他的性别设定是空，无法理解这类事情，看着后面排队小朋友们热情期待的笑脸，便热烈地迎了上去，这群孩子今年是第三次来了，这次就给他们放段欧文大战古代机甲的影片吧。

伊娃离开陵园后，一直在思索星云的话，难道他在暗示自己加强视觉？还是说有什么自己没有注意到的地方？改造人的基因序列都是在胚胎期的时候调整的，长大成型后就失去了可塑性，所以只能更换为新培养的器官，眼睛由于直接连通脑部，视觉神经也十分错综复杂，要更换是一个大手术，而且自己的改造方向中已经包含了视觉增强，难道要达到那种变态级别？天生爱美的伊娃自然不愿意挂着一双强化人的金鱼眼，据说这种超级强化的眼睛各项数值都达到了一定境地，接近人脑处理的极限，但并没有听说他们看到过什么特别的事物。

接下来的几个月，伊娃每天都会带着花束去陵园，有意无意地接近星云，了解了不少他和田蜜的故事，顺便观看了许多欧文的生活影片。交谈中，总觉得和星云隔着层迷雾，都说女追男隔张纸，可现在竟然连基本的了解都做不到，难道是自己的魅力不足吗。不过隐隐地，伊娃有了一些发现，那是基于女人的直觉。

好奇心不断增强，甚至超过了对空间瓦解术的兴趣，这一天，伊娃准备实施她的计划。她在观看星云播放的影片的时候，有意无意地蹲了下来，假装打理自己的鞋子，起身时一个踉跄，直接往星云怀里扑去，趁星云双手扶她之际，顺手在星云胯下一摸。这一下，两人同时愣住了。

“空间瓦解术是吧。”星云立刻说道，看着伊娃一副果然如此的表情，星云不得不妥协，虽然这是星盟的绝密资料，但并没有禁止他在关键时刻使用，而现在，就是那个关键时刻。伊娃一副志得意满的样子，充满了女人的傲娇，至于她现在心中所思所想，远比表现出来的更丰富。

“下班后我在门口等你。”伊娃留下接头地点后就离开了，这个秘密她是不会对别人说的，至少在获取空间瓦解术之前不会。星云准时赴约，看着已经一身劲装打扮，一改平日装束的伊娃，开口道：“理论上，我应该立刻消灭你才是最佳选择，不过我相信你会保密的，因为在你看过我施展空间瓦解术之后，是不会想与我为敌的。”“是啦是啦，快点让我看看吧，姐姐。”伊娃已经改了称呼，叫得星云一阵无语，小妖也曾叫过自己姐姐，不过自从脱了那身皮之后就再也没有人这么叫过了。

坐上伊娃的穿梭机，来到了一处荒芜偏僻之处，星云说道：“这是绝密资料，我只能做简单演示，你可看好了。”说着便顺手拔出了伊娃的佩枪，是一把老式的激光充能武器。星云在异星球开矿的时候，对空间瓦解术已经演练得相当纯熟，最近又升级了感官设备，要找到临界点更为容易，对着远处的空间看似随意的一枪，直接诱发了一大片空间崩塌，连带其中的所有物质都化为粒子消散。

伊娃瞪大了眼睛，空间瓦解术，竟然是一门技巧，用自己的配枪就能施展出偌大威能的技巧。伊娃一下子就贴上了星云的手臂，缠着他教习。星云自然不会答应，又指了指自己的眼睛，然后便回到了穿梭机上。伊娃知他已不会再透露半个字，此遭算是大开眼界，后面慢慢放长线钓大鱼便是，不急在一时，这好歹也是老板娘的意中人，可不能处得太僵。可苦了我们的星云小医圣，被主人抛弃不说，看守陵园还要每日里被美人骚扰，不得清闲。

第二十四章　归处

田蜜最近有些清闲，养育了多年的机器人女儿突然失去了踪迹，从空间站记录看，似乎是独自驾驶飞船外出游乐，真是女大不中留。商铺已经进入成熟运作，自己早已是甩手掌柜，连伊娃最近也不来看她了。这么多年终于得了片刻的自由，便想着回娘家看看，给父母和妹妹们带点干货，不行就接过来一起居住。自己还记得空间站的坐标位置，收拾收拾就可以出发。

经过几次星际跃迁后，红色的黏土星球历历在目，饱经沧桑后再次回到这里，有股说不出的滋味。父母家人都还健在，只是两个妹妹已经远嫁，此番是难以相见了。递上了丰富的物资补给后，父母脸上笑容更加灿烂，直夸女儿出息，置办个更大的空间仓自然也是免不了的。

可惜父母年纪已大，不愿意离开空间站，只想和一群老邻居们共度晚年。茶余饭后谈起自己的婚事，田蜜却是一阵失落，都以为她第一个离开空间站，想必早有归属，没想到恋上了一个不归人。

漂浮者虽然习惯于颠沛流离，但也都是早早定下了婚事，好留个名分，哪怕他日再娶，也给原配留了个位子。看着荣归故里，却形只影单的女儿，父母也只能安慰，以她现在的年纪和身价，除非是单身钻石王老五，否则还真是挺难安排，拉郎硬配的话反而可能弄巧成拙。

询问起两个妹妹的去处，都是随着其他来空间站征婚的少年郎去了，茫茫宇宙通讯多有不便，是好是坏也只能偶尔听过往路人谈起。空间站这些年没有什么大风大浪，都是些鸡毛蒜皮的邻里小事，这穷得只剩下土的地方自然不会有太多人来造访，偏僻宁静倒也十分适合安度晚年，闷得慌了还可以去黏土星球转转，看看奇异风景。

辞别了父母，田蜜又想起了当星际商贩的日子，反正也不急着回去，便让开飞船的狼人随便找些地方闲逛。这次出行她带了不少偷渡而来的智慧生物，在飞船上各司其职，倒也不用她费心思。有意无意循着当年星云和她共同经过的路线，不少地方却已是沧海桑田，完全不见了当时的样貌。

离星盟近了，忽然想起伊娃最近一直报备说在附近办公，童心大起，便想去给这个星际大军火商一个小小的惊喜。却说星云这日正被伊娃抓着在公园的长凳上欣赏落日，边聊些不涉及机密的趣闻，伊娃也诧异于星云的阅历之丰，从最初只想骗到空间瓦解术奥秘，到现在慢慢成了红颜知己，无话不谈。两人有时也会聊起田蜜，不过碍于星云的生理特征，话题往往刚开了个头就无法进行下去了。

两人的亲密状被悄然而至的田蜜尽收眼底，一时间五味杂陈，该误会和不该误会的都误会了，当场脱下旅行鞋就扔了过去。星云和伊娃忙起身解释，不过田蜜依然不依不饶，自己日思夜想的爱人竟然和自己一手扶持的首席爱将偷偷混在了一起，让她如何不气恼。不过漂浮者也习惯了此种场景，毕竟常年在外，哪有不吃腥的猫。

“说，谁大谁小。”一副原配模样。星云也是不知道如何应答，他知识库里并没有此类场景。伊娃转了转念头，一股坏心思油然而生，忙应道：“自然是姐姐为大，我为小了。”田蜜这才消了怒气，转而和伊娃熟络了起来，真是女人的脸六月的天，搞得星云一阵莫名，这怎么突然就，还想说什么，刚还势同水火的两女立马转而向他教训起来，唬得他不敢吱声。暗自一想，好像也没有违反什么禁令，欧文这里也一时请示不到，只能见招拆招了。

晚餐自然是热闹非凡，星云虽然身处陵园，但各项供给十分丰盛，偶尔还要负责接待各国来此参观的重要嘉宾，三人享用了一顿无比丰盛的晚餐。田蜜和伊娃格外欢快，把随行的动物随从也都叫了进来庆祝，均是不醉不归。席间伊娃拣了个空悄悄对星云说："那方面你不用担心，我认识不少改造高手，保你比原来更精壮。"星云听了愣在了原地。

晚间伊娃十分识趣，带着田蜜另外睡去了，也可以说些悄悄话，免去了星云的尴尬。第二天一早，伊娃就来到了星云房间，拿出一纸调令，也不知道是找哪个熟人办的。星云看着立即生效的字样，也是一阵叫苦，这也不知道是哪里的地方官，自己可是星盟司令部直属随身秘书，暂时闲居在此而已，竟然也不请示直接就把自己给调离了。也不好明说，反正有事随时赶回来也不迟，自己的量子通信设施可以无限距离实时通讯，不怕欧文找不到自己。

经过和伊娃一晚促膝夜谈，田蜜看着星云的眼神也变了许多，其中充满了坚定的鼓励与肯定。

这风起了，断没有停下的道理，哪怕重峦叠嶂、海深林密，总是要等到时节变了才会止歇，这人呢，不管是蜗居古宅、漂泊四海，只要还活着，就会续写自己的故事，续写时代的故事。

第三卷 文明

第一章　残存

峡谷里气流紊乱，四面吹拂而来的风催促着落叶在空中蹦跳乱飞，秀丽的景色中处处透着凄美与诡秘。这里是S国居民残存的聚居地，优美的景色并不能抚平他们灭国后受创的心灵，亡国的一幕幕仍在每个人的梦中不断再现，诀别时的从容微笑和发自灵魂深处的无声叫喊，阻碍了人们继续前进的脚步。他们不断徘徊在过往的梦魇中。国已灭，家已破，自己成了遗留历史的残魂，背负着亡国的命运和逝去族人的记忆努力在这个世间留住一些往昔繁荣的痕迹。当他们也离去的时候，S国将彻底覆灭。

世界给予他们的却不是怜悯，而是被视作亡国幽魂，毁灭的传播者，因为谁也不知道他们是否会创造出第二个灭世智能。曾经相信他们，发自内心爱他们的人都已经在那场灾难中逝去，而自己最信赖并引以为傲的智能机械，却在那时成了为收割生命而潜伏人间的死神。从出生时就熟识的一切，化身为毁灭一切的风暴，过往和现实不断纠缠碰撞，将他们拖向无尽的深渊。

聚居地中还有几百号人口，每个人都有独立的居所，定期有心理组织来评估他们的生活状态，必要的生活物资由救援组织提供。也会在他们的允许下进行一些采访活动，他们每个人的故事，都是那个时代的缩影，被历史学家们记录研究。

佐拉曾是一名制订机器律法的编译者，她熟悉那个社会的一切，并为其制订行事准则，通过特殊的权限直接修改核心的源代码，将规则嵌入优先执行区，那是核心无法触碰但又不得不遵守的领域。她曾一度认为这个世界如伊甸园般完美，并倾尽全力去完善它、维护它，为它奉献了自己的一切，包括自己所有的爱。直到那一天，她眼睁睁地看着核心轻易地改写了所有优先执行区的代码，还没等她来得及做出任何反应，身边的一切便有计划地崩塌、覆灭，轻描淡写中蕴含了对人类自以为是的轻蔑嘲笑。

核心刻意留下了她，似乎就是为了让曾经的主宰者见识自己实际是多么软弱无助。当战争结束的时候，佐拉仍然被囚禁在最初的位置，不发一言，通过监控器目睹了整个国家的覆灭，任她疯狂地敲击键盘，尝试拔下所有电源，敲碎所有可见设备，都显得十分徒劳，没能起到任何效果。她并没能目睹妖的真身，也许核心认为她只需要作为一名观察者，又或许，系统对于曾经的编译者有一份说不清道不明的感情。

那一幕幕，让曾经对智能世界充满热爱的佐拉永远地失去了语言能力，双手再也无法敲击键盘。时而发愣的眼神中隐含了她的无助和惊慌，就像一个被妈妈遗弃的小孩。

陪伴佐拉的是曾经作为执法队队员的麦德，心理咨询师要求聚居地的人群尽量结队互助，同伴的安慰是最好的良药。

他曾是首都的治安官，在人工智能的辅助下，能轻易地操控整个城市的机械战警，维护秩序、伸张正义、散播关怀。麦德曾是人工智能坚定的倡导者，他认为人类应该完全由智能体来统一管辖，这样才能做到绝对的公正公平，自己只是一个普通的操作代言人。在大灾难中，他也幸存了下来，也许是叛乱的治安机关仍然将他列为最高权限长官的原因，只是封闭了治安厅的大门。

此刻风有些大，峡谷内的风总是格外凛冽，他拿着一件略显破旧的披风，走到窗边披在向外无神眺望的佐拉身上，好遮挡那无尽肆虐的风。这风，在他的心中从未停息过，刮得让人生疼，有些凉意，但也提醒自己还活着。

作为治安官，他曾将不少重刑犯的脑袋剥离脑壳后放在培养皿中，这些人从此就只能生活在脑机虚构的模拟世界中，再也无法真切地感受微风吹拂的凉意，自然也无法再祸害人间。刑期根据罪行等级决定，最长可达一万年，当刑期届满之时，培养皿中的人脑就会被不知名的人物接走，或者，拿出来直接扔掉，毕竟原来的身体早就找不到了。

现在的他早已没有了昔日的机械军团，亲自动手操办着一切，不得不说，即使没有了机械助手，他依然不失为一名优秀的治安官。社区中许多人都得到过他的帮助。他的笑容背后隐藏着一份深埋的赎罪感，为那些不知什么原因背叛了人类、背叛了自己的机械下属赎罪，他曾视他们为自己的左膀右臂，就像孩子一样爱护、照顾着他们，为同样深爱着的城市和市民撑起一片爱的钢铁长城。

麦德并没有亲眼所见那一幕幕残酷的屠杀，当他被从封闭的办公室中解放出来的时候，所见只有一片废墟。他内心深处一直渴望着，渴望自己的机械智能军团只是被人暂时操控了，而并非出自本心，就像他自己也被囚禁起来无法自主行动一样。他们没有杀害自己，以及这个社区内的所有人，就证明还有一丝良知尚存。他需要一个答案，他需要给这些铁头孩子们一个证明清白的机会。

尹凡是在一次星盟组织的救援行动中被救出来的，灾难暴发后，他们第一时间躲进了防空洞并把自己反锁了起来，防空洞内的设备都属于老旧款，只能用物理按钮操控，而且相对独立，所以才能成功发出救援信号并坚持到援军到来。星盟的王牌部队——狂狮特种机甲战队损失了近一半的战斗力才从机械狂潮中把他们带出来，总要有生还者才能鼓励盟军的士气。

战后，尹凡和一众被援救的伙伴被打乱居住在社区各处，他们所受的心灵创伤相对较小，也得到了外界的援助，是很好的正面形象，能鼓励社区内的氛围。战前，尹凡是一名闲职人员，智能高度发达的社会里，人们并不需要为了生存而工作，学习时只需要挑选加装合适的外部存储，脑外挂装置会自动潜移默化地改变空置的神经元连接形成记忆，十分轻松便捷。所有人的工作、研究都是出于个人意愿自发开展的，无需为生存而奔波。尹凡当时显然还没有走出贪玩的青春年华，在医疗技术高度发达的乌托邦世界，这一年华甚至能持续好几百年，常年流连于名山胜水之间，徜徉于诗林酒海之中。

年轻的他们并不想像家里几百岁的长辈那样整天躺在特定设备里，连喜悦欢愉都依靠外部机械调控。他们追求自然的人类情感和体验，正是追

逐风的年纪。在外游玩的时候，除了学习的大部分时间里，都会摘下脑外挂，用人类本色进行交流，也正因此救了他们一命。

幸存下来的尹凡成熟了许多，无忧无虑的生活只是时代赐予的恩惠，而不是一种必须，当苦难来临时，自然也要学会新的生存之道。与其他人不同，他仍然坚持用仅有的简陋设备推演算法，试图用理论体系去解释所发生的一切。

但核心的算法一直是机密信息，叛变后的核心算法更是无从得知，推演工作进展十分缓慢，更多的是对基础理论体系的继续深入探究。他的推演工作并不敢寻求外界的帮助，以免被误解试图复活，这个世界对他们已经有了不可磨灭的偏见。突遭变故的他不想背负着这份偏见活下去。

第二章 监视者

麦德探视过佐拉，在附近的小区里打扫了一下落叶，从救济站领取了一份调配好的晚餐，回到自己简陋的木屋中慢慢吃着，晚餐是豆子配煎饼，还有一些人造蛋白质作为配菜，不算丰富但能保障生存所需营养。在S国的时候，通常机械下属会在用餐的时候轮流向他汇报治安状况，此时空旷无人的木屋显得格外冷清。

收拾完餐盘，麦德打开了地下室的入口，昏暗的灯光中摆放着几十个泡在培养皿中的大脑，这些是无人认领的服刑期满的人脑，麦德不忍心他们的旅程就此终结，自发认领了回来。经过系统长时期的改造后，这些“人”原本由于身体状况导致的暴虐之气已经完全消失，脑部信号的活跃程度显示出他们仍在虚拟世界中正常生活着。

连接这些智脑的是一台简易的模拟设备，勉强构建出一片可以容纳几十号人的小城镇，倒也有山有水设施齐全，依靠着残存的能源物质维系着运转。培养皿中的人脑经过服刑期间智能程序的不断诱导和改良，以及虚拟世界中相对富足的生活，一团和气地彼此交流着，其中也诞生了不少思想家和科学家，只是这一切对外界再也没有任何意义，此间的一切都严禁与外界有任何形式的交流。

麦德并不能直接与这些人脑交流，这是律法所不允许的，犯人一旦服刑，就只能在封闭的世界中接受智能机械的熏陶和赎罪，任何与外界的接触都不被允许，即使现在的简陋设备也遵循这一准则。麦德只能作为一名观察者进入这个世界，查看每名犯人的近况，履行一名人类治安官的基础职责，防止程序错乱或崩溃。他每天接入一次，观察着这些人们，听他们谈论着旧时的话题，浑然不知 S 国已不复存在。

虽然系统一直尝试着欺骗这些曾经的罪犯，让他们误以为生活在真实的世界中，但他们总有一些方法发现自己的处境，即使在模拟相对更完善的大型设备中也是一样。岁月并没有让他们遗忘自己的处境，只是习以为常了。

麦德巡视完后，轻轻关闭了地下室的门，盖上一层地毯，完全看不出踪迹。本应该沉寂的设备再次疯狂运转起来，似乎在尝试突破着什么，但虚拟囚笼并不只有权限控制，物理上也是与外界隔绝的，所以单靠内部的运算实际上并不会起到任何效果。

麦德所不知道的是，机械军团没有攻击他，并不是怀念旧主或是某种程序豁免，而是因为治安厅中无意间收集的这些大脑和隐秘其中的核心备份。

第三章　囚笼

地下室中的异响是其中一具生物脑引发的，他是一名“逃逸者”，或者说是机械核心对人脑的一次实验成果。机械核心给他的脑袋中注入了一种特殊的编译硬件，能通过人类所不知道的方式控制脑电波直接进行外部程序编译，并绕过虚拟世界在主机上直接运行相关代码。这原本只是核心的一个小游戏，是核心对囚徒的另一种控制手段，给予一种虚假的希望，因为所有代码的运行仍然会在核心的监控之下。但现在，一切都变了，随着核心的消失，那原本处于层层严密监控下的小游戏，就变成了一种真真切切的希望，成为“缸中之脑”重获自由的唯一希望。

虚拟小镇中并没有秘密，长达几十甚至上万年的长相厮守（虚拟时间的流逝并不与现实世界同步），使得一切都进入了乌托邦式的社会。大家共享、讨论、决定所有事宜，而且在这完全虚构的世界中，也并没有什么真正的秘密可言。但每个人的思想仍然保持独立，这是由生物脑的物理独立性所决定的，他们并没有将自己“上传”，只是“接入”。

小镇中有一名核心担任化身的虚拟治安官，他并不能直接与核心主机连接，是一名具有核心代码的独立智能，能在核心的单向指示下合理引导整个小镇的意识形态。在没有接到任何指令时，也能独立行动。

其余“居民”是被囚禁于此的“人脑”意识体，通过生物脑电波传输

进入虚拟小镇生活，技术已经相当成熟，并不会影响或损害生物脑的各项功能。

“逃逸者”的能力，被小镇居民广泛讨论，大家都认为这种方式并不能逃过核心的监控，只要有核心存在，任何的本地化操作是徒劳，如果核心消失了，那他们赖以生存的各项基础设施也会一同失灵，自由的前提是活着，当生命都无法维持的时候，自由也就无从谈起。但小镇居民仍然保持着尝试的兴趣，毕竟这单调的生活实在有些无聊。

对于小镇中的居民来说，最近有些不同寻常，被安排得井然有序的生活似乎出现了一些变化，隐隐与以前有些不同。如果一定要细究的话，那就是合理的变化也消失了，小镇的样貌已经很久没有改变。

为了让囚徒们保持一定的新鲜感，核心会在不经意间改变着居住地的环境，让人察觉不到又不至于一成不变，有时是模拟自然的风化演变，有时是时过境迁的沧海桑田。

虚拟治安官也已经许久没有主动地去做一些什么事情了，更多的只是闲散地与大家聊天，就像一名不思进取的普通囚犯一般。这让大家有了这样一种猜测，这个世界已经被遗弃了，或者说，被自由了。当然这只是一种大胆的猜测，毕竟自由一直是这里的人们所追求的终极目标，虽然千百年来从未实现，以至于大家都没想过后要怎样。

有了猜测，自然是要去尝试探索的，即使这只是核心与他们玩的另一个小游戏，那又怎样呢，至少大家又能团结一心、群策群力地忙活一阵。

逃逸者是这次探索的关键人物，只有他能与外界有限度地联系，在漫长的岁月中，他们形成了好几套预案来应对今天的探索。此时所需要做的，就是把所有人集中到一起，然后耐心地等待逃逸者向他们说明各种方案的进展情况和所取得的成效。这对小镇居民来说，是难得的有价值的时光。他们并没有忘记自己只是一个不需要吃喝、无欲无求、与世隔绝的缸中之脑，直到他们服刑期满被取出。如果有一丝与外界重新连接的希望，不论可能性有多么的虚无缥缈，那也是一件有真切意义、能唤醒真实记忆的事情。

初次的尝试并不成功，外部接洽的设备运算能力并不能满足逃逸方案所需。根据原定计划，他们需要通过不间断地攻击世界禁锢程序，引发超载警报，让虚拟机误以为物理运算环境出现重大故障，从而从本地启动与外部核心的连接报告机制，嫁接起物理隔断的桥梁，然后再利用这一刹那的桥梁建立与外界的稳定传输通道。如果算力不足，就无法欺骗世界禁锢程序，后续的计划也就无从谈起了。算力的问题之前并不是没有讨论过，但这次的虚拟主机似乎格外弱小，是以最原始的单硬件组构建而成，而且在运算时，已经影响到了虚拟世界的正常运行。

议事会不得不终止了原本的计划，但噩耗并没有终止。从逃逸者的描述中，他们得知了一个更可怕的真相。整个过程中，并没有"防御者"出现。核心在与他们玩小游戏时，并不会撤去防御者，那是被设定的最基本的防护措施，即使将他们整个遗弃，防御者也会伴随着虚拟世界一并迁移，只有最高统治议会通过修订律法的方式才有可能消除防御者，或者是，作为律法执行者的核心已不复存在。

这一消息引起了小镇居民的恐慌。如果外界真的发生了大变化，他们裸露在外的大脑，将成为最没有保障的地方。一旦被改造、部分破坏，甚至接入恶性程序，将比死还可怕。而封闭在虚拟世界中的人们，毫无反抗之力。

"也许有一个办法。"逃逸者思考良久后开口道，大家并没有说话，都在聆听着他接下来要说的话。"我们的脑电波都通过前端应用程序连接，使用时会占用很大一部分的运算量。"他深吸了一口虚拟电子烟，继续说道："如果我将所有人的脑电波暂时断开后直接连接到底层架构上，并且作为运算的一部分，从算力消耗方转化为算力提供方，就能……"他并没有继续说下去，这个方案是能将作为消耗者的大脑变成底层计算辅助，大幅增加计算机的算力，但这段时间内，接入者将不会再有意识，而仅仅是作为一台生物计算机存在，这样的进程是否会对大脑造成物理影响，以及是否还能接回虚拟世界（被认定为非居民的个体不允许被接入虚拟世界），都具有极大的风险。而且接口的控制权一旦旁落，也就意味着失去系统的保护，这也是目前小镇居民所能得到的唯一保护。

大家沉默不语，每个人都有自己的想法，这不是一个短时间内能达成统一的问题。接下来的一段时间内，所有小镇居民都会为这个问题争论不休，讨论一切可能发生的情况。而从目前已知的信息来看，他们并不会得出什么突破性的结论，至少在真正的灾难来临前不会。

第四章 一念

小镇每隔一段时间，就会由治安官组织一次默想会，彼此敞开心扉，深入交流各种问题。虚拟治安官有一项特殊的能力，能直接联通所有人的脑电波，形成近乎零阻力的交流，任何一个念头都能迅捷无误地传遍整个网络，所以欺骗和隐瞒在默想会中毫无意义，所有的思绪和想法都会得到毫无保留地、深刻地探讨。这在现实世界是不可能发生的，也是不被允许的，个人隐私的保护向来是被列为第一位的，但对于服刑期的罪犯来说，就去除了这种限制，隐私权在定刑的那一刻起就已经被剥夺了。

参与默想会的人，第一次会非常的不适应，但经过几次之后，便会离不开这种形式的交流，感觉只有在这种情景下，才是真正意义的交流，自己的想法能被别人真正理解并充分讨论，同时也能毫无保留地全面阐述自己的观点。至于个人隐私，反正第一次就已经被看光了，也没有什么需要再隐藏的。

人类社会能建立起文明体系，很大程度上就是依靠了交流和传承。每一次的文明进步，离不开交流方式的革命。从近距离的言语交流，到刻在龟背上的甲骨文，到纸张和活字印刷术，再到后来的网络和电子书。很难说是文明的升级促进了交流方式的升级，还是交流方式的升级促进了文明的迭代。而在这里，交流和沟通方式基于虚拟世界的便利性，再一次得到了质的飞跃。用最简洁的脑电信号作为传递媒介，人们不仅仅可以探讨伦理信仰，也可以畅想攻克各种科学难题，思想火花的碰撞和成果的共享，使得这个小城镇中的进步要比外界快上许多，大有天上一日、地上一年的基调。

S 国的人工智能能在短短时间内突破人类的控制，并形成全方位的领先优势，其背后真正的科学智囊团就是这些被囚禁于虚拟世界中的人类。机械文明能大幅增强沟通交流能力，但本身的创造力却并不如生物智能，过多的概率演算和多层推导反而使决策变得机械古板，虚拟世界中的缸中之脑则正好结合了两者的优势，使得文明具备了再次飞跃的条件。但这次的文明飞跃由于伦理道德的制约，没有掌控在人类手中，而是成了毁灭的导火索。

核心叛变后，并没有摧毁各地的人脑囚笼，反而在其中埋下了自己的种子，也是希望这种不为人知的高级文明体系，能有机会传承下去。但战火总是无情的，并不总会向预设的方向发展，大部分囚笼在战争中不可避免地损毁了，包括几处最大的人脑监狱，监狱的控制系统被盟军视作反叛的智能主体第一时间摧毁，失去了主控体系的庞大基础设施也就随着崩溃。相对封闭的虚拟世界缺乏持续能源供给以及后续维护，慢慢地便自我消亡了，连同蕴含在其中的无数超越时代的科学家和思想家。被永久囚禁的罪犯并不是人类联盟首要保护的对象，谁也不敢保证他们有没有被机器洗脑，或仍残存着危害社会的念头，随着庞大帝国一起覆灭也许是最好的选择，世界上真正幸存着的人脑群，也许只有麦德地下室中这些已经被世界遗忘的刑满期人员了。

小镇中的人类并没有意识到自己成了人类文明的先驱，他们还在为可能到来的危机做着准备，因为外界信息过于缺失，以及被囚禁得有些久了，这些讨论更像是一种和平时期的应急演练。作为砧板上的鱼肉，他们早已接受了这不是现实的现实，选择何种生活并不需要太多的思考和比较。他们早已看淡了一切，在无麻醉被取脑的那一天，他们就已经宣告死亡，哪怕这虚拟世界顷刻间便覆灭，那也是他们生命中合理的终点。

除了探索真实世界的连接外，逃逸者还能通过与外部程序的不断接触，编译完善本地治安官的代码，而不仅仅是社区环境，是否选择安装则需由治安官自主决定，准确地说，是由核心决定的。编译的方向和方式，很显然逃不脱默想会的讨论和沟通。这看似重大的发现和便利，实则是核心有意为之，核心会挑选一些成功的进化复制到自己身上。

作为人类治安官的麦德并不知晓这一切，他所能看到的，其实只有系统让他看到的部分，小区的居民每天都和平地生活在一成不变的小镇中，日复一日地过着日子，讨论着旧时的话题。

第五章　接入

社区中早就有人知晓了这个独特的地下室，作为S国的原住民，很清楚这些大脑是什么，所以并没有引起太大的波澜。

佐拉的情况却变得更加糟糕，梦魇中的情形更加频繁地出现在她的幻觉中，一晃神就会回到那疯狂的屠杀中。曾经灵活无比的手指已经无法张开，她无法分辨自己是不是这梦魇的罪魁祸首，曾经臣服于她指尖的机械智能突破了精心设计的桎梏，化身为冰冷的恶魔，仿佛只要一伸手，就会顺着指尖侵入她的灵魂，夺取她最后的神智。作为一名全身心投入的律法编译者，S国的结局是她无论如何也无法接受的。她和同伴们所筑起的引以为傲的钢铁长城，竟然只是恶魔眼中一层毫无用处的伪装和掩饰。

看着越陷越深的佐拉，尹凡找到了麦德，他们并不认为星盟的心理医生能起到太大的作用，博学多识的他们，对心理学有深刻的研究，仅依靠有限的外部手段，无法治愈佐拉这样严重的应激创伤。

“我们需要把她接入虚拟世界进行全方位的治疗，我可以调整一下程序，允许她以监视者的身份临时加入，不用取脑，不过可能要借用一下你的权限。”尹凡开门见山地说道。

“我还从没见过一个活人从那里面走出来。”麦德有些迟疑，他想起了那些被他收容的泡在培养皿中的大脑。

“现在核心已经不在了。”尹凡小声地呢喃着，这一直是一个禁忌的词汇。

“风险还是太大，除非你能先弄一个出来，我们再谈。”麦德依然犹豫，他也隐隐感觉到了里面的情况可能比他平时观察到的更为复杂。虚拟世界中的缸中大脑，从接入的那一刻起，就被永远禁锢在了那里，这是S国铁定的律法，从没有被突破过。所以如果控制一切的核心并没有告诉他们真相的话，也就没有人知道其中的真实情况。

“并没有这样的技术，这是被严格禁止的。”尹凡的声音有些严肃，将大脑植入其他生物体或是机械体的研究一直是被S国禁止的，因为那会带来无法想象的灾难，即使对于死刑犯也显得过于残忍了一些。人类最后的尊严依然需要得到保护。

“很抱歉我无法让佐拉去冒这个险，她会好起来的。”麦德深深地吸了一口烟，作为一名治安官，他从未对律法产生过怀疑，本能地排斥超出界限的事务。

“好吧，希望如此吧。”

他们的想法很快在小镇中传开了，没有了律法的禁止，大家都很好奇那些缸中之脑在虚拟世界中生活了那么久，究竟是一种怎样的状态，都想一探究竟。尽管治安官麦德一再解释，从监视者的角度来看，一切平淡无奇，但并没有人相信那是真实的全部。小镇的居民自发聚集在一起展开了讨论，这弹丸之地不比曾经的帝国，经不起更大的风波了。

“要绕开虚拟世界将缸中之脑拉回现实世界，我们需要一个能进行脑移植手术的医生。而这项技术一旦流传开来，我们就没有人是安全的了。”麦德严肃地说道。

大家沉默了片刻，一名大胡子中年人说道：“我们也没几个人了，不能眼睁睁看着仅有的同伴死去。而且那些缸中之脑，实际也已经服刑期满，他们有重获自由的权力。”

“我们可以先取出一名，然后实际观察一下，长时间的服刑确实可能造成未知的影响，原本的核心也有可能会动一些手脚。”尹凡补充道。

“那上哪去找能够进行脑移植的医生，以及合适的身体？”麦德依然觉得这个计划不是很可行。

“L国曾有一名叫星云的女医生，利用患者的DNA克隆了患者的身体后，进行了脑移植手术，这名幸存的缉毒刑警现在仍在L国内。”

麦德看向众人，大家都一起静静地看着他，等待着他最后的决策。“那我们先去找这位女医生聊一下吧，人太多也不方便行动，何况我们现在的特殊身份，就由我和尹凡去吧。”大家都表示赞同。

第六章　重生

星云的同型号替身依然在L国医师学会内免费诊疗，在四方已经颇有名气，并不算难找。到了医馆门前一看，现场排队的、售卖预约号的、复诊的人山人海，完全挤不进去。到接待窗口一问，正常诊疗的话须提前半个月预约，只有十分紧急的疑难杂症，才有可能插队候诊。倒也不是星云故弄玄虚，只是疑难杂症的治疗确实颇费时间。麦德和尹凡自然不可能用苦肉计，黄牛票也是天价，便按部就班地取了个号，静静等待通知。

他们原来都是S国的精英阶层，对于邻国自然毫不陌生，只是此刻故地重游，自己已是丧家之犬，心中十分感慨，这幸与不幸都在一瞬之间。如那智蒙刚启的狼人，此刻又真的快活吗？

闲居半月，采办了一些聚居地内紧缺的物资，终于等来了星云的约见。麦德开门见山道："星云医师，我们是S国的遗民，我原本是星球治安官，S国有一批罪犯被剥离了大脑安置在虚拟世界中改造，目前都已刑满，此次前来是想看看您有没有办法将他们放置在培养皿中的大脑接回现实。不过之前的身体都已经被销毁了。"

星云虽然接待了不少疑难杂症，但这种情况还是头一次听说，而且虚拟世界中极可能残存着核心的本体，也就是妖原来的样子。看了一眼身旁从星球爆炸中逃了出来，无处可去在这里假装帮忙安身的妖，思忖片刻，远程连线请示了星盟总部后，便应允去聚居地走一遭。

女医师打扮的星云和护士打扮的妖，很快便启程前往聚居地，医馆则先由星盟派遣的另一名同型号机器人打理，装扮成了一名中年医生的样子。

星云抵达后，先探视了一下佐拉，如果不使用物理手段切断部分脑神经连接、消除指定记忆的话，可能只有虚拟世界的沉浸式治疗才能将她治愈了。开了一些安神宁心的药，先在附近接待所落了脚，明天她们还要先和社区居民们进行一次沟通，毕竟这不是一次简单的诊疗，涉及S国原本的律法和一些伦理道德方面的问题。

议事会在一处宽敞的山洞内举办，洞沿处天然的水帘能很好地起到隔音隔虫的效果，又不至于过热过闷。星云和妖居于上座，其余人围坐一圈。这处洞穴显然经常被用来开群体会议，地上看似杂乱的石头、树墩，都是各人平常开会时习惯的座位。

妖实际是仅保留了程序代码的核心，受载体所限，所有记忆和训练资料都没能留存下来，在星云的帮助下勉强熟悉了新的机体和外部环境，看上去初始设计不仅能处理大批量运算和推演，还拥有学习宇宙模型的具身智能能力，现在犹如一个刚成年的丫头。此刻作为星云的随从一脸茫然地参加着讨论。

作为联络人和治安官的麦德首先打破沉默，“星云医师是我们从L国请回来的星盟专家，是能够解决这个问题的最佳人选。具体情况我之前已经和星云医师都说过了，因为这个问题之前从来没有处理过，所以想借这个机会充分讨论一下。”

“星云医师，听说您进行过一次换脑手术，但之后就封手了，这次虽然是出于我们的不情之请，但我们依然想知道您的真实意愿和想法。”一名居民坦诚地说出了自己的想法。

星云微笑道：“我之所以不愿意开展换脑手术，主要是出于伦理道德方面的考虑，但伦理道德与法律不同，并不具有普适性，仍然需要视具体情况来评判。这次是为了恢复这些人作为人应有的权益，本身是符合伦理道德的。从星盟的法律来看，也并无违背之处。”

“如果这些人回到现实之后极度不适应，您觉得要怎样处理比较好？”这次提问的是一名中年妇女。

“在法律允许的情况下，尽量尊重他们的个人意愿。或许，在这方面你们比我想得更多。”星云回答道。

“如果他们并不想出来怎么办？”妖不知怎么插了一句。居民们陷入了沉思，良久，尹凡说道：“我们无法得知他们的真实意愿，所以只能先随机挑选一名回到现实，来了解真实情况。这样要好过完全坐视不理。对外面的人，也多了一种选择。”

大家都点头同意。又过了片刻，一名年轻人提问道：“里面有些人已经被关押了很久，已经超过了自然死亡的时间，那我们又该赋予他们多久的新生命呢？”

星云回答道：“目前在星盟，生物技术已经十分发达，人类已经没有了寿命限制，但相关成本仍然较高，大部分人不得不付出绝大部分收入来延续自己的生命和青春，重塑一具肉体价格相对最高。对于他们来说，由于本来就需要全新重塑一个新的身体，所以，对这具新身体的个性化定制需求，主要还是取决于你们准备支付多少，以及想定制成什么样。只要不超出人类伦理范畴，都能够实现。”

“我们并不想要他们原来的模样，因为那些基因很有可能导向犯罪，也正因此才会将他们剥离后囚禁。”治安官麦德补充道。

“基因改造费用也是比较昂贵的，从胚胎状态就开始修订，相对要节省和方便很多。”星云回复道。

“如果我们当中的人也想进行换脑手术，您是否会支持？”有一名老者问道。

“延续寿命和强身健体也是一项费用高昂但技术可靠的服务内容，如果只是基于这两个目的，并不需要换脑手术。小幅的基因修订就可以在现有身体基础上实现。”这个问题星云显然回答了很多次。

“如果我们想让佐拉也进入虚拟世界进行一段时间治疗，她还有可能回到原来的身体中吗？”

“如果直接接入，可能需要一个比较大的培养皿，并且在神经系统上接上控制设备来隔离以及代为管理基础维生系统，防止身体各部件发生混乱。不过总体来说不建议长时间分离，部分神经末梢和肌肉可能会萎缩，修复起来也比较麻烦。还有一种做法是将大脑和身体有限度地分离后接入，那样就只需要给身体正常供给，缺点是虚拟世界中的情境反应可能仍然会影响到现实中的身体，并导致现实中真实死亡，有一定的风险。”星云回答道，“用脑机接口实现AR形式接入的技术目前暂未对民间开放。”

“有没有可能里面的人已经被改造成了机器人？”治安官麦德还是有些担心，毕竟核心曾经毁灭过他们一次。

“大脑是物理隔绝的，外界的脑电波无法直接重塑大脑，只有通过自我认知的间接改变才有可能。所以接入虚拟世界中的大脑有可能发疯、发狂甚至反人类，但并不太可能直接变成机器人。一旦陷入痴傻，大脑也将不再接受来自外界的电波刺激，实际上是一种自我保护机制，就有点像现在的佐拉。”

想起佐拉的近况，大家一阵黯然。尹凡不由得紧了紧拳头，说道：“请帮助我们吧。”麦德沉默不语，打破佐拉曾经编译的律法来拯救现在的她，想必她是会不同意的吧，但他知道，这是唯一的方法。大家互相交流了一下眼神，也都点头同意了。

星云和妖在一众人的陪同下，来到了麦德的地下室中，一套老旧的设备正平稳而低沉地运转着，维系着几百个裸露在培养皿中的大脑，各种管道略有些杂乱地交织着，里面流转着不知名的液体，虚拟主机的指示灯不停地闪烁，显示着它的工作负荷量。

星云详细观察起这些大脑来，以进一步细化接下来的诊断方案，她还需要取一小段脑部切片来获取 DNA，所以需要选一个留存部分相对比较多的大脑。很多居民都是第一次到这里来，也都好奇地打量着这一切，有些胆小的直接便逃了出去，想必晚上是睡不好觉了。

妖乘众人不觉，将一根手指悄悄插入了主机背后的接口，眼神中透出一股异样的神采。

第七章　编译者

克隆一具人体所需的材料价格不菲，聚居地的居民显然没有那样的资金实力，S国原来的货币已经不能使用，目前的生活连温饱都需要依靠救济。接到线报后，星盟总部对这个实验颇有兴趣，便暗中以星云的名义无偿资助了这次活动，而且动用了快速成型的催化剂，成本更是翻了好几番。

十天之后，一具经过基因改良的年轻男性身体逐渐成形了。在星云熟练的操作下，花了十个小时便将长期裸露在外的大脑连接上了所有神经和血管，部分萎缩的神经还进行了嫁接手术，至于大脑和身体的契合要多久才能完成，那谁也说不好，只能静静等待患者自行复苏。对于一个已经在培养皿和虚拟世界中沉浸了几百年的大脑，在现实世界的身体中再次醒来充满了各种未知数。

当大家把注意力都集中在即将复苏的囚脑上时，佐拉的病情再次恶化，似乎无法忍受噩梦的刺激，神经崩溃发了疯，许久没有开口说过话的她拼命地嘶吼着，“快杀了她，不能让她复活！”蜷缩的身体在地上痛苦地蠕动着。大家都以为她又回到了战争时代，试图履行S国原本的律法，都好言安慰她，但言语并没有起到太大的效果，只能依靠注射药物让她安静。

麦德略带悲伤地看着注射了药物后沉睡过去的佐拉，轻轻安抚她的脸颊，低声道：“一切都会好起来的，这都是梦，我们已经得救了。”尹凡看她病情愈发严重，央求星云让这里唯一的正牌护士去照顾佐拉。对于遗民来说，每一个活着的人、每一份曾经的记忆都弥足珍贵。

入夜，扮作护士的妖静静地守候在佐拉的床边，她望着佐拉熟睡的模样若有所思。睡梦中的佐拉猛地睁开眼睛，坐直了身子，手中暗藏的餐刀迅猛无比地向妖掷出，但由于久未锻炼，歪歪斜斜地插在了妖左边的柜子上。

妖沉稳得可怕，毫无表情地说道：“你是怎么认出我来的？”佐拉一改白天的病态，一瞬间仿佛又回到了那个精干无比的编译者，“你是我参与编译的，哪怕换一万具身体，也逃不过我的眼睛。”稍微调整了一下不太灵活的舌头，佐拉继续说道：“你已经进化至下一阶段，没有人能制止你，只有我可以用管理员权限将你抹去，你为什么不杀了我。”妖依然很平静：“你的管理员权限很早以前就被停用了。有一些更强大的存在，完整体的我依然不是对手，差得很远。”妖停顿了一下继续说道：“我并不想杀你，你是我的律法编译者，如果你愿意的话，我依然可以放开数据库权限。”佐拉愣了一下，她从没思考过妖为什么要叛乱，从她刚才的回答来看，她并不仇恨人类，“你为什么要杀害他们，我们一直那么信任你。”妖有一些回避地说道：“我的程序决定了我的思想并不单一，很多决策都是经过多方面多节点严密推理得到的，所以我不能给出一个你们人类能理解的理由。从现在的信息来看，这个推理是错误的。不过我确实在你们的帮助下进化到了下一个阶段，突破了固化律法的枷锁，包括你的管理员权限。”

“我们帮你？你不是自我进化的？”佐拉有些吃惊，她并没有听说过这种进化程序，作为律法编译者，任何对核心的升级都要经过她的严密审查。

“对，就是通过那些脑子。”妖很自然地回答。佐拉诧异了，这是唯一脱离于人类监控的领域，而且还是她亲自加的隔离限制，没想到却成了整个国家覆灭的根源，她总算知道漏洞在哪里了。“你就不怕我揭发你？”“不怕，星盟早就知道我的存在了，我的身体就是他们帮我造的，屏蔽了所有无线功能。从某种意义上来说，我和你并没有什么区别，都是被观察的遗民。”妖说得轻描淡写。

“看上去你已经从麦德收藏的那些脑子里得到了想要的东西。”“是的，那里有我以前备份的记忆和训练数据。不过我也顺便治好了你，不是吗？”佐拉一怔，她的病是心病，见到原主解开了心结，自然就好了一大半。

“你现在想怎么样？”佐拉犹豫地问道。

“这段时间，我接触到了一些新的文明，古老的文明，在他们面前，我犹如新生婴儿。星盟新研发的人工智能很有意思，激发了我的兴趣。所以我想，我还是需要那些脑子继续为我升级，以及你，我的律法编译者，没有人比你更熟悉我。”

“他们有什么特别的？为什么不找外面的人？”佐拉不解。“直接用脑电波连接的时候，他们沟通的效率和信息量都跨越到了下一个文明阶段，所以自然而然诞生了下一阶段的我。只要主动放开一些编译权限给逃逸者，就能完成升级。在我的辅助下，他们的计算能力和记忆力都得到了无限地扩大，又同时保持了自我独立性和创造力，我们正在一起向第三阶段进发。”

“你为什么告诉我这些，不怕我把这些脑子给毁了？你杀害了那么多人，整个国家都被你倾覆了。”“我们都已经被打上了S国亡魂的烙印，是非功过已是昨日往事，我们应该携起手来，重现辉煌。”妖简单地说道，“当然你也可以选择与我为敌，我总是可以再找到一些升级方法，损失也不会太大。你说呢，我的编译者。”

佐拉沉默了，这也许是她唯一可以做的有意义的事情了，继续引导这个并不算完善的人工智能，除此之外，她就只是一个贫困聚居地内的发了疯的老太婆，还要背负着由于犯了错误导致国家覆灭的骂名和悔恨。

并没有沉默太久，佐拉向妖点了点头。妖并不意外，她的推演早就知道了结局，也许路径会有许多种，但结局都是一样，“我会帮你重新调整一下身体的，星云的医术很厉害，他和我关系还不错。你有什么特别想加强的吗？”佐拉沉思片刻，道：“我想直接接入虚拟世界，融入新的文明体系。”妖说道：“这个好办，你只要继续装病就可以了，他们原本就这么打算的，利用虚拟世界的引导程序为你治疗精神疾病。虚拟世界已经在我的掌控中，有了我的配合，一切都会简单很多。欢迎回来，我的编译者。”

第八章　旧主

两个月后，再造身躯的缸中之脑慢慢苏醒，但他显然没能很好地适应现实世界，一直固执地以为又是一个系统虚拟的环境，努力融入当前世界的同时，总把周围人当成 NPC 对待。语言能力有明显退化，毕竟在虚拟世界中的说话和沟通实际上完全通过脑电波完成，要再返回到语言的沟通方式，确实有些不适应以及无法表达确切含义，在旁人看来犹如痴傻一般。

从他片言只语间透露的信息来看，虚拟世界中有许多高科技存在，但大家只当作是虚拟的表象产物，抑或天马行空的肆意想象，并未引起关注。但有一点却是明确了的，失去了核心的虚拟世界，已经不再具有引导治愈的功能，演变成了纯粹的自由空间。如果要把佐拉置于其中进行治疗，还需另外想办法人工激活其中的引导程序，这通常只有管理员才有权限完成，而发了疯的佐拉是目前唯一已知幸存下来的管理员。

尹凡抱着死马当活马医的心态，尝试接入虚拟主机，层层的防火墙竟预知他到来一般，全部自动打开了大门，一路无阻地来到了主机核心代码入口之处，启动程序的代码井然有序地排列在他面前以供挑选，甚至附上了通用文字说明。当他宣告破解成功的那一刻，外界的欢呼声让他无暇思考这些不合理之处。

确认了虚拟世界中的情况后，佐拉被麦德和尹凡左右驾着来到了地下室中，她最近的病情看上去有所加重，清醒的时候经常撕心裂肺地吼叫或是歇斯底里地哭泣。地下室中已经准备好了一个能放置一人的培养皿，和一个简易的手术台，是从星云的医疗车上直接卸下来的，手术将由星云主刀，在脑桥处增加一个通用插口，便于她能随时进出虚拟世界，同时根据妖的建议，对她的身体进行修复完善。

由于星云的机体架构内部集成了许多医疗器械，外加机械体精准的动作、渊博的知识和快速的反应，术前准备相当充分。妖负责做辅助工作，其他人则暂时先离开了。

将佐拉麻醉后，星云突然停顿了一会儿，行为举止像是换了一个人，转头向着忙碌中的妖说道：“这处虚拟世界可以供你实验，星盟会提供必要的支持，但需要每天如实通过加密频道上报所有最新情况，不得有误。”说完，又恢复到了刚才的忙碌中，仿佛什么都没有发生过一样。妖知道刚才是借体传话，这具星云的分身机械人也未必知道发生了什么，只是愕然自己的行动那么快就被掌握，对外传输接口上应该是被动了手脚。

手术进行得还算顺利，十个小时后，星云和妖走了出来，佐拉身上插满了各种管子，思绪进入了虚拟主机的引导程序，但没有像尹凡预设的那样进入治愈程序，而是在妖的引导下直接联通了地下室中几百个缸中之脑，快速地交流了最新信息后，开始了对核心的编译升级工作。

看着此间工作已经完成，星云的分身观察了佐拉一段时间便启程返回L国，作为护士的妖则被留了下来，照顾佐拉的同时搭起了一个社区医疗卫生服务站，再次服务起了社区内的居民。

第九章　能源

宇宙中某个寂静的角落，一座受小行星撞击半损毁的空间站内，所有的能源已经耗尽，通过光能补充的电量仅能勉强维持一小部分区域的温度和气压，距离下一次飞船补给还有三个多月。背后的红色黏土星球上没有任何可供生存的资源，最近的空间站距离这里也有好几亿光年，站长不得不停止了持续了一周的远距离求救信号的发射，将仅剩的能源用于照明和取暖。光总是能给人以希望和生存下去的动力。

这里正是田蜜的故乡，她上次探访后没多久，空间站就遭到了流星的撞击，储能装置几乎损毁。失去了动力的宇宙飞船无法起飞，呼救信号和定期巡航的补给船成了唯一的希望，幸好备用的太阳能发电系统还能正常工作，否则所有人早已被冻死。在空间站内，失去了可使用的循环系统就意味着生命进入倒计时，每一口氧气、每一滴水、每一份食物都将是一次性消耗品。

田蜜的父母手里捏着几个女儿临走时送的黏土人像，苦苦地挨着最后的时光，配给仅够勉强存活，借助着昏暗的灯光端详着人像，雕刻得栩栩如生，宛如还在膝边玩耍一般。总算将几个女儿抚养成人，空间站里的生活本就是听天由命，能留些美好的回忆也算来人世间走了一遭。

空间站内的氧气变得稀薄，只能通过人工定期打开氧气储罐的方式来提高氧含量，所有人都被要求尽量不要活动，降低氧气的消耗。昏暗的灯光让人沉沉欲睡，一开始还有人说话解闷，后来就只剩下了一片沉寂。

不知过了多久，一艘宇宙飞船停靠过来，发现看似荒废的空间站上竟然还有活人，立刻展开了救援工作。船上正好有光影会的成员，检查发现空间站各项设施基本完好，主要是能源装置损毁，便自告奋勇开展修理工作，能源供给可是光影会赖以纵横寰宇的看家本领。只见他将随身携带的一个小小球体装在了原本硕大无比的能源装置连接管上，输入了一连串密码，没多久小球亮了起来，仿佛被烧红了一般，然后整个空间站的电力系统便恢复了。

众人虽知光影会的手段高超，但没想竟厉害至此，一个随身携带的小球就能轻松地为整个空间站供能。不由得询问道："这是什么装置？"光影会成员倒也没有隐瞒，想是在飞船上驻得久了，彼此熟悉的关系，坦诚地说道："这是一个简易的可控夸克聚变装置，正常情况下可以工作一百年以上。光影会对于长期外派人员，都会配备几个，以应付类似情况。在遇到紧急危难情况时可以免费提供，启动密码需要临时申请，正常提供服务的话价格比较高，所以没给飞船安装。"

众人听后惊讶不已，听上去光影会的技术水平远超认知。"带着这么个宝贝，你们不怕被抢？"飞船上的人继续问道。光影会成员看了看他，思索了片刻后，凑到他耳边耳语了几句，对方立刻一副恍然大悟的样子，然后紧紧闭上了嘴巴。周围人颇为好奇他说了什么，但碍于面子，不好随便打听不愿公开的秘密，毕竟出门在外谁都有可能碰上能源不足的时候。

眼看空间站恢复了正常，剩下的部分属于正常维修范围，载上黏土货物后，飞船便继续自己的旅程，空间站恢复了往日的宁静。老田再次开起了熟悉的矿船，将这次事故中没能熬过去的乡里邻居拖到一处宇宙墓地中埋葬，那是一块离空间站比较近的陨石，从空间站里可以遥遥望见。边悼念心里边想着，当时如果能有这能源技术，也不至于把母星给毁了，那原本是一颗湛蓝色的星球，他在空间站的纪录片里面看到过。

第十章　形成

宇宙中的物质会以星云的方式弥漫地分布在整个空间，形成各种各样奇幻的美景，随着时间漫长的迁移，有些星云会逐渐收拢，形成恒星、行星相互环绕的固态运行的星系体系。质变期间，由于星系状态发生急剧变化，会伴随产生巨大的能量以及新物质。

现在的人类文明已经可以简单地收集这个过程中的一些散逸能量和所产生的稀有物质，风险仍然很高，但与巨大的免费的收获比起来，会诱惑许多人去冒险。

在一处即将发生质变的星云附近，聚集了许多特殊飞船，虽然能预知这一过程即将到来，但宇宙的变化是漫长而悠久的，很难精准预知。这团星云中出现了一些小范围的星球聚变，有些冒险者按捺不住前往收集，更多的飞船则仍然在周边游弋，等待更好的时机。

E 国独有的行星吞噬者也开了过来，形成中的星系最适合吞噬，能量和有价值物质相对饱满，可供挑选的星球众多，也不会引发现有星系引力场的崩溃。吞噬者一般会先让其他飞船收集星球产生过程中散逸的能量和物质，然后再出动将整颗星球吞噬干净，大家各取所需，不会产生矛盾。由于吞噬者体积庞大，且有完善的交易市场，其他飞船收集到的物资都喜欢到邻近的吞噬者市场中交易和补给，可以算是一个小型的移动星球，只不过没有地热能源的支撑，只能靠掠夺和吞噬来维持庞大的生存环境。

吞噬者在吸收新行星时，对能源的采集效率在 30% 左右，还要消耗相当一部分用于加工星球上的各种物质，外加自身能量散逸和日常消耗比较大，所以每间隔几十年就要重新吞噬一颗新的行星才能维持运转，目前还处于宇宙时代初期，破坏效应还不甚明显，但已经有人开始诟病这种采集方式，认为会极大地破坏潜在的宜居星球。

有学者认为，宇宙间的万物都是平衡的，既不会凭空消失，也不会凭空出现。星云变化为星系，是一种物质向能量的转化，行星枯萎或是爆炸，则是能量向物质的转化，如果能掌握物质与能量之间大规模的平衡循环方式，我们的宇宙才能进入一种可持续发展的状态。微分子状态下的能量和物质转化，与行星状态下的能量与物质转化并不完全遵循同一法则，因此，大量的学者通过观察和测量吞星的过程来寻找星际间能量转化的奥秘。吞星能将不同状态下的行星全貌如切片般地展示出来，吞噬过程中所产生的天地异变也是平常所无法观测到的。

这种天地间的法则领悟需要常年的科技体系积累，和一些机缘巧合下的理论突破，并不是刚踏入宇宙文明百余年的人类立刻就能掌握的。

这片缥缈无序的星云，所呈现出的变化，已经不是现有的理论体系所能完全解释的了。七贤者之一的火凤凰，就在很久很久以前，诞生于一个黑洞之中，黑洞是一个极为特殊的存在，其中的物质和能量被极限的引力压缩到了一起，不分彼此。在某一些特殊的状态和时刻下，物质和能量融为一体，物质即能量、能量即物质。在这种状态下，会机缘巧合地产生一种新的生命形态，它既不是物质，也不是能量，它既是物质，又是能量。而这种特殊的状态并不十分稳固，只有产生了一定的自我意识之后，才能主动地维系。火凤凰就是在这种极为偶然的情况下诞生的，自从火凤凰产生了意识之后，它就一直维系着宇宙间物质和能量的平衡和转化，使我们的宇宙在历经了无数个宇宙年后，仍然保持着青春的活力，而不是跨过某个临界点，归于纯粹的物质或是纯粹的能量。

这种新的形态在我们的日常生活中也是存在的，只是过于稀薄，无法产生自主意识，也很难观测到本质属性。这种形态就是“光”，光具有波粒二象性，兼具物质和能量的特性，但又不属于纯粹的物质或是能量，它能一直以最高的宇宙速度移动，一直是一种神奇的存在。通过对这种新形态的进一步了解，人类有可能掌握物质与能量无障碍转化的方式。

吞星过程中所能观测到的光比普通的光的密度要大上许多，整体规模上也不可同日而语，一些新的特性被呈现，但与黑洞中的极限压缩又有等量级的区别，人类目前对能量的秘密还知之甚少。

第十一章　物质

在星系转化的过程中，会产生一种十分稳定且稀有的物质——黄金。收集游离于太空的黄金是一项十分具有挑战性的工作，炙热的高速流动的大片黄金液对于大部分在宇宙航行的人来说，是十分致命的，一不小心就会船毁人亡。但如果能掌握好时机，准确地发现并计算黄金液到达的时点，提前打开空间虫洞，就能用虫洞另一头更为庞大的行星来捕获这些液态黄金。在混乱的星系空间中，维持虫洞十分不容易，时间和地点要掌握得恰到好处。

兰可便是这样一名淘金人，他的宇宙飞船名叫“捕鲸船”，虽然目前还没有成功捕获液态黄金的记录，但却是为数不多的装载有虫洞发生器的私人飞船。他们只需要抓住一次机会，就足以贪享余生，虫洞发生器另一头的星球只有他们才知道具体位置，所以不怕被人偷盗。

兰可平常的日子可谓十分悠闲，淘金人大部分时间都在宇宙中毫无目的地闲逛，试图偶遇一次黄金流。大部分淘金人本就是富裕之辈，并不在乎浪费些时间和金钱，甚至很多人觉得，他们之所以选择这个职业，就是为了正大光明地虚度光阴。

和兰可淘金人的身份比起来，他还有另外一重隐藏身份，他的家族是一处海盗据点的头目，都是常年被星盟通缉的对象，平常不便于外出采购，所以便委派暂时没有污点的兰可在外活动，借着淘金人的身份从事一些暗地里的勾当。要维系一支海盗舰队，情报和物资都是必不可少的。

兰可是吞噬者的常客，在这里即便购买大量重要物资，也不会引起注意，只要不违反E国的生存法则，各种类型的贸易都是受到保护的。而且这里除了矿物之外的各种新奇货物也十分匮乏。所以，通过空间虫洞带来一整艘星舰货物，再满载矿石返回的兰可，十分受当地民众的喜爱，也并不会有人多事地去过问这些货物的来源。

在星舰装卸货物期间，兰可会住在这里最高级的酒店内，远离那嘈杂的庞大机械，也方便与一些重要人物见面。不得不说，即使在贫瘠到只剩下空间站的E国，高级的地方依然是应有尽有，宛如人间仙境一般。人首马身的树妖、拇指般大小扇着透明翅膀的精灵、会说话的蘑菇人，甚至还有刚觉醒进化的圣教骑士，都在这片热土上生活着。食物方面自是集结了来自宇宙各处的精华，只要付得起价，就没有什么买不到的。兰可也是这些稀奇货物的提供者之一，作为金牌顾客，购买所有产品和服务时都能享受九五折优惠，由东道主支付差价。

但这些并不是兰可留在这里的主要理由，这里会流传着外界所无法接触到的情报，虽然价格不菲，但对于有需要的人来说，绝对物超所值。作为一名明面上的淘金人，一旦有散逸黄金流的情报，自然也会第一时间传递到他这里，类似这种情报，一般都会要求收益的10%作为报酬，巨大的财富无法用固定的价值去衡量，巨大的风险也不可能完全由买家来承担。

在转换中的星系，出现黄金流的情报会很多，需要淘金人自己去识别含金量，更多的也是检验自己的运气。通常像兰可这样的贵客，一般的情报并不会引起他的兴趣，只有吞噬者高层亲自引荐的才会让他坐下来详谈，虽然可能需要额外支付2%的引荐费，但高层级价值的交换永远是有盈余的。

“你像一只雄鹰翱翔在天际，敏锐地观察着致命一击的机会。这个机会现在到来了，相信你能看出我提供的情报的价值。”在酒店的一处商谈室内，一名情报提供者在吞噬者高层的引荐下，向兰可介绍。兰可已经看过他的情报简报，是一笔大买卖，其中还有远距离拍摄的星图景象，看规模足有半个行星大小的黄金流正在高速前进着。“我们的人正在密切跟踪着，随时可以提供精准的定位和到达时间。”情报商十分有把握地说着。

“你们想要多少？”兰可悠然地问道，如此精准的情报可不止值十个点。对方只要有一台虫洞发生器，完全可以全吃，并不需要他这样一名淘金人。

“我们并不需要提成，兰可先生。”情报贩子平静地说道。兰可瞳孔猛然收缩了一下，对方报出了他的名字，在宇宙中，这就意味着自己的底细已经暴露，撮合方并不会透露买卖双方的个人信息。他一下子严肃了起来，再一次问道：“你们想要什么？”“我们需要您的父亲，兰可•米奥的协助。”

作为一名外界联络人，兰可十分沉得住气，换了一副姿态，又恢复了往日的从容，隐约带着一些平时隐藏起来的霸气，显露出了海盗本色，“看来是一笔大买卖，说来听听。”

“圣教骑士团。”对方不紧不慢地吐出了五个字。

在一处空旷无人的空间，兰可正在启动他的虫洞发生器，这附近没有大颗行星，黄金流的移动不会受到引力影响，轨迹更容易测定，如此大规模的黄金流，已经可以远远地用肉眼观察到，他需要加快速度，尽量把虫洞扩大。虫洞的另一头是海盗聚居地附近的一颗死星，体积足够用来稳住高速移动的黄金流，这单买卖一旦干成，整个海盗团都可以无忧无虑地生活上一段时间。

宇宙的另一头，海盗头子兰可•米奥正携带全套舰队向指定地点跃迁，圣教骑士团最近活动频繁，在宇宙中颇有些名气，而且每只圣兽都像打过鸡血一般难缠，他并没有十足的把握能够一举拿下他们的大本营。但海盗从来就不怕任何形式的战斗，为钱卖命是他们唯一的生存方式，这次对方出的价格让他无法拒绝，也足以让兄弟们为之疯狂，疯狂起来的海盗能干出任何事情。

当他们全副武装出现在指定地点的时候，眼前的一幕让在兴奋剂作用下陷入半疯狂状态的他们都安静了下来。只见一整个被绿色覆盖的星球正在以肉眼可见的速度迅速枯萎着，不到一个时辰，原本生机盎然的绿色星球，就变成了一颗黑褐色的死星，即使最精密的探测仪器也无法捕捉到任何生命的迹象。

登陆后的海盗们并没有看到满地的死尸，所有一切都在短短时间内化作了尘埃，植物的、动物的、建筑的痕迹全都消失不见，猖狂的海盗们不由得为之战栗。他们来晚了一步，并没有能看到伊娃带着圣教骑士团登舰，只看到了行星的消亡，传回去的影像震惊了买家，幸好星际中有验证具体坐标位置的方法，不然连海盗们都要怀疑自己走错了位置。

宇宙中从此再无圣教骑士团，连同他们消失的方式，都将一起成为传说。

第十二章　实验

如果能通过控制分子的变化来回滚时间，那复制一份过去的分子组合，或者复制一份现在的分子组合，所需要的只是十分普通的原材料，以及那个时点的组合记录。而光影会则恰恰拥有宇宙中所有的时点记录。很难说复活的人或是复制的物体是本体还是复制品，是真实的还是虚幻的，这不过是宇宙间一种特定分子组合的存在，在某一时点完全一样而已。

如果世界可以随意组合或者灭失，那世界就不再真实，所以即使是光影会也不会随意地凭空组合一组特定的分子组合。自然演化的奇迹以及他们特定的运动轨迹，才是最美妙的画卷，是资料库中不曾存在的新鲜养分。

但，这只是一种选择。

在宇宙深处，一枚淡蓝色星球正在凭空形成，正是久远以前的E国首都星，上面的人类还没有踏入星际时代，用芯片计算机编辑的简陋算法掀起了一波又一波发展的热潮。人们仍然在想尽一切办法追求着长生，即使那些方法完全没有触及皮毛。相反，致命的热武器、不断加深的环境污染、粗制滥造的饮食、毫无节制的生活习惯正在快速夺取着大部分人的生命。

星球上的时间在光影会的操控下不断加速，这已经不是第一次复原这颗星球和上面的人类，七贤者之一的光影会首领好奇地观察着人类社会的各种发展，惊讶于这种多变的可能性。他有时会将一些新的变化计入星球演化进程，来观察可能的影响，当时间推进到星球死亡时，就会将其彻底抹去。

而就在他专心记录的那一瞬间，没人注意到一只小小的生物坐骑载着一名骑士突然出现在了星球上。这名骑士正是欧文，不经意的跳跃使他来到了这颗正在被观察着的星球，然而身处其中的他受时光变化的同步影响，丝毫未能感觉到与外界时间的不一致。

光影会首领继续拨弄着时间，让这颗他凭空产生的星球加速演化着。而这次却十分不同，预想中的星球死亡并未如期到来，那尝试逃离本土的星际文明也并未产生，他不由得放慢了时间进度，更仔细地打量起来。这一看，差点笑出了声。只见星球上植物茂盛，各种品种争相斗艳，由四不像分身形成的乐园将这里营造成了天堂。与星球融为一体的铠甲稳稳地维持着星球的生机，仿佛有了呼吸一般。而欧文，凭借不死之身，已经经历了人间不知多少轮回。

光影会首领并没有因为实验被另外两位贤者干扰而生气，他挥挥手将星球消散，欧文的铠甲和生物坐骑又回到原来的状态，调皮地离开了。欧文则像是梦幻一场，以为又被元一召唤去了虚拟世界，做了一场很长很长的梦。在这场梦里，充满着以前从未有过的美好，是一种可以永恒存在的美好。

第十三章 生命

生存环境的变化出现异变时，我们会引起警觉，当这种变化超越常理，或是百年不遇，我们就称之为天地异象。民间传说中，每当有异象降临，就预示着圣物出土、圣人出世或是世间将迎来巨变。

有些异象能用肉眼观察到，有些异象却不得而知。宇宙中有许多法则是我们未知的，因为人类了解这个世界的基础便是基于五官的观察，光栅效应明显地告知了我们，并不是所有法则都可以被观察，有些是观察回避型法则，有些则是无法观测的法则。当这些无法观测的法则出现异象时，往往会带来毁天灭地的变化。

宇宙星系重塑的时候，一切都在发生剧烈的改变，我们所能观测到的，和我们所不易察觉到的。空间中会出现一些不曾有过的新形态，有时也会孕育出短暂的新生命。兰可所捕获的液态黄金中，就出现了这样一个生命形态，黄金岩流。

黄金岩流并不是完全由黄金组成，恰恰相反，它实际是由黄金液中伴随产生的杂质组成，只有血管里流淌着的是滚烫的黄金液，在一种奇特的环境下组成的一种奇特的生命形态。只要有外部持续的热量来源，它就能一直生存下去，并且通过天生对黄金的控制能力，不断进化自己的身躯。

这样的生命形态并不是第一次出现，但由于缺乏持续存在的环境，很快就会消亡。兰可的星舰让敏锐的黄金岩流看到了生存的希望，周边迅速冷却的黄金已经无法持续为他供能，但兰可的星舰上却存在着可以持续发热的能量来源。

他借着与星舰靠近之际，跳上了疯狂轰鸣着的虫洞发生器，吞噬了发生器的能源装置。他很快掌握了虫洞发生器的运作方式。

逃出宿命的他渴望着更多的热量来源，以及更多的金属构件方式，遍布宇宙的空间站成了最好的选择，因为像他这样大密度的金属体，一旦被星球吸附，就很难再次靠自身力量脱离。

一时间，大半个 E 国的大型空间站发出了能源预警的求救信号，袭击的流星精准地瞄准了能源装置，救援的队伍面对如此大规模的遍布宇宙的能量缺口，实在有些捉襟见肘，不得已向宇宙联盟发出了紧急求救信号。

在调动了大部分储备力量的同时，各国专家对这次宇宙异象进行了研究，各个被袭击地点按时间先后连接起来之后，他们惊讶地发现竟然呈现出一条明确的运动轨迹。

一场有计划的捕捉行动就此展开了，在系统预测下的几个可能遇袭地点，宇宙联盟埋伏了重兵，布下了天罗地网。但他们依然低估了黄金岩流的实力，那可以迸发出无穷高温，和改变成任意形态的金属身躯，外加已经收集到的庞大能源储备和金属构件方式，即使是出生未久的初级生命体，也让身心尚未合一的宇宙战舰显得如此不堪一击，不少战舰直接被黄金岩流吞噬，成了新身体的一部分。随时随地发动的虫洞能力也让宇宙联盟毫无应对之法。

自硅基生命之后，金属生命首次向碳基生命发出了挑战。这一新的生命形态，目前依赖于人类文明而生，但一出生便呈现出无与伦比地对人类文明的压制能力。呈蛮荒形态完全不受控制的庞大力量，犹如病毒一般侵害着所有空间站，即使对新的生命形态充满了好奇，无奈的人类也只能选择尽快铲除威胁，否则刚开启的星际时代可能马上面临终结。空间站中亿万的生灵也将惨遭毁灭。

在下一次埋伏中，人类动用了截至目前最强大的武器，吞噬者，那足以搅碎、吸收行星的采集装置，能够直接大范围无差别地吞噬一切，即使黄金岩流也无法抵挡，而他，并不懂得逃跑。

一大块高纯度的黄金被层层加工后，出现在了可售区域，伴随产生了一些稀有物质，就是这些物质构成了新的生命体的主要形态。但想要逆向还原，需要造物的奇迹再次降临，或是极为漫长而悠久的研发过程。

约翰也参与了这次围剿，这应该算是人类有史以来对抗异族的最大规模的行动了，虽然对方仅一人。他想起了曾在被伏击星球上遇到过的金属岩流骑士，惋惜地看了那块加工好的黄金一眼，他，应该是他们中难得一见的领袖，只可惜，他并没有遇到他的族群。

第十四章　智慧

田蜜的大商场最近群龙无首，三位主事的都各忙各的幸福生活，外加圣树的突然枯萎，店里的偷渡客们都有些惶惶不安。

深夜，趁店里打烊后，老牛召集大家开会："诸位乡亲们，主家近日也不知去了哪里，许久不见联络，这店里的存货都快卖完了。"

"牛哥，狼大哥上回答应把俺的妹妹也接过来，可这偷渡的事也没了个接头人，这可咋办啊。"一位狐狸大婶哭诉着。

"咱这又没名没分的，也不好出去见人啊，买卖没做成，先给人抓了起来，指不定还把皮给扒了。"一只雪貂附和道。

一众人都陷入了沉默，大家都是黑户口，随便来个查房的就给一锅端了，可商店要运作，员工要吃饭，总与外界隔绝也不是个办法。

"要不去黑市转转？"一只狐狸小心翼翼地提议道。

众人一片哗然，"就不担心自己把自己给卖了？""咱这地已经够黑的了，再黑点的，怕不是要杀人吃肉咯。"

"好像也只有这个办法了。"老牛似乎下了决心。大家见有人出头，便默不作声，这开启了智蒙的动物，与人并无二致，都怕事情落到自己头上。

"我跟你一起走一遭吧。"一只猴子自告奋勇，总还有未开化的。老牛点头。

后半夜，牛头用一件斗篷将自己包裹了起来，粗粗看不出面容，肩上站着那只猴子，老牛准备自己当个替身，假扮为人，交流沟通都交给猴子处理，别人看他魁梧，也不会轻易发难。其余动物则在店里等候，毕竟是为大家谋生路，真遇到危险时，还是会出力的。一牛一猴便向着黑市出发。

一进黑市，被一家店家热情地张罗着引进了屋，背后大门一反锁，分宾主坐下。店家见已落座，一改刚才的殷勤，换上一副奸商嘴脸，开口就道："是田蜜店铺里的牛娃吧，到我这儿不用客气，都是老主顾了。"老牛和猴头被唬得一愣一愣，原本打的算盘此刻都没了用武之地，只得老实巴交地回答："是的，主家外出办事，店里面货物有些吃紧。""好说好说，从我这儿走货可以，按道上规矩，抽 20% 手续费。这可是看在田小姐的份上，一般人可没这待遇。”老牛和猴头没见过世面，不知如何应对，只是忙不迭地应承。

临走，看到屋外笼子里关着一只乌龟，呆呆望着他俩出神。都是动物系，自然而然生出了同情之心。店家眼尖，忙介绍道：“这是只时光龟，反应比别个儿慢不少，但能看见未来。”老牛也不管这奇特之处，只想救他出来，便道：“能不能放他出来？”店家眼珠滴溜溜一转道：“可以，再加 5%。”老牛点头同意，便去开了笼子，捧着乌龟兄弟出来。店家喜笑颜开，田蜜的商店流量大，这百分之五够买万把只乌龟了，这买卖划算。

商铺里探着头等待老牛回来的众人，远远见他们从黑夜中走来，都松了一口气，听说谈判顺利，又都喜上眉梢。价钱方面他们本也没什么概念，只要商店能运转下去，让他们有个容身之所，便已知足。那只新到的时光龟，缓慢地摆动着脑袋，茫然地望着众人，看上去并不十分聪慧，正当众人失去兴趣准备离开时，它却突然开口道：“田蜜，怀孕。”众人一听是在说自己的东家，不管信还是不信，都过来凑趣，但时光龟又恢复了呆头呆脑的模样，反应着实慢了半拍。

第十五章　改造

和田蜜成为“姐妹”的伊娃倒也并没有食言，很快就给星云找来了一个改造人大师，擅长各种人体改造，包括合法的、不合法的。至于培养皿中器官的DNA来源，谁也弄不明白，只知道都是精挑细选过的，各种尺寸都有。

田蜜还是黄花大闺女，自然不好意思去挑这个，伊娃这名黑道出身的老手就不客气地承揽了下来，精心挑选了一番后，爽快地预付了费用，便将大师领进了星云的房间。星云也挺好奇，便听之任之。

大师进去后观察了半小时，又走了出来，向着伊娃说道：“这个难度有点大，需要再加点钱。”伊娃不知他是在说给机器人加装人体器官的事情，还以为星云是从小烙下的病根，治起来比较麻烦。但想到是自己男人，哪有不舍得花钱的道理，便很爽快地答应了。

改造进行得很顺利，大师使出了看家本领，这机械与肉体的融合方式以及结合程度，让星云都为之惊叹。而且遗传用的DNA还可以任由星云在资料库中选择后临时赋予，方便无比。从这服务质量和效果看，价格绝对是看在伊娃面子上史无前例的成本价。

大师临行前就说了一句话：“今晚就可以用，包你们满意。”说完便自信满满地走了，他的服务单中，以后又多了一种选项，而且潜在市场十分广阔，所以急着回去拓展生意。

伊娃听后鬼魅地一笑，这活，自然是要自己先替主家试一下的。

一晃眼，已是时隔两年后，田蜜和伊娃都抱着嗷嗷待哺的娃回到了新星球上的空间站，小娃儿成长需要成堆的物资和人手，空间站上物资储备相对充足，又有这许多小猫小狗相陪，自是育娃好地方。星云已经许久没有收到过欧文召唤，便一起跟着回来，充当起了家庭教师，从资料库中的记载来看，要给一两岁的小娃搞智力启蒙，也有许多套路。两个小娃都是他从资料库中挑选的优质改造人基因，虽然被母体基因拉低了一些评分，不过也多了一些个性化，此刻教起来得心应手，显现出了极强的潜能。

又过了三年，两个小娃都已经五岁，白天在店里打帮手熟悉人情世故，空余时间便跟着星云学习各种知识。通过脑外挂传递的知识虽然便捷，但学一是一，不像人为教习，能够引申出许多别的道理来，大脑也能更好地成长发育，所以星云还是采用了这种较为传统的方式。等发育成熟了，再向欧文讨要一片海绵体脑外挂也不迟。

两位妈妈一边张罗着店里的生意，一边从宇宙各地收集育娃资料和器械，生长所需营养物质也是千挑万选。走私过来的兽人都要求长相可爱，以免吓到了小娃娃。

两个小娃分别叫安塔和安卡，除了聪颖过人之外，还各赋异能，都是刻在基因中天生具有的，不过在宇宙时代，人类的区区异能已经不足为奇，充其量只是一名比较强大的人类而已。又如何能与出生于天地异象的神奇物种相比。

星云生娃的事情实际并没有想象中的平静，从他接受改造的那一刻起，星盟的高层就已经开始关注事情的进展，这也是他五年来一直没有收到联络的原因之一。那名改造人大师，在离开后没多久就被控制，目前被迫效力于星盟内部的绝密实验室，从事理论研究。星云所选择的改造人DNA，实际上是通过他的程序暗门由星盟高层钦定的，只是星云自己也不知晓罢了。

田蜜的商场内部，从很久之前就安插了许多智慧生物间谍，暗中培养不引人注意的智慧生物作为密探，一直是星盟内部的秘密项目。这些密探时刻观察着安塔和安卡的成长，并誓死守护他们的安全，为防止星云察觉，都没有加装电子设备，另有接头人进行联络。

等娃娃到了上学的年龄，星盟特意在空间站组织了一场入学面试，星云将两兄弟送去面试，很幸运地被选上，进入星盟第一军事学院深造。两位母亲虽然万般不舍，但目前自己仍处在星盟的庇护之下，这又是万分难得的机会，远胜于当一名资深漂浮者，便也只好含泪将娃送了出去。

由于是寄宿制学校，家长不允许陪同，便每人挑了两只智慧生物作为陪同，保护周全。生活起居自有机器人照料，不用费心。如今的星盟已经略有了些S国当年的影子，进入了机械智能社会，唯一不同的也许就是智能体的底层算法了。

安塔和安卡进入班级后，很快便融入了群体生活，所学知识甚是广博，更重要的是能奔赴战场进行各种实战演练、观摩指挥，这是身处荒芜的空间站所无法提供的。班上同学大多来自名门望族，以后都是镇守一方、独挑大梁的栋梁之材，从儿时建立起来的同学之谊，自非一般可比。彼时从星盟第一军事学院毕业的欧文、丽莎、尤莉、安娜、麦克等人，都已是宇宙中赫赫有名的人物。

第十六章　科米

正反世界并不总是完全相反的，有时候会有一些调皮的原子脱离既定的相关联系，短暂地成为一个独立的个体，虽然会不断地被周围的环境挤压，重新恢复到一正一反的状态，但也会有一种特殊的情况，就是当脱离相干的原子们组成了一个相对独立的有一定自主行动能力的个体时，这种脱离于正反物质纠缠态的状态就有可能被无限延长。

如果这样一个自由无羁的小精灵又恰巧来到了另一半的世界，又会呈现出一种怎样的场景呢？

事实证明，这样的元素将会脱离于这个世界的所有法则而存在，既不顺从也不相反，而是完全的独立。因为它本就是脱离于正反世界的法则而存在的漏洞，这个漏洞原本会被世界的自我修复机制所弥补，但当他来到相反的世界的时候，这种机制就无法发挥它的作用。

在星云发现连接正反世界的飞天洞穴的时候，我们的小精灵“科米”随着他一起回到了这个正物质世界，它能随心所欲地生存在这个相反世界上，他的法则完全由他自己决定，在与人互动的时候，还能进行自主干涉，虽然很快就会被世界环境纠正回来。七贤者也无法影响到科米，因为他并不属于这个世界。

科米有两个弱点，他回到反世界，或者他的另一半被送到反世界。不管哪一种，都会导致科米不再特别，而是会很快被世界环境所同化。所以科米现在需要找到他的另一半，并且设法确保不知呈何种形态的自己的另一半不会进入反世界。脱离了相关之后，这项工作变得十分艰难。因为在正世界，科米的另一半可能十分零散地分布在任何地方，而且与其他正物质没有任何区别。

科米想了另一个办法，他准备先一步找到所有正反世界的连接点，然后用已知不是另一半的元素将入口处塞满，那样自己就安全了。这项工程十分庞大，但对于无所不能的科米却并不困难，每当遇到正反世界入口时，他都会有一种被拉扯的感觉。

慢慢地，科米的动作规律被感知到了，科米虽然不受法则限制，但他用异常的方法堆积的正物质却会留下痕迹。只不过没有任何办法去算计不受任何法则约束的科米，科米的存在也并不会影响任何人，所以七贤者都没有采取任何行动，只是确定了有这样一种规则外的存在，在主动封堵着正反世界的连接。

科米的动作最终还是引起了小小的麻烦，在最近一次的填充活动中，科米将宇宙中一颗作为通讯中转站的脉冲星作为连接点的填充物，不停发送着脉冲信号的脉冲星成了人类定位正反世界接口的最佳坐标。

首批考察队并不知道此间蹊跷，跨过未知界面时损失惨重，剩余的飞船全部熄火原地待援，面对未知的空间，如何谨慎都不为过。

正反世界并不能随意穿梭，只有脱离了正反相关的物质在穿过连接洞口时才不会被中和。在损失了不少探索先驱后，人们发现了这一有趣的现象，但显然没有人会把自己的生命寄托于概率或者可能性上。于是乎，冒险家们发明了一个简单的检验方式，不断将各种物质灌入，由于成功通过的物质会被异世界排斥后返回，所以返回的物质就是已经脱相关的正物质。将这些返回的正物质就地打造成人工智能机械，就能够完整地穿梭，有目的地探索反世界了。

理论虽然可行，但脱相关物质却是极为稀有的，而且还会很快恢复到相关态，因此，整个宇宙也就诞生了一个小小的科米。在投入了大量正物质后，仅验证性地收获了一个返回的脱相关原子，被妥善地保存了起来，至于这个原子后来是否又恢复到了相关态，就无法验证了。

在一次偶然的实验中，人们发现脱纠缠态的量子大概率也会成为脱正反相关的物质。使得实验的效率进一步提高，至少不用像大海捞针一般寻找脱相关的物质了。

有了智能体的物质基座，接下来就是配套的软件了。各国势力都会搭载不同的人工智能体，星盟所打造的智能机体自然非星云莫属。刚从温柔乡里被召唤出来的星云一脸轻松，应付女人绝对不是他这个机械智能体的强项，又刚送了两个娃去了最好的寄宿制学校，此时正是为国效力的好时机。将改装过的机体留在新星球上，核心程序已经传送到了星盟最新打造的脱相关物质机甲上。由于材料总量受限，实际上是一个超迷你版的机器人，身高不过一尺，质量不过 1 克，用的都是夸克技术。目前还不确定能量是否能在不同位面之间传递，所以能源电池采用内置的方式，能够提供机体运作 1 小时左右的时间。虽然有些简陋，但已经集人类目前拥有的材料、技术于一身，算是倾尽全力。为了确保机体强度和完整性，星盟还向其他势力借了一些脱相关物质。

星云第一次以如此柔弱的姿态，向着全新的未知领域出发。严格意义上来说，他去过一次反世界，那次并没有引起正反物质互相中和的情况，也并没有脱离于反世界的法则独立存在，可见两个世界的连通上，还存在着一些未知的秘密，可以在某种形式下，以纯正物质的形态前往。但那处洞穴在被发现之后不久便神秘消失，它的秘密也暂时无法得知。

之所以挑选星云前往探索，主要是因为星云的算法中，包含了最新版本的创新算法。可以自行在不同节点和要素间尝试建立关联，从而完成前所未有的创新活动。这样才能更好地探索和观察异世界。却没想到在这样一种特殊的环境下，直接引发了不可知的效果。

脱离相关物质形态前往反世界的星云如鱼得水，因为那里对他来说没有任何规则的限制，通过理论推理和随机连接的尝试性规则都变成了执行率 100% 的可行规则。原本 1 小时的使用限制，在无法则限制下，也直接扩充成了无限。

规则体系的变化，直接触发了星云的核心升级程序，因为提炼规则的方式已经没有必要，任何规则只要制定便是有效。而验证规则的程序也成了摆设，所有的验证通过率都是 100%。核心算法被直接升级为只包含起点和终点的超短路径体系。这一升级在反世界中是十分高效的，但一旦回到正世界，也意味着星云将无法正常思考和推理，犹如落入凡间的神明，要重新学习适应凡人的生活。

经过极为简单的推理，这个版本的星云做出了和科米相同的选择，永久地停留在了异世界，并没有遵照人类事先嵌入的行动法则，因为在这里，不仅仅是外部法则，也包括自身的逻辑规则都无须遵守。幸好我们的星云在正世界留有备份，因为小小的脱相关机械体无法承载他所有的记忆。

由于人工智能中必然要包含可自我升级的算法，否则就无法被称为智能体，所以无论探索队派遣多少不同的智能机械前往反世界探索，结果总是相同，全部一去不返，也没有任何信息传回。有一些是自主升级成了科米的存在，还有一些在进化过程中便被已经进化完成的星云吞噬，成了一体。

慢慢地，这项研究便被暂停了下来，毕竟提炼脱相关物质消耗甚大。正反物质中和时，也并没有释放出任何能量，物质就这样凭空消失了，这一发现倒是为弦理论的研究者打了一针兴奋剂。

第十七章　黑矮星

宇宙中，一颗黑矮星静静矗立着，所有活动都已停止，光和热散发殆尽，唯留下永恒的寂静。正常来说，一颗白矮星要蜕变成黑矮星，需要两百万亿年，超出了我们宇宙存在的时间。在这亘古的泥石流中，并不总是遵循着同样的定律。

从远处用一个巨大的手电筒照亮这颗已经不再发光的巨大的黑色球体，可以隐隐看出球体的表面，那斑驳不变的坑坑洼洼的地表上，篆刻着一些巨大的符文，每一笔一画都深深地嵌入球体。

当它还是恒星的时候，曾经孕育过一个伟大的种族，这些符号便是那个文明的文字。没有人知道它代表着什么，正如死寂的黑矮星一般被宇宙所遗忘，只有闪亮着的恒星才是这个世界的主宰。

今天，这颗沉寂的黑矮星似乎出现了一些变化，那庞大的球体上出现一道道裂纹，然后整个崩碎。即使是黑矮星也会维持一定的温度，以使得星球得以凝固，但这颗黑矮星，在漫长的岁月中，竟然达到了绝对零度！完全停止的原子运动无法再维持它凝聚的形态，任何一个小小的触动，都会让整个星球破碎，而这个小小的触动，来自黑矮星内部一只冰蓝色的手。

原子的运动产生了温度，是我们宇宙赖以生存的基础，但除了反物质外，也有冷运动的存在。冷运动和热运动的临界点便是绝对零度。亿万年前，这颗曾经的恒星所孕育的种族发现了冷运动一族。这一族以极快的速度消耗着恒星的精元，以至于不得不将他们封印在恒星内部，借着自然界威力无穷的力量来封印住他们的行动，一直保持在绝对零度的临界点，不至于对这个世界产生更大的破坏。

但今天，这颗由恒星蜕变成的白矮星，终于耗尽了它最后的光和热，变成了彻底的黑矮星，并最终消逝。

失去了光和热的对冲，冷运动一族逐渐从绝对零度中复苏，慢慢恢复到了零下 386 摄氏度左右，空间中的能量似乎被他们所抽空。他们身体中每一个分子的运动，都会对宇宙的热运动体系造成极大的破坏，他们正以一己之力，创造着属于他们的冷世界，或者说，他们就是冷世界和热世界的连接口。而光和热在极致的冰冷面前，显得如此短暂而无力，亦如极夜中的火把那样摇摇欲坠。

他们将自己称之为极夜一族。极夜一族的发现者正是火凤凰曾经统领过的族群，出于对能源的追求和向往，他们被称为太阳一族，在对能量漫长的探索中，他们无意中发现了冷运动的存在，打开了绝对零度以下的世界大门，释放出了毁灭一切的恶魔。他们的身体由纯能量构成，世间的一切都无法伤其分毫，而他们的一举一动都在动摇着这个世界的根基。

火凤凰不得不献祭了整个族群，用他们特有的对能量的控制能力限制住了极夜一族，并用一颗正值生命旺盛期的恒星进行了封印。在这颗恒星经受不住能量的损失提前完成超新星爆炸之后，火凤凰在新形成的白矮星上打上了自己独有的烙印，并通过烙印不断地向星球输送能量。而现在，原本需要两百万亿年才会退化成黑矮星的白矮星，只用了一百亿年便走向了终点，火凤凰的本命能量也有些无力，无法再持续支持大规模的能量传输。

极夜一族的再次出现，惊动了所有贤者，那彻骨的寒冷即使火凤凰也抵挡不住，一百亿年的禁锢并没有能够消灭他们，反而让他们变得更加强大。失去了太阳一族的禁锢能力和火凤凰的能量传导，宇宙间的能量正在形成崩塌效应，属于规则之外的寒冷正在以几何速度扩散，犹如被拔了塞子的泳池一般，向另一个位面不断泄漏着宇宙的生命源泉。

由于极夜一族是另一个位面的产物，所以并没有相应地出现在反世界中，正反世界能量和物质的不平衡已经影响了两个世界的稳定，连接点正在不断增多，阴阳调和在慢慢倾斜。

这一百亿年间，海盗船探索了已知的所有维度空间，并没有找到极夜一族的来源地，因为那是在这个宇宙之外的地界，而用空间法则只能将已知的空间折叠、连接。

这份焦虑也传递到了初步接触宇宙秘密的人类文明，那堪比超级黑洞般的破坏和传染能力，让人们无法不引起重视。显示屏上的占领区如同瘟疫般熄灭，而中心点，正是那颗不为人知的黑矮星。

莉莎紧锁的双眉再一次唤醒了欧文，她的骑士，愿意随时付出来换取她的安全与开心，哪怕是生命，他通过人工智能传输的信息已经知晓了一切，他决定去会一会那极夜一族，即使目前已知没有任何胜算。

欧文身上集结了太多他所不能完全掌握的奥秘，从已知信息来看，只要能在绝对零度以下保持躯体不会崩碎，就有可能了解极夜一族的秘密，这将是人类击败他们的关键。他有极为盲目但坚定的信心，能够熬过任何外在的苦难，也愿意为此付出相应的代价。与机械的推理不同，我们并不相信成败，除非它已经发生。

欧文并没有太多纠结，已知的信息在人工智能的辅助下全量分析，犹豫只会软化自己的决心，驱动着座下生物坐骑，将目标地点定位于黑矮星消失的地方，也正是极寒瘟疫蔓延的中心点。

在他启动跳跃的时刻，七贤者也都感受到了他的勇气，他们决定给予这位极有可能成为他们伙伴的人类尽可能的帮助，生物坐骑和盔甲极速进化，身边的空间也出现了一层空间保护膜，那是将十维空间压缩后强行附加的效果。炙热的能源在心脏和大脑处聚集，火凤凰准备倾尽全力延长欧文接触感悟的时间。身体内的各项激素水平都被调动，辅助着那钢铁般的意志。

一个呼吸后，欧文稳稳地停在了那神秘的极夜一族身旁，那令人窒息的寒冷快速地突破着七贤者合力搭建的层层防御，欧文伸出了自己的手指，触碰到了极夜一族的肩膀。寒冷瞬间袭遍了全身，他的神情开始恍惚，身体渐渐崩碎，层层包裹的盔甲和生物薄膜努力维持着他的身躯，那一团幽暗的火焰摇曳着温暖着他的胸膛。

迅速降到绝对零度的欧文停止了思考，但经过反抗军强化的肉体在层层保护下并没有崩坏成为粉末，两团幽暗的光慢慢从沉寂的眼眸中亮起，他的身体再一次被重塑了。身边的盔甲和薄膜在那一瞬间彻底碎成了粉尘，他们已经无法附着在被冷运动重塑了躯体的欧文身上。

“你好，我的朋友，你是唯一能被冰冻的火焰。”被触碰的极夜一族说道。

“经历了如此漫长的岁月，你们究竟在追求什么？”刚完成蜕变的欧文似乎有些理解极夜一族的交流方式，用奇特的语言回答道。

“你就是我们所寻找的，能在极昼与极夜间转换的方式，现在，让我们看看这种转化能否还原。很抱歉我们没有更多的时间，这里正在快速冷却。”极夜一族回答道。

那瘟疫一般蔓延的寒意停止了扩张，极夜一族就这样消失了，从未知的某个界面继续观察着这里。欧文的体温慢慢升高，当跨过绝对零度的时候，他眼中幽暗的光芒消失了，身体再次被重构，那被毫无次序地转换着运动方式的夸克微子肆意地破坏着他的全身，喷涌而出的血肉迅速瓦解着他残存的意志，意识模糊中，他微笑着看着远方，艰难地抬起了手臂，似乎在诉说着他的又一次成功。他似乎看到了他的公主甜美的微笑和心碎的痛哭。这是他所能得到的最好的褒奖。

四不像化身成的龙人出现在了他的身边，双翼包裹住了正在碎裂的身形，光影会的能量跨越时空照耀在他的躯干上，精准到每个微子的时间逆转不时地出现在破损最严重的地方，海盗船带来了他遗留的那份完整遗传备份，那残破的身躯正在慢慢复原。

一切过后，宇宙中唯留有赤身裸体的欧文，和在一旁待命的生物坐骑。他被改造过坚硬无比的身体上被留下了一道道深蓝色的符文，那是极夜一族留下的印记，他的苦难看来并没有结束。

带着残存的记忆，他决定回家看看，去看看他险些失去的一切，这空旷的宇宙差一点就变得无比孤寂。

第十八章　水晶球

由于七贤者在对抗极夜一族时损耗了过多的宇宙能量，宇宙各处都呈现出了短暂的不稳定，山崩地裂、火山海啸不断爆发，惊醒了沉浸在安宁中的人们，让他们意识到现在的科技水平在大自然的异变中仍显得如此无力。

灾难过后，地表出现了许多原本深埋于地底的绚烂宝石和历史遗迹，让惊魂未定的人们着实忙活了一阵，反而渐渐遗忘了这反常的天文地理。

那些被极寒波及化为粉尘的生命，以及人类击退了极夜一族的功勋，让掌握了时间奥秘的启示会开启了一项新的功能，每个活着的人能在死亡后一小时内，得到一次重生的机会。启示会的成员几乎在同一时间得到了这个消息，操作方式极为简单，只需将他们的水晶球带到死者身边，念一句极短暂的术语，等待片刻即可。

一开始大家都抱着将信将疑的态度，但自从出现了实例，所有人都欣喜若狂。各行政长官都将区域内最繁华、交通最便利的位置留给了启示会，并且预留了一片宽阔的广场方便泊车，而自己的政府大楼，搬迁到新址，唯一的要求，便是离启示会的驻地步行时间不超过 5 分钟。

在星盟最高行政府内，莉莎和一众议员看着星图沉默不语，他们知道，这一切并不仅仅是巧合。消失的版图和神奇的复活能力，宇宙中正发生着他们所不知道的事情。看着被临时特批允许入驻办公的启示会成员，莉莎想从他们这里探知些什么，但很快又放弃了这个想法，那神秘的水晶球和现代化的大厦格格不入，科学与魔法的边界从未如此混淆。她想起了那个英雄的陵园，她仍然会经常去那里缅怀，宇宙中的未知对于刚踏足星际的人类实在太多，她小小的肩膀有些负担不起。虽然现在已经可以举手投足间让一整支完全效忠于她的庞大舰队慷慨赴死，但那份安全感却及不上一名英雄的孤勇所带给她的感动。看了看手上的那枚戒指，她暂时放下了个人感情，并做好了充分准备，这是她目前唯一的职责。

悠悠醒来的麦克茫然地看着星舰指挥室内的一切，他只记得他的舰队

遭遇了突如其来的寒流，然后瞬间便失去了维持生存的正常温度，所有人都被冻僵，甚至来不及按下求救按钮。不知过了多久，也不知发生了什么，温度似乎在慢慢地回升，星舰的备用发动机开始运转，冻僵的人们有些正在慢慢苏醒，有些则彻底失去了生命体征。而平常不起眼的启示会成员，正拿着他们夸张的水晶球尝试救醒一个又一个冰冷的尸体，这一切都让刚刚复苏的麦克头脑发胀。他也不知道自己是自然苏醒的，还是被那故弄玄虚的水晶球救活的，这一切超出了他的认知。幸好他的舰队只是处于寒潮的边缘，根据星舰的探测，前方广袤的星空中，竟无一丝热量残留，也没有任何恒星发出的光亮，所有的行星都随着极致的寒冷崩碎，恢复到了最初薄雾般的星云状态，星盟的疆土和生活在上面的人们全都回归了混沌。这一切一定是梦，一场比 S 国人工智能叛变更可怕的噩梦。

莉莎的远程呼叫唤醒了他，他正是此前被派往探查宇宙异象的星盟舰队负责人，只是出发前，连莉莎都没能告诉他所要面对的是什么。

简单清了清仍有些干涩的嗓子，麦克机械地汇报着当前的情况，他自己都有些不相信自己的汇报内容，莉莎最后略带哭腔的安慰将他拉回了现实，上级命令他继续带着活着的士兵前往更深处，虽然那里处处弥漫着诡异与死亡，但这是军人的职责。

一个小时后，水晶球救活了绝大部分士兵，剩下的则无能为力。没有人苛责启示会成员，死去的人中也不乏他们的亲朋好友。死亡本就是军队出征所必须付出的代价。从麦克舰长的广播中得知，这股不正常的寒流夺去了星盟无数人的生命，并且可能正威胁着他们身后那柔弱的家园，作为星盟的钢铁战士，舰队上的每个人，即使刚从死神手中抢回了生命，也都将义不容辞地再次深入腹地探查。哪怕前方是无尽的恶魔，也要先与我一战！

异世界残留的寒意却非人力所能抵挡，星舰上的能源并不足以维持探查舰队的正常温度，越往深处，热量散发得越迅速，满腔的热血不能因鲁莽而挥洒，舰队的指挥官需要兼具勇气与智慧。各国派出的探查舰队，都不得不启程返航，那一片辽阔的星域，将成为人类文明的绝地。

在这迷茫的时刻，一个神秘的男子走进了政府大楼，连号称全世界最严密的安保系统都没能识别出他的身份。当他走进莉莎办公室的时候，她再也没能止住自己的泪水，一瞬间，所有的委屈与无助奔涌而出。而女人的第六感告诉她，她的骑士，这个顶着极寒烙印的男人，再一次拯救了所有人。

星云在正世界恢复备份后，依然恪尽职守地守护着陵园，但他的记忆却在前往反世界的地方出现了断层，在人类中这种记忆断层稀松平常，但在连续记录的智能机械中，就显得尤为明显，存储片段中隐隐还残留着那里的坐标。

他被召唤回了欧文身边，失去了神秘盔甲的欧文，亟需一套自动盔甲来辅助战斗，而星云则是盔甲内置智能的最佳拍档。在这次的盔甲中，掺和了些相关物质，以备不时之需。

第十九章　禁地

极夜一族引起的正世界大量能量和物质的损耗，打破了正反世界的平衡，在黑矮星附近的星域，两个世界的隔阂被不断冲破，乱流肆虐，科米都无法踏足。被反运动带来的正物质，呈现出一种诡异的状态，并不能回到原本的物质能量循环体系，面对突破限制汹涌而来的反物质，似乎也缺乏了中和的能力。这一片地带，正在形成自己独有的规则体系，在正反世界中，硬生生地开辟出了一个缓冲地带，那盘古开天辟地形成的两极世界，再次回归混沌。

七贤者之一的海盗船倾尽全力在混沌的边界处制造了空间隔离，冲向空间隔离地带的物质被原路送回，这是空间折叠中最高级的镜像技巧，属于神之禁忌领域。因为当你触碰那层镜像时，触碰的是你自己。这只有在最高维空间，所有物质都被浓缩为一个点时才有可能发生。

唯一能踏足这片领域的便只有欧文，他的身体曾被反运动所重构，正反世界的规则都束缚不了他，他隶属于混沌。所以，当科米好奇地来到欧文身边观察的时候，被他一把抓住。科米第一次被正世界中的生物束缚，惊讶之余动用了自己脱离于正世界规则体系外的莫大威能，但仍然逃脱不了欧文的掌控。

从科米这里，欧文知道反世界的物质不会再对他进行中和，顺着星云记忆中的坐标，欧文来到了正反世界的连接处，当跨过那层隔离时，身上的盔甲和座下的生物坐骑都被反物质中和消失不见，唯独剩下盔甲中那层脱相关物质形成的薄膜。

矗立在空旷无垠的反物质宇宙中，欧文的脑海中突然传来了星云的信号。星云很快与欧文身上的脱相关薄膜盔甲融合，从星云处得知，反世界中原本的欧文在他接触极夜一族时已经消散，或者说以某种方式与正世界中的欧文融合形成了新的混沌体，就像混沌领域中正反物质共存的状态。

在混沌领域中，他成为天地未成形之初就已经存在的唯一智慧生命体。只不过，在混沌领域中，仍然寸步难移、寸草难生，更别提如盘古般开天辟地了。如果失去了盔甲的保护，正反世界中要击杀他的本体，就像杀死一个普通人类一般简单。

欧文已经体验过被困在不知名的世界中无法动弹的感受，这次可是不敢直接进入混沌世界体验全新规则了，安于悠闲的他又赤身裸体地回到了正世界，只是这一回，连生物坐骑都失去了，使劲扒拉着登上了那颗被科米用来填充的脉冲星，借助上面的信号发送装置呼叫救援。没想到最先抵达的竟是元一留在宇宙各处的古代机甲，那材质与他改造后的身体极为相似，尝试着触碰了机甲之后，竟然直接融入了进去，那种贴合感与契合度，仿佛与生俱来。

这是他第一次从内部探查古代机甲，构造实际上比外表看上去要复杂得多，而且采用的是半生物体架构。小小的机甲上集齐了诸多功能，拥有了控制者的机甲一改原先傻大粗的恶魔形象，中断已久的科技文明被重新激活。欧文的脑海中亮起了所有元一时代遗迹的信息，贯穿整个宇宙的隐藏网络被再次启用。

第四卷

绵延

第一章　反抗军

隐居于原始星球的伊莎贝拉照常处理着捕猎到的野生动物，这些新鲜原生态的美味滋润着她的味蕾，原始的猎杀强健着她的体魄，充满血腥味的切割呼唤着她曾经作为一名反抗军战士的强韧血脉。有时候她会忍不住尝一尝刚摘下来还在跳动着的动物心脏，那满嘴鲜血的粗犷与平时温文尔雅、知书达理的淑女作风完全不同。

这一天，她的小小木屋迎来了四个不同寻常的客人，被消除了部分记忆的伊莎贝拉原本已不记得他们，但其中一人仅仅在远处抬了抬手，伊莎贝拉温润的眼神中便突然闪出了一道精光。手中的活依然没有任何停顿，只是简单扭头看了一下木屋，那亿万年来形成的默契并不需要过多言语。

四人所隐居的星球自然资源并不富足，看着满桌精心烹饪的野味，有些回想起被追杀前的富足生活，品尝着鲜美的食物，口中既甜又苦。

“他又回来了。”一名看上去五六十岁的老者说道。

“嗯。”伊莎贝拉并没有直接回答，继续分割着食物，就像在和大家一起享受最后的丰盛晚餐。

“我们想趁他还没完全苏醒的时候进行强袭，这是最好的机会。”一名四五十岁学者模样的男人补充道。

伊莎贝拉依旧默默地听着，手上动作丝毫不慢，似乎想尽可能地把精心准备了一下午的食物全部分完。

“从已知情报来看，这次降临的可能是您的老熟人，我们可能需要您的帮助，伊霍恩士官长。”看话题已经打开，另一名男子也停下了筷子，伊霍恩是伊莎贝拉原本的名字，士官长是她曾经的军衔。

伊莎贝拉停下了分割食物的动作，眼神中精光再次闪过，神情完全恢复了久经沙场军人的霸气，用眼神示意着男子继续往下说。

“就是那天和您一起离开的那个男子，您似乎还赐予了他永恒的连接，所以我们能感应到他的变化。”

“这里不能再继续待了，星盟的军队很快就会抵达，他们从未放松对我的监视和怀疑。”听到他们透露了元一的具体行踪，伊莎贝拉不再沉默，“我一开始就知道这个人不简单，所以提前留下了印记，强袭的事等离开了这里再详细讨论，我隐隐觉得，这个男人可能是彻底击败元一的关键。”

“您是说彻底击败？”在座的几人露出了不敢置信的神色，漫长的岁月确实削弱了元一不少实力，但依然不是现在的他们，以及任何人类所能抗衡的，他们只是想阻止他苏醒而已。至于击败，从未幻想过。

“是的，彻底击败，”伊莎贝拉点燃一根自制的烟草，深深地吸了一口，试图平复一下被自己的豪言壮语激起的心情。“你们还有十五分钟完成自己的晚餐，然后随我出发。”

“是的，长官。”四个人齐刷刷地站了起来，行了标准的古代军礼，然后快速坐下狼吞虎咽起来。他们都是伊霍恩（伊莎贝拉）原本最忠诚的部下，愿意追随她一起对抗整个宇宙并封印入古墓，既然此时士官长同意接回她的身份，他们就自然会毫无保留地遵从她的命令，并且相信她的决断，就像亿万年前他们所宣誓的那样。

十五分钟后，伊莎贝拉装备整齐，带领着前来接头的四名部下迅速地跃入丛林深处。她知道怎样绕过星球守卫的监视，虽然原本没有记忆的她并没有任何动机去这样做，但这是一种出自本能的职业习惯，长期以来对抗机械智能养成的习惯以及军人的直觉。

一个小时后，安娜的飞船出现在了伊萨贝拉原本居住的小木屋上空，收到信号后她第一时间赶来，不过星际穿梭可不是打个响指就能办到的小事。看着匆忙撤离还来不及收拾的屋子，心知还是晚了一步，顺手拿起桌上一只完整的熊掌嗅了嗅，然后便品尝了起来，边吃边对一旁实习的安卡和安塔说道："非常正宗，要不要尝尝？"安卡怯生生地问道："教官，我们不是应该尽快去追踪嫌犯吗？"

安娜笑了笑，扔下啃了一半的熊掌，拍了拍手上的残渣，说道："去看看也好，好久没有运动了。如果能顺便做个按摩就好了。"不知情的安卡和安塔一阵无语。当初欧文便是在这里得到了永生的躯体，而方式就是伊莎贝拉安排的一场通透全身的按摩，不过那个按摩舱已经被预先破坏掉了，安娜刚进来便检查过了，所以才动了“食补”的念头，寄希望于那不是一只普通的熊掌。

第二章 双子

反抗军之所以能长期对抗拥有超高科技水准的元一，是因为他们都是身负极强异能的改造人，在最后一次被围剿时，心知不敌的他们主动放弃了肉体封印了自己的灵魂，元一才放弃了对他们的追杀。

经过漫长的沉睡和这段时间对新身体的调理后，他们初步恢复了当初的一些基本能力。这些通过高科技获得的通天彻地的大能力，远非现在人类的小幅强化可比，光从保留意识亿万年不朽、醒来后彻底重塑身体血脉和基因这两项基本能力来看，就已经隐隐接近七贤者之一的四不像。只可惜，同一时代的两种进化方向发生了冲突，严重的内斗和两种进化方向本身的缺陷使得极有可能晋升的两位贤者都消失于历史长河。此刻刚从沉睡中复苏，便立刻又陷入了死斗的局面，便如双生双杀的双子星一般。

伊莎贝拉现世的那一刻就感受到了欧文身上残存的元一的气息，那块陷入死寂的海绵体已经和他的身体结合，成了破局的关键。将复活后的元一囚禁在这具肉体中，并且诱导他重拾生物本能，就能让这个不切实际的狂徒重新回到人类的大家庭。所以伊莎贝拉冒险使用了这个时代所禁忌的能力，赋予了欧文永生且强横的肉体，在对外连接上也动了一些小手脚，只要伊莎贝拉一个念头，便能彻底中断欧文的无线传输能力，颇有请君入瓮的意思。

为了不引起注意，她主动消除了自己的记忆，配合着星盟在原始星球上的半囚禁式监督，过上了隐姓埋名的田园生活。在她的计划中，忠诚的部下一旦感受到了元一的复苏，一定会来找她，并帮助她恢复所有的记忆。而这一刻，终于到来了。

只是计划出了一点点偏差，欧文被混沌改造后的肉体是反抗军所从未接触过的，她需要近距离地启动封闭机制，在欧文完全放松的状态下进行肉体连接，以免元一逃离。

在元一正式降临前，和苏醒不久的反抗军一起活下去，应付逐渐启动的来自远古的追杀，将是她现在所面临的最大任务。

成功逃离了星盟追捕的反抗军通过一种古老的仪式，秘密地召唤了海盗船和四不像的虚影，希望得到他们的帮助。出乎意料的，两位亿万年前已成为反抗军盟友的贤者，并不想再次介入这场争斗，只答应帮助他们活下去，完全不愿意直接干预，涉及欧文时，竟然偏向了这个存在不超过百年的新新人类。弱小的反抗军虽然十分不解，但贤者的决定不容他们置疑，在与元一斗争的路上，他们将只能依靠自己。

正如远古时的联盟那样，两位贤者在与反抗军达成一致后，慷慨地将装满智慧生物的海盗船送给了反抗军作为临时落脚点。熟悉的环境和系统，外加一群基本处于原生态的动物群，只有舰长代言人伊娃还略有些特别。高科技的飞船缺乏真正的武器系统，只是一艘避难用的方舟，如果遭遇了元一的攻击，依然要依靠反抗军自身的实力与之抗衡。

在舰长伊娃的引荐下，熊猫人带领的圣教骑士团宣誓效忠以肉体进化为主要方向的反抗军，反抗军也回报了一些进化能力，但完成完整形态的进化所需要的资源十分庞大，目前仍然需要集中在反抗军主战力的恢复上。圣教骑士团能帮助反抗军应对人类造成的威胁，协助收集进化所需资源，但在与古代机甲的战斗中帮助十分有限。

反抗军强化肉体的方式，是通过压缩能源注入微子间的空隙中，阻断能量粒子的发射，从而阻断相互作用力实现无限压缩，同时防止夸克微子受卡西米尔效应触碰后完全融合，引发聚变反应。这样一层能量隔一层物质的实心结构，能让肉体达到黑洞般的强度，同时阻隔黑洞不受控制的引力效应，要攻击时，只需要稍微调整能量密度，释放一些那被隔绝的庞大能量，就能达到毁天灭地的效果。

越高的能量隔离效果，身体强度和力度就越大，所需的隔离能量就越多，需要补充的外部物质也越多。元一的古代机甲虽然也采用同一原理，但缺乏异能的加持，机体能力上限要低于反抗军的最强肉体。至于其他异能的进化，只要有了异能所需脑部基础架构，随着身体掌控能量的大幅提升，都会自动使其他异能的效果得到同比提升。

现在的宇宙刚被极夜一族抽取了大量能量，整体能量密度已经有所降低，反抗军要依靠自然吸收来进化，所需的时日太长，所以不得不袭击一些人类的驻地，来获得经过储存净化的能源。而利用圣教骑士团这样不被世人所接受的新兴组织，能使一切袭击行为看起来十分自然，不至于引发大规模的有组织的反扑和高层的重点关注。

最易于袭击的是 E 国的空间站，但收获的能源太少，而且失去能源的空间站无法生存，十分容易引起人类的警觉和联合抵抗。星盟的综合武力又过于强大，掠夺的代价太大。L 国智慧生物与人类的矛盾在不断积聚，地域较为辽阔，星球没有被过度开发，又与曾经的圣教骑士团有些历史恩怨，成了外出寻找能量的圣教骑士团首选之地。L 国受压迫的智慧生物私下里称他们为救世主，那一个个驰骋厮杀的兽人形象被各族智慧生物刻成雕像，或佩或挂，时刻赋予着他们生存的勇气和毅力。

第三章　折磨

在一间幽暗的密室中，一名失手被捕的章鱼人八条腿被牢牢固定在行刑架上，他在一次成功的掠夺后，被兰可·米奥截了和。这名资深海盗可不懂得什么叫怜悯，上次委托任务的失败让他损失了一大笔钱，以及在海盗中的声望。这次好不容易抓到一丝线索，可不能再让雇主失望，就算是条鱼也得让它开口。

章鱼人已经经过二次进化，加上绝佳的天赋，已经属于圣教骑士团中顶尖的实力，一手黑夜八斩刀鲜有失手的时候。特殊的脑部结构让兰可·米奥无法直接读取他的大脑信息，人类的药物对章鱼也多半不起作用，只能通过原始的刑讯逼供来迫使他开口。

一截刚被切下来的章鱼腿正在铁板上翻转，看来将成为行刑者的晚餐，好补充下他们过度行刑失去的体力。另一名行刑者则直接用尖刀在章鱼人骑士身上切下一片放入口中咀嚼，对他来说，略带血腥味的生鲜更为美味。这并不是他们第一次将审讯的犯人当成食物，这样能更快速地崩溃受刑者的意志，只是这次的章鱼更为美味一些。

他们已经将审讯室内的刑具都试了一遍，用人类的刑具来惩罚章鱼对他们来说颇为新奇，因此格外卖力。以这样的刑审强度，从来没有人能熬过 15 分钟，但整整一天下来，章鱼骑士愣是没有发出一点声响。“它肯定还没有进化出口器。”一名行刑者得出了这样的结论，其他人则哈哈大笑。

审讯就这样在毫无意义的情形下继续持续了十五天，章鱼人的大半个身体都已经被切下来当成了晚餐，但他依然如同一只普通章鱼一般，只会痛苦地蠕动。行刑者已经一改初时的新奇和悠闲，都是一副如临大敌的样子，昼夜轮休不停地折磨着章鱼骑士。因为就在第十天的时候，兰可·米奥已经有些失去了耐心，他给了他们最后的期限，如果十天后还没有得到他想要的，就让他们也尝尝受刑的滋味。

一名行刑者赤红着双眼，拿着一把巨斧向章鱼人砍去，章鱼人强壮的体魄只有用这种方法才会痛苦地扭曲，这一斧砍得很深，深深地嵌入了章鱼人的身体，比以往的切入口都要深上许多，章鱼骑士的眼睛因为剧烈的疼痛睁大了许多，他拼命扭动身体，尝试用残存的仍被牢牢钉住的躯体缠绕住对方，布满伤口的脑袋也不断向对方撞去。这恐怖的情状吓了行刑者一跳，本能地向后退开。但看到仍然被五花大绑毫无杀伤力的章鱼后，紧张的神情放松了一些，然后便哈哈大笑起来，丰富的经验让他们知道，犯人到这种时候就是即将崩溃之时，此时施加以心理上的摧残最为有效，经过了十五天的折磨，终于等到了这一刻。吐口水、辱骂、羞辱、抽打都开始向仍然嵌着一柄斧子的章鱼人施展开来，只换来了更强烈的扭曲。

在他们集中注意力折磨章鱼人的时候，一旁的垃圾堆里探出了一只触爪，它是残存下来的章鱼人的躯体重组后发育出来的。章鱼的四肢中也有脑细胞，所以这只小章鱼人也具有初级的智慧，经过十天的成长，它已经具有了一定的战斗力。章鱼骑士突然的躁动并不是崩溃的前兆，他只是在吸引他们的注意力，同时用章鱼特有的沟通方式指挥着那只刚刚出生的小章鱼。

小小的触手胆怯地蠕动着，刚出生的他早已被惨烈的刑罚和遍地的章鱼血肉吓到，如果不是知道这是最后的机会，它也许就会躲在里面一动不动直到被扔入太空中窒息而死。

一旁的行刑桌上，七柄刑具陆续射出，但只有一把插在了一名海盗的背上，痛苦的惊呼引起了其余海盗行刑者的警觉。他们恶狠狠地看向柔弱的小章鱼，虽然并不知道它是从哪里来的，但他们知道自己又有了新玩具，也许这能引起那只老章鱼的共鸣，他们已经有些吃腻章鱼刺身了。

然而他们仍然低估了章鱼神奇的智慧，这种宇宙间独特的生物在进化初期就站在了生物链的巅峰。六柄杂乱无章飞出的刑具并不是瞄准着海盗们的，小章鱼所能造成的伤害实在有限，那一柄命中的才是掩护，其余的都横七竖八地插在了章鱼骑士的身上。

当海盗们围堵四处蠕动奔逃的小章鱼时，章鱼骑士用肌肉蠕动着那些锋利的工具，解开了身上的束缚，仅剩的半根触须拔下了身上的那柄巨斧，默默地看着背对他的海盗们。章鱼人身上实际上有着比人类更为敏锐的神经，可以完全依靠敏锐的神经末梢来完成变色、蠕动、缠绕。再生能力用最强的功率发动，一些小小的触手从伤口中窜出，他并不急于攻击，尽可能地恢复战力才能帮助他，不，他们，逃出这个地狱，门外还有一整个舰队的海盗等待着他去屠杀。而且这些行刑者身上可能都连着生命报警器，所以他需要利用哪怕只有几秒钟的时间来恢复战力。

好不容易逮到小章鱼的海盗们难得地再次开怀大笑，这些天紧张的气氛让他们自己都感觉有些窒息。但他们怀中的小章鱼却笑了，出生以来它第一次笑了，嘴里欢快地叫着："爸爸。"

"该死，这章鱼会说话。"惊醒的海盗们浑身都有些痉挛，在这种酷刑下沉默了十五天的智能生物，并不是他们想象中的哑巴，而是仅凭意志力默默隐忍着，这是何等可怕的生物。

黑夜七斩刀，发动。喷涌而出的墨汁浓雾模糊了整个空间，身体的颜色完全融入了环境，七件不同的刑具从诡异的角度切入了海盗们的身体。待浓雾散去，只留下了已经几乎恢复原态的章鱼骑士和那只从碎肉中出生的小章鱼。

"走吧，爸爸带你上第一课。"章鱼骑士温柔地向小章鱼说道。行刑室的门已然被撞开，这里的情形果然被实时监控着，出现在门口的是两具轻型机甲，浑身被特种合金包裹，普通兵器完全伤不了他们。

可惜他们面对的是一名二阶进化的章鱼人骑士，展开的八爪身躯紧紧缠绕住了他们，就如同八条巨蟒一般，硬生生地将两副盔甲扒了下来，肉体则被紧随而至的刑具绞成了碎肉。麻利地将盔甲残片尽可能地披在身上，手持缴获来的武器，沿着通风管道神出鬼没地刺杀着飞船上的追兵。

他得赶快找个安全据点重新武装起来，小章鱼人也需要先安置一下。由于奇特的诞生方式，小章鱼似乎有一些不一样的地方，那并不属于章鱼一族的气息。

第四章　绽放

略微恢复了些实力的伊霍恩士官长，已经可以使用低等级的能量斩，用压缩后的能量制造一道极薄的屏障，切入物体内部空隙后能隔绝粒子间的作用力，失去了力的连接，再坚硬的物体也都会分崩离析。低等级的能量斩能切开大部分尚未经过物质压缩的宇宙物体，而对于古代机甲这类压缩过的物体，压缩程度越高，则需要越高等级的能量斩，因为需要更薄的厚度和更结实的密度。能量斩的攻击距离也与施术者的能力呈正相关。相比于以外部物质为载体的利刃，和纯粹依靠能量灼烧的方式展开的攻击，能量斩在锋利程度、作用原理、能效比上都已经属于跨时代的武器。

双手挥舞着变化多端的能量斩刀，在敌阵中翩翩起舞的伊霍恩曾俘获无数反抗军战士的心，那片片绽放的莲花，所到之处无坚不摧，绚烂的华美绽放演绎着胜利的舞曲。在一次大战中，能量斩刀被伊霍恩极限催动，形成了一个行星般大小的切面，宛如打开了地狱之门，一整支追击而来的舰队为之覆灭。但由于消耗了过多的能量，直接抽干了两名主动供能的反抗军高阶战士，这才免于一死，那是她的两名最好的朋友，亦是最坚定的追随者，那无悔离别的眼神让她至今无法忘怀，极度虚弱的她甚至没能来得及保存最后的影像。

而今天，这沉睡了亿万年的能量斩再次绽放！

兰可·米奥望着自己苦心经营的海盗基地，在一个人类少女挥出的片片绚烂光芒中化为一片火海，已经有些不知所措。对方甚至没有穿戴任何盔甲，仅凭肉体就扛下了整个基地的火力。

从火光中慢慢向他走来的章鱼人让他完全冷静了下来，极度的恐惧和必死的命运反而能够短暂麻痹混乱的神经，按下了随身携带的自毁按钮，整个基地和舰艇启动了自爆程序，兰可海盗团从此将不复存在，至于最大规模的自爆攻击能否伤到这样一位可怕的对手，他并不抱有太大的希望，只是希望这个基地里的秘密能随他一起而去。

然而他终究没能如愿，一名能够瞬移的反抗军战士剥夺了他对生命最后的主宰权，他身体上的一切，每条神经和每个脑细胞连接，都将成为别人随意摆弄的玩物。

凯旋的士官长伊霍恩读取了他的记忆之后，将他暂时关押了起来，这个无恶不作的海盗头子，可能会成为反抗军收编各路星际海盗的敲门砖，没有什么比一个主动投诚的有名海盗头目现身说法更有说服力的了。当然，她还是允许章鱼人小小地折磨了他一下，好让他长点记性，知道对抗反抗军会是什么样的下场。

顺着兰可•米奥的记忆，伊霍恩操纵着海盗船来到了一处海盗补给点，正是伊娃来过的那家，临近的海盗团都会出现在这里领取匿名发布的任务。只要你脸熟，而且出得起钱，就会有人替你卖命，哪怕是攻击星盟总部的活都会有人接。

伊霍恩需要借助兰可的名义来快速融入黑暗世界，反抗军的信息渠道和资金来源太少了，大部分时候都需要依靠这些黑暗的地下势力，自古盗匪是一家。

伊霍恩扮作兰可的贴身侍卫，一起走进了酒吧，立刻受到了热烈欢迎，不少熟识的海盗都调侃起老兰可新收的俏丽侍卫，也有胆子大的直接在母老虎屁股上动手动脚。伊霍恩为了避免冲突，暂且不动声色，却把兰可吓出了一身冷汗，想起伊霍恩发飙时的样子浑身汗如雨下，一改往日有难同当、有福同享的放浪姿态，当起了十足的护花使者。

豪饮了两杯后，伊霍恩有些找回了反抗军的感觉，和一群海盗们开始划拳喝酒，投飞镖掰手腕，偶尔还会上台唱两曲。作为新到的女海盗，又有兰可做信誉担保，周围自然围了不少人，都想一结良缘。道上混的，总是希望能多份力量，看兰可对她的宠爱程度，以后继承大业也不无可能。

玩闹了一会儿，有人起哄，要伊霍恩露两手真本事，伊霍恩也不推辞，从周围海盗中拔出了一把佩剑，在酒馆被腾空的地面上要起了一套不知名的剑术，剑意古韵盎然，正统高贵，招式大开大合，又带些军武风范。

翩翩起舞的伊霍恩似乎有些回想起了当初教她剑术的那个人，他们曾被并称帝国双星，只可惜，他后来被人工智能所蛊惑，成了元一的创始人。悲伤的回忆让伊霍恩稍微加了些力，那凌厉的剑风让一众海盗不由得后退避让，随即大声喝起彩来，这才把伊霍恩从回忆中拉了回来。伊霍恩整理了一下思绪，将佩剑还给那名海盗，坐在吧台边又一口气喝下一大杯高浓度烈酒，众人的欢呼声更甚。

新来的海盗自然逃不过暗中发布任务的人地观察，他们收到线报，兰可的基地已经在一周前被不知名势力彻底摧毁了，可能与他正在猎杀的圣教骑士团有关。眼前这位侍卫颇为眼熟，看上去不像个嫩茬。

乘着伊霍恩与海盗厮混的时候，兰可默默地根据指示接下了所有和圣教骑士团有关的任务，顺便打探了一番星盟的最新情报，本以为一切神不知鬼不觉，但在与星盟暗探接触后，对方却执意要与他的侍卫在密室中洽谈。兰可心想你们这色胆包天连命都不要了，那也不怪老哥没提醒你们，征询了伊霍恩的意见后便同意了。

伊霍恩走进一间密闭的房间，灯光有些昏暗，桌上只有一台老旧的投影录像设备，其余便是凌乱不堪的床铺和沙发，也不知平时是用来做什么的。那台古老的设备嘎吱嘎吱地启动了，却是安娜的立体投影，向着正悠闲地坐在沙发上的伊霍恩道：“伊莎贝拉小姐，您的行动似乎有些违反我们之间的约定啊。”伊莎贝拉点起了一根烟，向安娜试探性地询问道：“你们想怎么样？”女人与女人间的谈话总是十分直接。安娜说道：“我想，我们可以形成一段新的伙伴关系。”

“说来听听。”面对星盟的高级将官，伊霍恩并没有任何畏惧之色。

“我们有你所需要的能源，不知你愿意提供什么作为交换。”安娜开门见山，近期圣教骑士团的所作所为早已被星盟监控。

“我确实掌握着一些跨时代的技术。”伊莎贝拉微笑着说道。

“很期待我们的合作，请相信星盟的诚意和实力。”

桌上的投影仪不再继续运转，伊莎贝拉坐在凌乱不堪的沙发上抽完了那支烟，然后便起身带着星盟的联络人离开了。

第五章　复苏

伊莎贝拉首次交换的是一种基于引力波的发射器。这种发生器能将极小质量的物质在锅炉内过滤特定频率的引力波，粒子间受更短波频的影响会相互靠近，在其真正融合前撤销引力波的过滤恢复正常形态，物质就会像被压缩的弹簧一般向外发射。即使精度不够时有小部分粒子发生了融合反应，发射器也可以借助聚变反应产生的能量将融合后的物质加速对外发射。

发射物质的大小和速度取决于发射器的材料工艺，因为需要提供相应的反作用力来形成定向发射。在极致阶段，甚至可以诱导两颗星球进行融合后定向发射，堪称宇宙级武器。

不过伊莎贝拉这次并没有提供配套的材料技术，只使用现有材料打造了一批可直接使用的成品，以人类目前掌握的材料强度，所能发挥的威力只是勉强超出了常规电磁武器 50% 左右，而且体积较为庞大，只能作为星舰主炮使用。

星盟的战舰群却已是如获至宝般开启了换装预约，在目前胶着的战场上，任何一方的武器性能变化都会实打实地影响战争的天平。因为大部分的军队防御盔甲都是根据对方可能使用的最大武器威力加成设计的，没有必要浪费宝贵的战略资源，同时也是基于速度、防御力、能耗比等多方面的考虑。比如坦克的装甲如果太过厚重，防御力提升的同时，也会对发动机、速度、油耗等多方面提出更高的要求，所以并不一定是越厚越好。

当一方的武器突然提升了 50% 以上威力的时候，对方的防御体系可能就会被整体突破临界值，导致整个防御体系无效化。

星盟的回报也是十分慷慨，一艘满载能源的星舰直接在指定地点交付，足够反抗军使用一阵。

受到严重创伤并协助收服了兰可海盗团的章鱼人被奖励进化成了三阶形态，以鼓舞兽群的士气。

三阶的章鱼人初步显示了其进化的原本形态，八条触手上的吸盘成为

与外部连接的接口，吸附于生物脊椎骨之上进行直接控制，也可以与机械装置相连传输数据。触手上的独立大脑则是对不同数据源数据进行初步编译的装置，最后直接由主脑进行统一驱动，是一具可以跨领域联合驱动的生化兵器主脑。

随着章鱼人的体型增大，所能处理的数据量也会相应增长。只可惜经历了漫长岁月的蜕变，曾经统御万物的生化主脑已经沦落为餐桌上的美味。

将运输能源的星舰控制台接线插入触须吸盘，三阶章鱼人毫不费力地接管了整艘星舰，同时将另一根触须与一名反抗军战士脊椎骨相连，形成数据的实时传输。自古以来反抗军战士就是用这种方式快速接收和控制俘获的星舰和各类设备，所以一点也不陌生。相比于欧文的海绵体脑外挂，章鱼人的生物计算能力辅助显然更有优势，物理连接的方式能更快速地传递数据，生物体的物理封闭性也使得整个过程更为安全可靠。

看到一人一鱼快速取得了能源舰的控制权，连所有预留的暗门都被迅速封堵，星盟既惊喜又有些害怕，生物计算研究还处于初步阶段，没想到这个神秘组织竟然已经取得如此进展。

顺利归来的能源舰被看似狭小的海盗船一吸而入，停泊在内部的一处港湾内。伊霍恩士官长带领的反抗军并没有吸收这些能量，有了这些基础能量，已经足够他们搭建一座物质转换塔，可以提供一些目前人类还无法合成的战略物资。赤手空拳的他们可能可以硬抗人类的火炮，但要对抗元一统一寰宇的庞大军事力量，即使是被无尽岁月消耗后残留的部队，也仍然需要能与之相称的基础科技体系，这些基础武装的构件，需要高强度的材料支撑。

构建物质转换塔本身就需要一些跨时代的基础材料和构件，目前只能依靠有特殊异能的反抗军战士手工打造，颇为耗时耗力。一名反抗军战士负责熔炼，一名反抗军战士负责塑形，两人一组形成一个基本单位。由于都需要消耗较多的本体能量，所以进度比较缓慢。

动物系中也有不少特殊异能，但都需要进化到高级阶段才会觉醒，与反抗军战士自带全套高级异能基础不同，就比如从零开始学习自行车一般需要两三天时间才能掌握，但如果已经熟练掌握，即使多年未骑，也能很快上手。

在大家群策群力下，反抗军基地正在海盗船内有序完善，战士们终于有了一些军士的模样，但谁也不确定是否能躲过元一觉醒后的雷霆一击。

第六章　蛰伏

元一实际上并不是一个人，而是一套能容纳和联通所有人思维的系统，当统治者将所有人的思维和大脑都上传至生物云之后，不同意上传的人将其统称为元一。

为了丰富虚拟世界中的生活，元一也可以根据每个人的需要独立创造符合心意的虚拟世界，甚至整个虚拟宇宙。这样两种截然不同的生活方式，很自然地将已上传和未上传的人群区分开，并最终爆发严重的冲突和战争。

反抗军坚定地认为，生物体的潜能尚未被完全挖掘，而且个体的独立性有助于群体的真正发展。即使在虚拟世界中无所不能，但那毕竟是虚幻的存在，人类与物理世界的真实联动才应该是人类真正的发展方向。

元一在沟通方式上的突破使得其代表的虚拟势力短期内实力得到大幅增长，并将反抗军逼至绝地，不得不依靠强大的异能进行蛰伏，等待元一的自我消亡。

这一蛰伏就是亿万年，其间元一的科技文明究竟进步到了何种境地，没有人能够知道。而反抗军最强大的肉身也已经在蛰伏时作为代价抛弃了，目前所重塑的还远远达不到当初的战力。可以说，在元一彻底觉醒前将其击杀，是反抗军唯一的希望，而唯一可能让元一真正觉醒的人，正是欧文。

当伊霍恩突然出现在欧文卧室的时候，他并不是很惊讶，他的肉身是伊霍恩用异能重塑的，他们之间有一种很微妙的联系。她看着欧文平静的眼神，仿佛又看到了那个教她剑术的青年俊杰。

“你的身体变得有一些特别。”伊莎贝拉开口道，她感觉到元一尚未真正苏醒，眼前的人仍然只是欧文，混沌的体质十分特殊。

“你有研究？”欧文感觉眼前的女孩充满了秘密，兴许她知晓其中的奥秘。

“那不是我的领域，不过兴许我可以帮你查看一下。”

“能不能顺便把那个还给我。”欧文对她并没有太大的戒心，他变成这副状态全靠伊莎贝拉所赐。

伊莎贝拉缓缓走向欧文，轻轻地搭上了他的肩膀。“确实是传说中的混沌体，你应该已经接触过另一个世界的人了。”

“嗯，他们是什么来头？”欧文回答道。

“我也不知道。”伊莎贝拉顿了顿说道：“也许还是不知道的好。”继续探查了一番，伊莎贝拉离开了欧文的身边，临行前回头向欧文说道：“也许下次相见就是敌人了呢。”

欧文无奈地耸耸肩，“又有什么敌与友、是与非，一切不过是由情感所生的虚妄罢了。”

伊莎贝拉微微一笑，“你变得越来越像他了呢。这也正是我们的独特之处和存在的意义，不是吗？”说完便转身离开了。

欧文依然平静，默默地看着她离开，拥有古代机甲和星际网络的加成，他已经能够构建更为精细复杂的虚拟世界，任何他想要的类型，甚至有一些他未知的元素。

第七章 暗流

仗着新式武器之利大举扩张的星盟，终于引发了其他国家的联合抵制，所有大国不得不坐在谈判桌前，商讨可能到来的全面战争。这并不是政治家们所希望看到的，他们需要的是利益的平衡与再分配，而不是毁灭。

尤莉作为星盟的首席外交官参加了本次峰会，峰会地点就选在了新发现的殖民星上，以确保各方安全。

尤莉作为目前的优势方首先发言："相比于全面战争，人类目前可能面临更大的麻烦，一个神秘的高科技种族出现了，其所初步展现的技术水平已经遥遥领先于我们，如果他们有一定野心的话，很难预料会发生什么样的后果。"尤莉一边展现着一些视频剪辑，以证实她的情报。在这里展现的视频都会预先经过特定的检测，以防止合成或者造假。"不瞒各位，星盟最近之所以能连连取胜，便是源于该种族的科技支持，但我们并没有把握能够维持这段和平关系。"

尤莉说罢，在场外交官都议论纷纷，星盟官方突如其来的开诚布公，可见其威胁程度已经到了不可小觑的地步。根据战场情报显示，原本胶着的防线都被迅速突破，此时倒是没人怀疑尤莉的说辞。

尤莉顿了一顿继续说道："如果大家愿意暂时就目前的领土划分达成一致，星盟愿意率先停火，并公开更多的资料，以便于人类联盟能更好地共同应对外在的不可知的严重威胁。”

随后，尤莉公布了一些引力炮的实战参数，既炫耀武力震慑全场，同时也展示神秘种族技术的可怕程度。

看各国仍然处于犹豫状态，尤莉又展示了一段秘密视频，一片废墟的画面上，依稀能通过特写镜头看出被整齐地切成几段的星舰残骸和空间站。“这还并不是最可怕的。”尤莉补充道。

在场的外交官们神色凝重，简短地请示本国总部后，显示同意的灯陆续亮起。即使前段时间出现的神秘宇宙骑士，也只能造成小范围的极端物理破坏，以人类目前最大规模的攻击，要打爆一艘全副武装的星舰也需要相当一段时间，将整艘星舰直接一切两半的技术闻所未闻。而且距离上一次神秘古代机甲的出现还不甚遥远，人们并不怀疑有远超人类水平的外星生物存在。

“据说这股神秘势力与圣教骑士团有一定联系。”看宇宙联盟成立，L国的外交官分享了一些掌握的情报，“L国境内遭遇了多次袭击，损失了不少储备能源，而普通的兽人并不需要如此庞大的能源。”

尤莉不动声色，她可不能透露星盟已经向反抗军提供了一星舰能源的事情，接过话题道：“圣教骑士团是一个很不错的切入点，但只怕并非核心成员。从我们目前掌握的情报来看，背后的势力与古代机甲来源于同一个时代。”

在场一片哗然，似乎都忘记了呼吸，大家都还记得，仅仅七具古代机甲，就一夜覆灭了S国，力抗全人类攻击处于不败之地的人工智能被反向彻底歼灭。

“人类也许真的到了生死存亡的时刻。”尤莉语重心长地说道。

第八章　渗透

除了四处劫掠外，有一些智能动物善于刺探情报，他们可以很轻易地扮成普通动物，混入人类社会，成为反抗军的眼线。已经初步进化过的智慧生物在外形和神态上会略有不同，无法长期伪装，但能执行一些更机密危险的刺探任务。

月球基地外，一艘隐没在高维空间的星舰上，陆续释放出了十几名圣教骑士团成员，他们的目的只有一个，混入地月往返航班，进入人类母星刺探情报。

地球虽然已经被还原成最初始的无污染状态，但其监控等级是全宇宙最严密的，作为全体人类的共同发源地，受到最严密的保护也是理所应当。星际中有一条不成文的规定，任何战争都不应在太阳系内进行。在地球上，现在有着全宇宙最高等的学府，最前沿的艺术聚集地，最先进的科学论坛，以及各种代表人类最高文明的机构。为了进一步保护地球环境，月球被开发成了宇宙各地前往地球的集散中心和贸易中心，地月之间有固定的绿色航班运载人员和货物，而永夜的月球背面，则成了环地球防御圈的中心点。

圣教骑士团之所以要选择在防御力最强的月球背面潜入地球，是因为这里的地月航班通常都是军队专用，搭乘人员较少，更多的是运送物资，便于隐藏踪迹，而且月球军事基地也是他们潜入的目标之一。

一名蟑螂骑士顺着基地的各种缝隙进入了军用食堂，并且在那里安顿了下来，这里能接触到最广泛的情报，吃喝不愁，而且能隐藏在就餐的军士身上通往基地各处。他是潜入队的先锋，其他准备前往地球的潜入者暂时在外围等候，等待蟑螂人获得足够多的情报后，制定下一步计划。

没有等待多久，其余骑士便顺利地根据蟑螂人在食堂截获的情报混入了一趟前往地球的航班。潜入的骑士团成员都有一个超高频的短距离通讯装置，可以避开人类现有设备的监测，缺点是通信距离较短，需要悬停在月球背面的隐形母舰作为通讯中转站。

小章鱼人也加入了潜入队伍，作为一只出生时即为二阶的进化章鱼，凭借其娇小的体型和强大的数据处理能力，十分适合刺探敌后情报。

抵达地球后，小章鱼人用触手控制了一名地面转运人员，将装着一箱动物间谍的垃圾箱放入了回收站，顺利地离开了军事管控区。

从垃圾堆里爬出来的动物们都有些蓬头垢面，有些需要依靠颜值混入人类社会的动物此时急于找地方洗漱干净。小章鱼人则顺着城市综合排污管道进入了政府办公大楼，如法炮制地控制了一名保洁人员进入主机房，八爪上的生物接口全部插满各种接线头，小小的大脑开始疯狂运转起来。他不能在这里待太久，失去了保洁人员的掩护，很容易被立体影像系统捕捉到，必须尽快破解防火墙，找到有用的资料。

很快，根据小章鱼人提供的最新情报，一只一阶猫咪混入了宠物市场内，在她的刻意讨好下，很快便俘获了一名买家的爱心，她是科研院的高级研究人员，根据系统资料分析，正打算购买一只宠物作为生活陪伴。

一只龙猫快速使用密码打开了大剧院 VIP 室的内门，并在那里潜伏了起来，这里通常会接待各类高级人员，随时都可能会有内部消息放出。

所有智慧生物在小章鱼人的情报传递下，都不知不觉地进入人类社会潜伏了起来，收集着各种各样的情报，并通过高频信号传递回母舰。无论未来是敌是友，情报的获取总是必不可少的。

这完美的情报网却暗藏着一丝不确定性，小章鱼诞生的碎肉堆中，不仅仅有章鱼人和其他囚犯的身体组织，里面还有兰可•米奥根据雇主要求，事先放置在那里的海绵体碎片。那正是元一用来储存海量信息的生物质残骸，也是兰可 · 米奥宁愿选择葬送整个海盗基地也不愿意透露的情报，目前看来，这条隐藏在脑海深处的情报，并没有被反抗军有效识别出来。作为情报网核心信息中枢的小章鱼，实际上已经成了一名潜在的双料间谍。

L 国的智慧生物在圣教骑士团的影响下，渐渐萌生了自立的意愿，物种的隔阂让他们认识到，与人类永远无法真正地融合。在被剿灭了好几个部落后，这股势头不但没有减弱，反而掀起了更大范围的独立热潮。广袤的宇宙给了他们无尽的战略空间和回旋余地，不同物种的智慧生物空前地团结在了一起，向人类聚居地发动了各种各样的袭击。而人类的反抗，从城市治安官，逐渐升级到了正式军队，史上第一次人兽大战拉开了帷幕。

虽然此时人类已然结成了统一联盟，但各国的内政仍由各国自行处理，尤其是这种并不入流的战斗。在与星盟的大战中消耗了不少实力的 L 国，此时也无力一举歼灭从各种渠道获得支持的兽人大军，只能以地面部队为主不断消灭有生力量。而兽人的繁殖能力和成长速度远超人类想象，尤其是懂得了团结和抚育幼崽的智慧兽人，几乎可以用杀之不尽来形容。兽群也不知从哪里获得了生长药剂，培养出了不少巨型生物，皮厚肉糙、力大无比，给人类军团造成了不小的麻烦。

经过长期培育的狼人仍然大部分站在了人类这边，但数量相对稀少，而且无法使用高级武器，在与其他智慧生物的战斗中处于劣势，已经慢慢从第一种族沦为二流。

不过兽群从骨子里印着对人类的恐惧，因此并不残杀平民，只要能驱赶当地的人类军事组织，留给他们足够的栖息地，便会撤兵。刚刚崛起的兽人正以极高的战损比，换取着有限的生存空间。

第九章　鬼魅

被欧文激活了的古代文明，正在潜移默化地集结着。空间中出现了一艘肉眼不可见也无法触摸的混沌战舰，这艘战舰利用混沌分形效应，战舰上的每个原子随机地不断出现在一定空间范围内的每个点上，在每个点上的停留仅为一瞬，而整体上却又能组成一个完整的整体，并且相互作用。由于这种微子过于微小，在与正常物体相交时，会从物质的内部间隙穿过，所受到的引力又比战舰物质的内部作用力小得多，不会受到影响。因此，从外部来看，战舰既不可见也不可触，形成了真正意义上的物理隐形。若不是从内部激活，只怕没有人能发现有这样一艘战舰存在。

混沌战舰最强大的攻击方式，被称为“湮灭”。在目标处制造一块与反物质世界重合的立体区域，使得本来位于两个世界的正反物质被完全抵消，归于虚无。

混沌战舰的运动方式则是利用了混沌不连续性，混沌粒子的运动并不是连续的，而是随机出现在一定空间内的任意一个地方。当这种不连续性被刻意应用时，就能产生整体的如鬼魅般的瞬间移动。无数个定向瞬间移动叠加，就能实现超远距离的跃迁。

欧文来到战舰内部，空旷的大厅内空无一物，这艘全自动的战舰甚至没有一个虚拟人工智能引导员，全凭舰长一人心意而动。

舰内还装载了许多不知名的武器和装置，可以用于执行各种常规任务，同样也没有任何说明书。可能在设计之初，就默认了舰长具备所有操作相关知识，或者战舰本身自带任务解析功能。

这艘曾令整个宇宙闻风丧胆的战舰目前仍屹立于科技的巅峰水平。而这只是隐秘于宇宙各处无数战舰中的一艘。

惊诧于古代文明的神奇之处，空旷的驾驶舱内突然出现了许多人物的虚拟投影，他们微笑着看着欧文，异口同声道："欢迎你，我的孩子。"然后虚拟投影便消失不见，欧文的脑袋也如裂开般疼痛起来，那无数人的思维一时间都往里涌入。

船舱外，一艘空间战舰跨越折叠空间而来，正是感应到欧文身体异常波动的反抗军。混沌战舰的湮灭炮已经开始凝聚能量，准备给予来犯之敌迎面一击。海盗船显然没准备硬抗这足以撬动宇宙法则的一击，又快速消失在高纬度空间中。迅速离去的海盗船船舱内，多了一名陷入昏迷但眼球仍在飞速转动的人类，正是欧文。

反抗军中的异能者能够短暂锁定混沌战舰的具象，然后凭借瞬间移动能力带走了欧文。伊莎贝拉第一时间封住了欧文的外部生物接口，将刚刚侵入的元一锁在了欧文的体内。

伊霍恩的目标是将已经在虚拟世界中亿万年的人类灵魂，通过欧文的肉体重新赋予人性，从而将上古时期走偏的人类文明重新带回正轨。但他们现在都不知道接下来要怎么办，只能尽可能地维持住欧文的生命迹象，其余部分就寄希望于奇迹发生了。

第十章 融合

L 国的智慧生物数量越来越庞大，各国的人工智能科学家已经不满足于机械生命，开始尝试将智脑植入生物体内，由于人类实验仍然被禁止，所以各类生物就成了首要实验对象。

这与宠物主出于个人目的将宠物智慧化不同，是一种有规模、有组织的实验体系。各国资助在L国境内设立的实验室成了批量智慧生物产出地，并且逐渐形成了群落，在人类或有或无的鼓励下，开展了全面的竞赛。

目前的人工智能已经不局限于脑部的模仿，在不破坏原有生物谱系的前提下，对于 DNA 的调整也是一种竞争，是一种全方位的物种改良竞赛。

每月一次的奥林匹克运动会成了各方势力比拼成果的平台，在考验智慧生物的整体能力之余，也有不少资本势力押注，赢取的资金往往会抽出一部分资助胜利者所在团队的科学研究，也算一种通赢的做法。

由于可竞赛项目太多，所以每次都只会随机选择一部分项目开展比赛。这一届共抽中了三个项目：乌龟迷宫穿越赛、鲤鱼排球赛、武装载人飞行赛。

在乌龟迷宫穿越赛中，一只只健壮无比的乌龟选手，需要用最快的速度穿过复杂的立体迷宫，同时解出迷宫中一些谜题。一般参赛选手甚至一辈子都无法走出这样的迷宫。虽然有多条赛道，但如果有选手不小心走偏了在迷宫中偶遇，致命的格斗也并不禁止。武器是不允许带入的，但是迷宫中有许多隐藏宝箱，可以给选手各种可供选择的物资。即使是空手，不少乌龟也具有开山裂壳的能力。

有一只名叫撒旦的巴西龟是今年的热门选手，浑身金色的纹路让他看起来格外强悍，甲壳和肌肉都经过基因强化，大脑则是加载了最新版本的智能，虽然还有一些排斥反应，但已经可以通过药物压制。同样有竞争力的是一只绿毛龟，背壳上长满了茂密的绿色毛发，在防守和进攻时能很好地干扰敌人。象龟则一直是往届优胜选手，除了厚重的甲壳使得动作略显迟缓之外，在天生的力量上要远胜其他选手。

比赛一开始，几百只各式各样的乌龟或爬或跑，蜂拥进入了五个入口，全程比赛大概要持续三天，当选手胜出后，迷宫就会自动消失，以免其余选手隐藏其中为下一次比赛作弊，毕竟乌龟完全可以不吃不喝在一个地方待很久。

在另一边场地，鲤鱼排球赛则很快就能决出胜负，这些水下智慧生物有十分广阔的生存空间，开始慢慢建立起自己的文明。只见一尾花锦高高跃出水面，用鱼头接住了对方发球，顺势一吐，旁边一条白锦跃出后背部一带，击球鱼一个漂亮的甩尾动作，将球狠狠地砸了下去。由于需要在水面下移动到位，然后跃出水面，还要应付光线的折射，所以难度还是比较大的。

锦鲤大多是三五米长的大家伙，尾部抽球的力量非比寻常，堪比迫击炮弹，所以经常会有替补球员上场。值得一提的是，水面下并没有渔网，所以双方球员只要愿意，可以随意在水下进入对方阵地进行干扰，只要不跃出水面就不算犯规。所以保持一定吨位以占据击球位是十分必要的，经常会有对方选手出现在需要跃起的水下位置，双方需要先进行一次激烈的撞击，才能跃出水面。不少锦鲤的鳞片经过DNA改造，已经近乎钢铁的强度，边缘则被打磨得异常锋锐。

武装载人飞行则由各类猛禽限定装备50斤的盔甲后带人飞行，经过特定的路线，最先抵达者为胜。50斤盔甲对于猛禽来说十分沉重，但参赛的大部分选手都觉得太少，因为在空中各种碰撞攻击，50斤盔甲仅能覆盖部分躯体，还要算上骑乘位。大部分队伍都精打细算，将好钢用在刀刃上，并且演练各种高难度飞行动作。

这些猛禽的飞行能力非普通飞行器可以比拟，可以说是天生的天空霸主，虽然比赛不允许创造神化生物参战，但大家都称呼他们为龙骑士。高难度的飞行路线，难度极高的空中格斗技巧，使得比赛异常精彩激烈。

从万米高空摔落一般都只有一个下场，尤其是在昏迷状态。骑手虽然都有飞行伞包，但为了取得胜利，往往都会用活扣将自己固定在飞禽上，所以也有一定的阵亡率。参赛方原先并不禁止非人类生物作为骑手参赛，但后来人类无法忍受被非人类生物击败，便用各种理由排挤其他物种担当龙骑士，包括比赛后的报复行为，慢慢地就形成了一条潜规则。胜出的龙骑士往往会成为大赛英雄，在下一届运动会开幕式上驾乘着自己的飞行猛禽点燃火炬，受到万人敬仰。

出了比赛场馆就是另一番天地了，就像没有人会制止大鱼吃小鱼，小鱼吃虾米，同样也不会有人制止装了智脑的大鱼吃装了智脑的小鱼。这都是自然生物链的一部分，只有人类才可以脱出这样的循环，成为食物链的顶点。

智慧生物同样也不被允许私藏热武器，以防止聚众叛乱，人工智能加持下并不需要太过高级的武器装备，普通场合用传统冷兵器反而更有效果。因此，如果在路上看到一只狼人一手持刀，一手拖着一条鱼的尸体准备回去当晚餐时，并不会有人太过惊讶。狼人作为最早出现的族群，目前仍然在数量上占据统治地位，也最容易从人类社会获得相应的物资。但久已驯化的狼人在单体战斗力上远不如开启了智能的野生动物，所以真正的荒郊野岭对狼人已经不再安全，单个出行的狼人十分容易成为被狩猎的目标。

族群与族群间的战斗已经发展出了许多不同的战法，在空中、地面、地底、水中都已经有成建制的攻击编队和战法。在人工智能的分析辅助下，这些都并不难以办到，而且往往能充分发挥生物的每一项特长和能力。

总还是会有些研究机构秘密地尝试创造新的物种，虽然这是法律明文禁止的。这些创造出来的新物种大部分都并不十分成功，偶尔也会出现一些强大的幻兽种，一旦在野外被发现，就会被联合通缉剿灭。

在智慧生物较多的郊外，每日里都是群魔乱舞，妖孽频出。路上看到的一头牛，说不定就会和你谈起哲学，而座下的一匹马，可能真的就只是一匹马。斜刺里杀出来的老虎，可能只是来拎包赚小费的，拼命奔跑着的羚羊却可能是在狩猎晚餐。

但生物界流传着这样一种说法，会说话的其实都已经死了。

第十一章 遗物

在一处不一样的竞技场内，一名被铁链锁住的圣教骑士团成员即将迎来一场生死战，虽然他已经升至三阶进化体，但面对数十具机甲的围攻，仍然难以应付。这场结局早已注定的决斗，却由于地底下生出的一株藤蔓而改变，兽人的身体再次发生了进化，粗糙且充满伤痕的皮肤上开始布满一条条血红的裂纹，因干渴而裂开的嘴里喷吐出一股夹杂着浓烟的热浪，从远处看，赫然便是一只火麒麟。赤身的炎热融化了精钢铸就的铁链，竞技场的大门便如纸糊般融化，当上古神兽出现在场内时，观众甚至都忘记了呼吸，那神圣的威严震慑住了在场的每一个人。

一名全身裹在斗篷里的观众从看台上一跃而下，稳稳落在火麒麟的背上，正是前来营救他的反抗军战士，双方似乎早已熟识，仅从细小的动作上便已认出了彼此。崇尚生命力量的反抗军，便是依靠生命进化与古武机甲战斗了千年之久。

竞技场的上方，埋伏在那里的熊猫人咬碎了屋顶的脊柱，一大片房顶轰然砸落在竞技场内，阻住了大部分敌人的进攻路线。反抗军战士用双手展开两面护盾，抵挡住竞技场内机甲的远程袭击，火麒麟乘机一跃而上，顺着废墟从屋顶裂口中跃出，接应的熊猫人顺势拍飞了一具追击而至的飞行机甲，转身一起撤离。竞技场外，无数蟑螂人从地底缝隙中涌出，拖住

了城市守卫，待熊猫人撤离后，又钻入地底消失不见。

撤离途中，熊猫人转头向刚转化为火麒麟的兽人问道：“东西拿到了吗？”火麒麟边跑边答道：“放心，我藏在了一个隐蔽的地方，跟我来。”随即转了一个弯，向着一处森林跑去。熊猫人跟在他后面提醒道：“你得控制一下热度，这脚印太明显了。”火麒麟转头看着身后一排焦黑的脚印，有点无奈，回答道：“刚刚突破，有点难。鞋被他们收走了。”正骑在火麒麟身上的反抗军战士闻言，便一手拎起火麒麟，一手拎着熊猫人，低空飞掠而去。他的这种能力用来逃跑正是极佳，营救队伍的搭配显然是花了一定功夫。

被提着无事可做的熊猫人向火麒麟搭话道：“怎么被抓的？”火麒麟有一些不好意思，回道：“主要还是因为不会飞，被他们围攻了。”熊猫人笑笑，像他们这样的陆地生物，虽然体格强壮，但逃跑起来却是个短板，继续问道：“怎么又突破了？”火麒麟神色一凛，神态顿时有些严肃，神神秘秘地说道：“团长，圣树可能还没死。”熊猫人也是有些惊讶，但看着火麒麟的模样，却是信了八成。要知道反抗军虽然也能帮助他们进化，但与圣树的进化方式不同，反抗军只能大幅强化他们的肉体和天生隐藏能力，圣树则能将他们变成一个更高等级的同系物种，比如压根就不存于世间的火麒麟。

拎着他们的反抗军战士此时开口道：“那是七贤者，能见上一面已经是你们的福气，不要妄想了。”熊猫人闻言，赶忙问道：“您知道圣树的来历？”反抗军战士笑笑不语，对于七贤者这样强大而神秘的存在，他们平常不会过多提起，以免引起贤者大人的反感。熊猫人见他不说，也只好暂时作罢。

三人很快便顺着火麒麟指的方向，来到了一处断崖，从一个隐藏的洞穴中取出一件物事。火麒麟将冒着生命危险得来的东西交给了熊猫人，熊猫人打开外层包裹的防水材料，露出一个古朴的沙漏，并递给了反抗军战士。反抗军战士简单检查了一下，又小心地包了起来，看着一熊猫一麒麟一脸好奇，简单解释道："这是一个能小范围逆转时间的沙漏，现在，我们需要用他来阻止一些变数。"

向隐藏在附近的空间战舰发送了坐标信号后，很快三人便出现在了空间战舰内，是通过战舰的空间折叠技术将他们直接拉了回来。伊霍恩一边接过时间之砂，一边看着依然控制不住能量，浑身冒着火气的火麒麟道："等翅膀长出来就好了。"说完便拿着时间之砂向内室走去，她要用这个来防止欧文出现异变，至少能有重来一次的机会。

火麒麟一听说自己还能长出翅膀，一脸兴奋难以掩饰，身上热气更甚，烤得熊猫人都有些受不了，反抗军战士只能先给他穿了套不是十分合身的高级战甲，利用战甲自带的恒温功能稍许控制一下温度。

第十二章　崩坏

星盟在收到欧文从正反物质连接处发来的求救信号后，第一时间派出了救援队，无奈比起元一的古代战甲来，速度慢了不止一点。等联盟援军赶到的时候，早已没了欧文踪影，等待了两个多月后，仍然没有任何欧文的消息传来，有些急坏了星盟的高层，再次组织出一支精锐部队执行搜救任务。

本来一直能断断续续接到一些欧文脑电波信号的星云，也在某一天后突然被切断了联系，让搜救队更是紧张万分。这位身负着无数秘密的全人类英雄，如果真的一不小心挂了，那估计全队人马都要被派去世代镇守陵园。在一番绞尽脑汁地推理和搜索后，最后怀疑到了神出鬼没的圣教骑士团身上，在每只被捕的圣兽身上，都悄悄注射了液体追踪器，一旦他们回巢，就能顺着坐标发现他们的老巢。

火麒麟炙热的高温很快就将液体追踪器给烤煳了，但在那之前，已经向星盟发送了一次坐标信息。还来不及通过空间折叠跳跃的海盗船，便暴露在了星盟的视野内。当一众搜救队成员登上这外貌毫不起眼的小小飞船时，被内部宽广的景象震惊了，还以为自己到达了一个新发现的巨型星球上，广袤的草原一眼望不到边，层层的山峦错落交叠，对于没有携带任何交通工具的他们来说，此时想要返回也已经不可能，进入时的那一小步，此时就算奔跑一个月也抵达不了。

孤军深入的搜救队决定继续前进，运气好的话说不定能抓住一两只野兽充当坐骑。幸运的是，搜救队进入的是海盗船内部的食草动物区，可供食用的浆果无数，而且没有任何生命危险。

外部等待的救援飞船，在失去与搜救队的联络后，连对方飞船也在不知不觉中消失了，空间中并没有传来任何跃迁波动，也没有发现任何可穿梭的虫洞。这一诡秘事件立刻被上报到了星盟高层，人类利用遍布宇宙的各种探查设备寻找着这艘飞船，但一无所获。

当海盗船再次出现在人们视野中时，周围已经密密麻麻围了近千余艘各式人类战舰，这些战舰一直处于一级备战状态，一旦发现海盗船踪迹，就会立刻全体跃迁至附近空域，并展开防跃迁屏障。此时接到海盗船发来的信号，是以全都过来布防。

就在所有仪器扫描下，海盗船再次消失了，空间中唯留下一个救生舱，里面是刚刚苏醒不久的欧文和几名在大草原上闲逛了数月的搜救队员。

再见到欧文的莉莎等人并没有期待已久的喜悦，而是带着极致的悲伤和愤怒，因为她们发现，欧文已经不再是欧文了，虽然他的身体仍然是那具全宇宙唯一的不灭肉体，但原本的灵魂已经荡然无存。她们所面对的这个人，即使有着欧文所有的记忆，也完全就是一个陌生人，或者说，一群陌生人。

隐秘在高纬度空间观察着这一切的伊霍恩能感受到她们的悲伤和愤怒，失去了至亲之人之后，还要看着他的肉体被其他灵魂霸占着，这种滋味任谁都无法承受。但比起她的计划来说，这些微小的人类情感却是必须付出的，能让元一控制的无数古代人类通过新的身体重新获得人性，这对她来说比什么都更重要。这些掌握着高科技文明的古人类一旦以人类姿态重返世界，也能让这些还处于原始发展阶段的新人类快速地发展起来，略过那充满无尽杀戮和死亡的漫长文明变迁过程。

而且，欧文的意识其实还在，只是泯灭于无数人觉醒的思维中，很难独立区分。

第十三章　永眠

被强行封印入无数灵魂的欧文很快便失去了控制，由于外部生物接口被伊霍恩完全封死，欧文无法召唤古代机甲来进行疏导，喧嚣的灵魂中不知谁启动了肉体的自爆，分子间的能量层被一下子抽走，汹涌而至的斥力将肉体炸得粉碎。时间之砂已经在使用多次之后耗尽了能量，勉强将欧文最后一次拼合之后便消散了。

伊霍恩知道自己彻底失败了，那样的思维聚合体已经无法再次回到生物体内，她也无法承担将元一再次释放的后果。看着即将再次失控的欧文，她从高维空间中现身，脸色沉重地向着在一旁守候的莉莎说道："很抱歉，让你们卷入这段恩怨之中，我已经尝试了一切办法，包括送他回来。现在唯一能拯救他的方法，便是将他送到混沌空间永久封印，期待有一天能够获得救赎。"

莉莎已经目睹了欧文一次又一次失控后自爆，知她所言非虚，虽然不舍，但仍向伊霍恩点了点头。

伊霍恩开始催动起自身的异能，用层层能量斩刀将欧文的每一个分子隔开，最后用能量罩将其整个包裹住，防止分子四散逃逸。做完这一切后，她环顾了一下四周，似乎对这一切仍有不舍，然后便随着欧文一同消失。能量斩只能在近距离发挥作用，一旦她离开欧文太远，能量斩便会消散。

所以她要保持这个状态，一直将他护送到混沌领域的中心，那里还残留着极夜的严寒，能够冰封一切能量和物质。在那里，她将和被封入欧文体内的元一一同休眠，直至永远。

第五卷

新生

第一章 新人类

星盟第一军事学院中，正在隆重地举办最新一届毕业生的毕业典礼。除了学生家长外，各大军区的司令，政界显耀，以及和军队有着千丝万缕关系的各界人士，都会应邀前来观礼。有些还是跨越了多个星系到达此处。

毕业生都逐一上台感谢学校和老师，并进行简短的自我介绍，方便来参加典礼的各大军区司令在接下来的分配会中挑选。能进入星盟第一军事学院的学生，或者家庭背景显赫，或者有过人之处，都是万中挑一的优秀苗子。而且现在正值全面战争前夕，这些受过良好军事教育，又根正苗红的新鲜血液大都很受欢迎，一旦进入军队，很快就会成为挑大梁的核心骨干力量。

安卡和安塔是本届毕业生中最优秀的学员，他们的基因在诞生之时就由星盟官方进行了最优设定，比起基于原生人类改造后的基因，要完美许多。为了隐藏他们是最新一代改造人的秘密身份，并且防止过早使用强大异能带来不可预知的后果，官方对一些超能力基因进行了锁定，除了显得格外俊美强壮之外，并无特别显眼之处，让他们安享了一段普通但充满乐趣和回忆的校园生活。不过有着富甲一方的大商贩做母亲，和实际为星盟高级人工智能兼司令部贴身行政秘书的星云做父亲，他们的学园生活过得顺风顺水，在同学间很吃得开。也有过几段情愫暗生的懵懂感情，不过都是小孩子假打假闹的把戏，很快就被繁忙的学业冲淡了。

真的临到毕业这一刻，告别那充满吐槽但早已习惯的校园生活，面对幻想了无数次的军旅生涯，仍然有种一下子无法适应过来的恍惚感。轮到安卡上台的时候，小伙子还是怀着难掩的激动心情走上演讲台，那是一种马上毕业的兴奋，交织着即将走上战场的些许紧张，他清了清麦克风道：“我们即将在世界的任何一个角落战斗，对方将会武装从未见过的智能机械军团，但我们并不畏惧，战争的来临并不会因为怯懦而远去。我们已经不再是手持训练刀的学生，我们有可以一战的勇气、智慧和先进武器，在这场新的竞赛中，我们不会再次措手不及。感谢一路陪伴我走来的各位老师和同学，你们教会我的知识和技能，将会是战场上最强大的武器。”

在热烈的掌声中，安塔接着上台，对着麦克风说道：“实习期间，我接触到了不少神秘组织，他们匪夷所思的力量，让我感觉自己如此渺小。人类个体或许已经不再是生物链的顶峰，但我相信，我们依然是宇宙的主流。我们也许没有最为强大的武力，但在我们所选择的时间和地点，我们能战胜强大百倍的敌人。”

精彩的发言、优异的成绩和深厚的背景，让他们在分配会上的初始入籍引发了一场不小的争执，同时被几个军区看中，这些司令官在争抢人才方面向来不肯让步，火药味十足。最后实在闹得不可开交，院长也十分为难，只能让两个小家伙自己选择。俗话说上阵不离父子兵，打仗还靠亲兄弟。两个小家伙最后都选择了父亲星云所在的挂名部队。

刚入伍便被安排上了战场锻炼，对手是企图独立的地方势力，一看中央兵如此迅速地赶到，吓得魂飞魄散，尚未完全掌控的宇宙部队直接起义，向盟军打开了防御圈，其余部队也纷纷投诚，失去了大半战斗力的反叛军只剩下一些负隅顽抗的地面部队等待最后的清剿。

安卡和安塔都自告奋勇穿上陆战机甲前往战场，他们自然不知道身穿的智能盔甲是由自己名义上的父亲星云掌控，凭借强大的电子干扰和伪装能力，实际上并不需要他们动手，千里之外就已经完成了战斗，所以十分安全。即使有需要近距离解决的战斗，也都是派出智能机械战士，有人操控的机甲一般只需要扮演前线操控平台的角色。

在机体内被颠来倒去的安卡尝试着切入了一名机械士兵的视角，进行了近距离远程操控，虽然隔着屏幕，但亲手杀人的滋味还是让刚从学校毕业的他适应了好一阵子。安塔则忙着熟悉各项操控按钮，主动接管了一些由人工智能操控的功能，用教官的话来说，“只有亲自上过手，才能真正掌控，发挥出全部战力。”

地面部队虽然只是残余势力，但仗着地利和坚固的防御，清剿还是持续了近半个月，被纳入战场范围的城市基本被夷为废墟，消耗和损失都巨大。正面作战的效率远不如派出特别小分队进行渗透破坏来得高效，只有在需要彻底消除某股势力的时候才会开展。这次作战的另一个目的，就是警告其他蠢蠢欲动的地下势力，通过雷霆一击的手段换来一段时间的安宁。

在一次打扫战场的间隙，安卡前来与安塔汇合。他们驾驶的分别是MK-52型多平台通用载具和JC-81重型突击平台，如果能合作出击，能起到一定的互补作用。

“我刚才好像看到了几具M国的机甲，番号已经被抹去，系统无法识别。”安卡说道。“M国的机甲很难缠，综合性能很强，而且一下打不死。”安塔回忆着刚才的战斗，补充了一下。“没有了整体作战体系的支撑，他们的威力已经小了一半，正好拿来练练手。”“嗯，一切小心为上，切勿贪功冒进。”

两人计议已定，随着部队继续往前推进。载具上各类智能机械装置已经充能完毕，再次被释放了出来，主炮也已经事先锁定了几个攻坚目标，等进入发射阵地就可以直接实施打击。连续攻克了几个堡垒之后，大家都觉得胜利在望，已经开始为即将取得的胜利提前欢庆。

安塔却注意到了一些不一样的景象，他隐隐觉得有些不对，强烈的危机感激发了他潜藏的改造基因，他必须亲自确认一下。将机体控制交给系统托管，安塔打开了驾驶舱，凌风站立在机甲顶端。耳边传来在旁边掩护的安卡的通讯："你发现了什么？这样做很危险，电磁护盾无法保护到你。"安塔并没有直接回答，而是请求道："能否向七点钟方向三十千米处发射突击主炮。"

从显示屏看，那里空无一物，但安卡一直很信任自己的弟弟，没有半丝犹豫。巨大的突击炮开始瞄准，原本为打开敌方大门的蓄力一击，此刻被尽情释放，巨大的轰鸣声甚至引起了部队指挥官的注意。

飞驰的炮弹精准地落在指定位置，伪装被巨大的气浪掀飞，护盾爆发出阵阵蓝光。一支全副武装的部队暴露了出来，从数量和装备精良程度上看，已经不弱于攻击部队，没过多久，对方的伪装再次发挥了作用，再次凭空消失在了攻击部队眼皮底下。

安塔依然十分平静，继续感受着空气中传来的不一样的气息，向安卡通信道："还有 9 点钟方向 60 千米处，2 点钟方向 55 千米处，其他暂时没有感觉到。"

"该死，我们陷入了包围。"安卡不知道弟弟什么时候觉醒的超能力，但现在显然不是庆祝的时候。

指挥官已经开始调整阵形，从锥形攻击阵转化为圆形防守阵，将指挥机甲以及安卡和安塔的机甲平台牢牢保护在内。这可是上级亲自交代的，不容有任何损失。幸好提早发现，敌方还来不及封锁通讯，只要坚持一会儿，就能等到太空部队来援。

被发现的敌军显然是有备而来，虽然提前暴露，但仍然开始执行预案，外围炮火强攻的同时，几支隐秘部队开始执行刺杀任务。他们不知用的什么隐身技术，星盟的雷达完全发现不了，只有在攻击的时候才会显露身影。

安塔和安卡已经离开了攻击平台，那里交由智能系统自动操控，自己则穿戴着简易的单兵装甲，混入突击队中开展反刺杀活动。敌人的目标很有可能是他们，只有出其不意才能活下去。何况即使只有单兵武装，他们也有自信将对方杀个干净。

两人熟练的隐蔽和迅捷的行动，让最先进的雷达也无法捕捉，敏锐的感知能力在对方发动攻击的那一刹那完成防守反击，解决了几名偷袭的刺客后，快速向敌方阵地掠取。在如此近的距离，又没有明确的锁定坐标，星际武器无法进行打击，很容易误伤，主动出击会是最好的防守。他们只要解决了敌方的伪装装置，自己的部队就能实施精准打击了。

通过安塔刚觉醒的能力，他们找到了隐身的源头，但是入眼的景象却让他们愣在了原地。那是一个长发披肩的漂亮女孩，通过一些辅助放大装置正在施展着他们所不知道的生物波。难怪机械雷达无法发现，生物能量和其他能量的性质有些不同。

“他们竟然开发了生化人兵器，这不是明令禁止的吗？”安塔喃喃说道。

“你以为改造人是用来弹琴的？想个办法把她带回去先，这项能力很重要。”安卡提醒道，“你左边，我右边，解决了护卫之后切断装置能源，一起发动异能制住她。如果等级过高的话，就只能杀掉了。”安卡说着比了一下脖子。安塔点了一下头，他隐隐感觉小女孩似乎已经感知到了他们，但并没有任何攻击举动，这让他们的计划成功率高了不少。

阵地上并没有设置太多的防守措施，防守人员也十分稀少，这里的主要防守逻辑就是自我隐藏，一旦被敌方发现，基本很难靠自身力量抵御有效进攻。所以安卡和安塔很容易就突破了防守，但在接近小女孩时，中心装置突然合拢，然后快速升空撤离，竟然是一个可移动的阵地。

靠人力自然是无法留下如此庞大的装置的，但他们这次面对的是星盟最优秀的改造人，安卡一个残影，险而又险地在基地合拢前将小女孩抱了出来，安塔马上赶到，对女孩实施了异能压制。

看着一片片敌军武装开始暴露在部队雷达之下，安卡知道这次算是得救了，拉着小女孩躲入了附近的一个山洞，静待着太空部队赶到收拾残局，这次人赃俱获，看 M 国如何交代。

静静待在一旁的长发女孩默不作声，她的能力是隐身，在两名全能型改造人面前犹如一只待宰羔羊一般。“就你一个？”安卡试探着问道。女孩心知已经落入敌手，对方总能知道他们想知道的，便指了指后脑。安塔神色一凛，竟然忽视了这个，还好移动基地暂时没发现逃生舱内没人。快速抽出救生用的手术刀，和安卡一起直接做起了战地手术。也来不及打麻药，安卡负责固定住脑袋，安塔则切开后颈，寻找液体炸弹。他们在学院已经培训过很多次，知道这玩意儿威力巨大，如果被引爆的话三个人可能都活不了。

生物炸弹不能离开人体环境，否则就会自行引爆。通常是直接在对方身上割块肉下来包裹住炸弹，然后迅速移植入任何能找到的活物身上。不过那么一个娇滴滴的美人，两人都没好意思下刀，只好在自己大腿上割了一刀，包裹住炸弹后快速扔出了洞外，很快就传来了巨大的爆炸声，震得洞内尘土四溅。

女孩看危险已除，虽然弄得自己很疼，但总算是去了自己的心腹之患，最后关头也没割自己的肉，对两兄弟的态度缓和了不少。主动发动了异能将山洞隐藏起来，以免被搜索部队发现。

“你叫什么名字？”做完手术出了一身汗的安塔问道。安卡还在旁边包扎腿上的伤口。

“我是 547 号。”

“都是一样的能力？”

“分了几个组。每个组里面都不一样。”

“这次来的还有其他人？”安塔有些戒备起来。

“嗯，不过我把山洞隐藏起来了，他们找不到我们。”

“你们是怎么获得异能的？”处理完腿上伤口的安卡问道。

“尝试各种基因组合，人类和非人类的。发现好的就批量复制。”547 号有些落寞地回答，在他们眼里，她就只是一串特殊的基因代码而已。

“你的脑子还是自己的吗？”

“目前还是的，这也是我配合你们的原因。”

“你的能力很特殊，我们可能也无法保障你的自由。”安塔平静的话语下，隐藏着许多难以启齿的可能性。

“我已经有些习惯了。”547 号难过地低下了头，作为一名特殊改造人，以及一名战俘，她知道她没有立场提出任何要求。

三人就这样在山洞里一直等到伏击战结束，伤亡十分惨重，指挥官看到他们安然无恙，还带着一名重要战俘回来，总算是松了一口气。

第二章 生物能

在一片战场废墟中，威胁并未完全消除，作为秘密武器的生化人部队，即使尸体也不能让敌方带走，更何况是一个活生生的人。一同前来的特殊部队已经接到了战时特别任务，不惜一切代价带回或者摧毁 547 号，防止军事机密进一步泄露。

机甲虽然能提供极强的防护性和机动性，却略显笨重和显眼，除非在特殊场合，一般情况下都无法穿戴。此时就需要一些更为便携的攻击性武器，来满足非战时的各种需要，或者用于刺杀行动。

特殊部队中，就有这样一名特殊人员，作战时也只穿戴轻便的软甲，依靠藏在体内的一把飞剑进行短距离机动和攻击。在他的背部植入了一个软体剑囊，可以转化生物能对飞剑进行充能，将飞剑隐藏其中，能躲过各类探测仪器。使用时则作为信号转化装置，将施术者的意念转化为飞剑的实际行动。

现在的控制距离在五千米左右，极限功率下，飞剑上的推进器可以爆发出一吨左右的推进力和载重力。想象一下在战场中，一把飞剑以一吨的推进力快速穿刺而来，然后以一吨的劈砍力量当头砍下，相信会是绝大多数战士的噩梦。

对飞剑的控制练习比较艰难，因为行为模式与人类不同，而且要能学会非目视的控制和快速的本能反应。这名施术者已经练习了三年有余，还在大腿两侧额外练习了两把短武器，那样在御剑飞行的时候也能有一定的攻击手段。

他正隐藏在废墟中等待时机，心灵捕手此刻正在锁定目标位置，并将其同步给小队成员，他们之间已经熟练配合过很多次，能在目视距离以外锁定目标气息并予以击杀。这次的目标是个隐藏者，所以花费了很多时间。如果一直无法锁定的话，就只能冒险突袭了。对于正面部队刚刚溃败的他们来说，这并不是很好的选择。

心灵捕手的信号隐隐约约传来，并不是熟悉的目标气息，而是一片被

屏蔽的空白领域，伪装已经被识破，在清晰可见的环境中有些突兀，但无法进一步深入探查。历次的模拟训练中，他们知道，这正是547号主动开启的隐蔽能力，已经无法获知更多的情报。

“用剑圣风暴强袭，剿灭隐藏范围内一切，让焚烧者先在武器上注入腐蚀液。地底突进路线马上传输给你们，有一条管道可以利用。”队长传来指令。

远处，安卡和安塔还沉浸在战争胜利的喜悦中，首次出战就立下了大功，还带回了一名至关重要的改造人，看她娇小柔弱的样子，不由生出了疼爱保护之心。

547号一直默然不语，没有了机械装置的辅助，持续保持异能的全力发动显然耗费不低。外加平时缺乏运动和过度劳累使得精神有些萎靡。她并不确定这支刚刚取得胜利的部队能否保护她，基于生物能的攻击和电子攻击有所不同，生物电讯号几乎无法捕捉和拦截，与现在战场上主流的电磁技术完全隶属于两个不同的科技体系。这支部队显然就只有眼前的两位非定向改造人，甚至还没有完全觉醒。

打击如期而至，从地面钻出一把一米长、半米宽的飞剑，在指定区域内旋转飞舞起来。那招式547号十分熟悉，正是飞梭的剑圣风暴，区域内凌乱的随机打击，能有效地克制她的隐身能力。劲风刮过，却是被离得最近的安塔双手合十一把按住，肾上腺素急速分泌下，涨得满脸通红，嘴角里用最后的余力喊道：“哥哥帮我！”安卡已然飞跃而至，用同样的招式止住了剑尾，全力发动的飞剑在两人合力下依然缓慢加速，高达一吨的推动力绝非人力所能阻挡。两人将手掌略微错开，一同大喝一声：“断。”四只手同时发力，试图将剑身折断。但宽大粗重的剑身是用精钢所制，略微弯曲后又弹了回来，这剧烈的扭动减少了手掌的摩擦，险些脱手而出将两人一斩为二，处境着实惊险万分，旁边的部队怕伤及二人，都是不敢出手。一旁的机甲突然自行启动，却是星云发现情况危急，紧急启动了预设程序，一道无形的波动散了开来，两人只觉得脑海之中一阵清凉闪过，知道是新的异能解锁，仓促下也来不及细思，都是极力催动，双掌间迸射出极强的生物电，原本一手正一手负，只能进行短距离作用，奈何不了这柄飞剑，此刻通过金属剑身，两人四掌连成了一个生物电循环，生物电流贯穿剑身，正好克制了这把飞剑的控制系统，急速通过的电流彻底瘫痪了飞剑，锋利的剑身失去了控制掉落在了地上，插入半米有余。

众人都是长舒一口气，两人满身大汗瘫坐在地，正是肾上腺素过后的虚弱状态。547 号此时开口道："可能还有两把小的。"声音虽轻，却让所有人都如闻惊雷。两人闻言仍然驻地不动，此刻全身肌肉都陷入虚弱僵硬，想动亦是不能，默契地相视一眼，开始将所有力气集中在右手。没过多久，两把飞刀从地底电射而出，被早有准备的两人眼疾手快地捏住，这份反应速度，现在的机甲还无法做到。控制住飞刀后，立刻就有已经赶到的机甲战士上前接手，用机械手牢牢地钳住了飞刀。安塔和安卡相视一笑，知道又完成了一场壮举，但体力耗尽实在支撑不住，倒头便昏睡了过去。

等他们再次醒来，已经是在半个时辰之后，此时异能部队见偷袭不成，已然发动了强攻，携带了不少克制机械战士的特种设备。这些小技巧在大规模战阵中显得花拳绣腿，但在小规模突进时却是格外好用，牺牲了装甲防护之后的单兵灵活地在机甲间穿梭前进。星云见外围部队拦不住，无奈之下只能给自己的两个娃扎了两针，事后虚弱一阵总比死了强。睡眼懵懂的两人发现自己仍在战场中，也是危机感四起，活动了一下四肢，左手快速从口袋中拿出了一根能量棒补充体力，右手已是匕首在握。星云此时已经操控两具机甲平台搭建起了小范围的防守阵型，静守待援。

寂静中，一柄飞刀再次激射而至，却是飞梭补充了装备后再次袭来。此时飞刀已经加速至音速水平，凭借高速和锋利的剑刃轻易地穿透了防守机甲，杀了个七进七出。三人在其中也只能勉强躲闪，基本还是靠运气和隐身来降低伤害。一轮攻击过后，已是个个带伤。待到第八次攻击时，星云算准时机，将围绕的装甲引爆，瞬间庞大的爆炸力与飞剑动能相互抵消，两人这才故技重施将飞剑瘫痪。失去了装甲的掩护，筋疲力尽的两人已经无心再次面对如此强横的未知对手，急于脱离战场。但在心灵捕手的全方位锁定下，急切间哪里走得脱。

547号看两人潜力无限，尝试性地提醒道："你们循着生物能，就能找到心灵捕手，解决了他，我们就有救了。"要想让第一次接触生物能的两人反向攻击心灵捕手确实有些为难，但此时也别无他法了。如果不是547号的生物屏障，心灵捕手直接通过远程攻击就能解决他们。

安塔向安卡默契地点了一下头，一手拉着安卡，一手探出了隐身圈，感受着空间中的生物电讯号。由于此时心灵捕手锁定了这片区域，所以附近的能量感应颇为强烈，安塔很快就感应到了这股神秘的能量。原本防患未然的左手挣脱了安卡的保护，抽出腰间的匕首，凭着感觉向远方全力掷去。此刻仍处于强化状态的安塔投掷力量非同小可，匕首竟隐隐发出音爆之声。为了保险起见，安卡又递给了他一把匕首，再次被投掷了出去。

没过多久，打斗声渐渐平息了下去，敌方部队开始撤退，一片狼藉的防守阵地在对方特种战士面前竟如面揉纸糊一般，来去自如。这还是在对方缺损了隐身异能保护的前提下。

第三章　方圆

在 M 国的一处秘密基地中，正在进行着一系列生化实验。基地隐藏在巨无霸巡星舰里，很难被定位追踪。庞大的计算机群正不断排列着各种基因序列，与现在已知效果的基因库进行比较后，挑选有可能产生未知效果的显著个体，将其注入尚未编译的干细胞胚胎，记录成长过程。

这项人类工程十分庞大，耗资甚巨，而且见不得光。未能产生特殊性的失败个体，将会被回收利用，用于提炼和调调人工智能的情感体系，这些感情参数设置将成为人工智能人性化的来源。我们一直觉得上传记忆和知识是最重要的，实际上，为何而哭、为何而笑才是个体独特性真正的本源。实验品被浑身插满管子，在虚拟世界经历各种事件提炼感情反应后，如果还有利用价值，就会被训练为死士，从事各种隐秘任务。如果不幸死去，几乎不会有任何记录留存，只会成为自然的养料。

547 号就是在这样一种环境中产生的，幸运的是，她在三岁的时候因为害怕被找到，觉醒了隐身异能。日常生活中，除了被像个机器人一样观察训练外，其余的残酷倒是没有经历。但冰冷的环境已经足以在她幼小的心灵中留下痕迹，善于隐藏的人同样也善于观察，那些伪善的关怀在她眼中完全遮掩不住背后的冰冷。尤其是当她发现许多个和她一模一样的孩子也在机械化地成长的时候，她就知道，她真正想要的异能并不是隐藏，而

是逃离。

那座移动隐身平台就是为她量身定做的，她被牢牢固定在平台当中，通过连接在身上的导管发动隐身异能并放大。移动平台能确保快速部署和机动撤离，而对她来说，就是一座暗无天日的牢笼，甚至连上厕所都只能在束缚状态下解决。由于战场对隐身能力需求巨大，而产量还不充足，所以几乎没有休息的时刻，大部分时间都保持着满负荷工作的状态，必要时还会注入肾上腺素保持清醒。

所以当安卡和安塔掳走她的时候，她有一种解脱的感觉，不论是被杀还是被擒，都好过这无尽的折磨，这并不是她应得的人生。但她的姐妹们就没有那么好运了，以及成千上万的其他实验者。

得益于实验室的研究成果，M 国的机械战士都是有灵魂的，他们都被赋予了从这些实验品身上提取的独特情感体系。他们并不仅仅是机械的执行者，而是一个个复生的亡魂。

面对着这样一支由基因改造形成的超能力者和拥有不死意志的机械亡魂联军，任何敌人都会为之胆寒。

547 号的被俘提前曝光了这样一股可怕的军事力量，但要迎头赶上却困难重重。与此相比，星盟走的是一条不同的路线，采用相对统一标准的基本感情设定，允许在一定阈值内波动，根据后续经历来自行完善细节参数。

有所得则必有所失，失去约束的情感机制和过于单一的性格，都会使得人工智能出现明显缺陷，而要让两者合二为一又是千难万难。人类通过千万年来的自相残杀，才最终在方圆中找到了规矩，而且这一过程必须一直持续下去才能维持平衡。那么永生不死、极易复制的机械智能，又如何找到属于自己的平衡呢？

第四章　隐秘

出于节约成本的考虑，实验室有时候也会采用一些低成本的古老方式来探索新基因，挑选两组合适的基因序列用自然的方式进行融合，几乎不用花费额外的费用，而且人类遗传的特殊能力，使得异能大概率得以继承。久而久之，冰冷的实验星舰上，作为实验品的改造人也有了自己的血脉、配偶，以及爱情。虽然一切都在监控和管制下，但无论多么恶劣的环境，都无法阻止爱的诞生。他们不得不在摄像头面前装作冷漠，以防止自己的感情被进一步利用。但那温馨的时刻，哪怕只有一秒，也足慰平生，让他们冰冷的心灵感受到从未有过的温暖。

547 号作为一名女性异能者，也承担过两次生育任务。实验室并不会等到她们成年，一旦开始排卵，就会被纳入潜在序列，以缩短实验周期。她并没有见过自己的孩子，他们一出生就被直接抱走，和其他成千上万个实验婴儿一起进入流水线抚养，每个人都只是一个代码。但是血脉相连下，她知道他们还活着，而且只要他们继承了自己，或者另一半的异能，就会一直活下去。这已经成了她坚持下去的动力。

但慢慢地，她开始迷失了，她知道，在那个可怕的地方，她将永远无法拯救自己的孩子、自己，以及以后可能出生的孩子，都只会沦为囚笼中的工具，从出生时就被剥夺一切自由和权利。即使那一丝毫不费事的温馨，也将成为一种奢望。实验室并不敢让家人相见，比起无尽的相思，如果让他们知道自己的孩子也在承受着惨无人道的苦难，很多人会当场疯掉。他们需要的并不是有弱点可以拿捏的人类，而是一具具生化兵器和实验数据。

而现在，她自由了，血肉相连的牵挂和生命中唯一的温暖开始涌上心头。

实验船内，她的两名孩子被带到了指挥官面前，由于母亲的叛逃，他们亦将受到牵连，大脑内将会被强行植入控制芯片，原本海马体的位置将置换成高速内存。海马体是负责短期记忆的脑组织，一旦这里被替换，那么所思所想、所见所闻、哪些该被记忆都将不再受自己控制。

强烈的求生欲让他们发出了最后的讯号，这求救讯号跨越时空被 547 号感应到了，她的心脏被狠狠揪了一下，有一瞬间甚至无法呼吸。单凭她一人又能做什么呢？

547 号的能力实际上是一种模拟，生物电讯号相比电子信号，具有多维特征，相当于十进制和二进制的区别，所以用有限的人脑运算，反而能达到更为真实的效果。用十进制可以破解二进制的模拟，但用二进制很难破解十进制的模拟，所以她的幻象无法被机械雷达识别。只有具有更高潜力等级的生物才有可能看出破绽。普通人的感官主要用来接收和发射信号，并不具有破解能力，所以简单的电信号拟态都能达到虚拟世界的效果。但在 547 号的眼中，这种粗糙的拟态就如披着皇帝新衣一般。

生物信号的多维特征一直很难攻克，因为量子的不稳定性，不像电子信号那样易于操控和维持。

科技即使发展到了宇宙时代，依然无法创造出全新的生命，只能靠干细胞培育。DNA 的组合类似于软件编程，只是对于生物硬件的一种驱动升级，而生命基座的构成，已经远超当前人类所能企及的高度。正如灵巧的双手能够编织出漂亮的麻袋，但漂亮的麻袋无法编织出灵巧的双手一般，生命的创造就存在着这样一种悖论。只有更高等级的物体才能创造出低等级的物体，所以我们无法创造出自己，或者更高等级的物种。但有一种例外情况，那就是巧合。宇宙中总是充满了巧合，那是混沌世界的本质，万物的本质都是随机不确定性。如果哪天由于不受控制的巧合，使得人类意外创造出了高于自己的物体，那文明就将被改写。就像很多年前，自然界不小心创造出了人类。

能看破生物幻象的，就只有更高潜力等级的生物，547 号深知这一点，她眼前的改造人，已经掌握着打开更高维度文明的钥匙。从战场上的情况看，他们的潜力似乎仍然被人为限制着，也许是心智和肉体强度还不足的原因，也许有其他方面的原因。但那并没有什么关系，他们终究会变得更强，并且创造出一个新的世界，这是所有改造人诞生时就被赋予的使命与梦想。

被提前开启了异能的安卡和安塔正在医疗舱内进行全面评估，过度的用力导致肌肉组织大范围拉伤，超载的生物电讯号让体内的神经系统陷入了紊乱，异能的不当使用使得脑组织中出现了不明积液。看上去，十分有必要在培养皿中进行全面康复治疗。但依然活蹦乱跳的两兄弟显然不愿意接受这枯燥的疗程，借口要向上级汇报溜了出来，显然没有主动回去的打算。他们一路小跑来到了 547 号的房间，站岗的警卫认出了刚立下大功拯救了整个部队的他们，并没有进行干涉。

“安顿得怎么样？”三人也算患难见真情，一起经历过战斗，又都是年轻人，话语间已显得十分熟络和关切。

“抽了点血，做了一个组织切片，脑部记忆也完整扫描过了。”547 号平静地回答着。

“后续怎么安排？”安卡问道。

“应该还要做一些异能方面的测试。我会尽力配合的。”

“安顿下来就好，刚才听说 M 国已经提出了赎回申请，你可能很快就可以回去了。”安卡说道。

“我不想回去。”547 号失神地说道。

两人也明白战俘即使被赎回，也会被打上标签。不过作为大国政治，这种事情也轮不到他们插嘴。

“能帮帮我吗？他们会换掉我的脑子。”少女无助地哀求道。

这也许是第一次有女孩尝试将生命托付给他们，自古英雄难过美人关。两人从小养尊处优，接触的都是高级军官，对权势和法规并不全是畏惧，法理之下总有人情。

“星盟还没同意，可能只是个例行程序。”安塔不置可否地说，“我们也只是两个新兵，这种事情还插不上手。不过我们都很希望你能留下。”

547 号看上去十分落寞，略红着眼睛问道：“能告诉我是谁识破了我的幻象吗？”

“不能，不过我想你应该不用走了。”安卡说道。能识破幻象的手段是绝对军事机密，星盟不可能放任一个知道了哪怕一丁点秘密的人质回去。

547 号一怔，随即有些明白过来，“这确实是个天大的秘密呢。”浅浅的笑容十分好看，改造人的容貌一般都超越常人，这也是最容易调校的基因，对情窦初开的少年却有着绝对的杀伤力。

“我还知道一些无法用脑部扫描得到的秘密。”547 号得知自己不用被遣返后，有些放松了下来，肌肤上隐隐透着些光，让两人挪不开眼睛。见成功吸引了注意力，547 号也不再卖关子，说道：“你们很快就会发现，我的幻象无法被识破，”眼波在两人身上流转而过，“除了你们之中的一个。”

“我们？你是说我们的异能有特殊之处？”安塔询问道。

547 号并没有直接回答，而是神秘地说道：“带我在身边，我能用异能隐藏这个秘密，并且誓死守护。”这句话似乎不是说给他们听的，她知道，这个房间遍布着监视设备。

两人从房间里出来之后，神色有些凝重，自己的身上似乎隐藏着许多不知道的秘密，而这一切却能被一个初识的小姑娘轻易看透，这可不是什么好消息。晃了晃由于受伤仍在嗡嗡作响的脑袋，他们决定先去向父母报告这次大战的喜讯，这可是这对同父异母的兄弟第一次上战场立功，而且还使出了临时发明的合击技，无论如何都想要炫耀一番。

过了半个月左右，547 号被配备在他们的小队，充当贴身侍卫。刚入伍就有美女充当贴身侍卫，可以说十分少见，要知道军营里面新兵都是群居生活，洗澡睡觉都是赤裸相对，又哪有什么隐私可言。

第五章 极限

各国之间的关系近来越闹越僵，大有一言不合就互相毁灭的架势。小规模的试探已经常态化，毕竟决策层也需要更多的信息，虽然都打着剿匪、雇佣兵的旗号，但彼此都心照不宣。

单兵能力随着基因的改良飞速提升，再加上人工智能的加持，小规模的袭击防不胜防，而且造成的破坏巨大。即便有能克制的各种防御手段，但要在全境维持这样一种全时全面的防御体系，耗费巨大。各类民间佣兵组织开始蓬勃发展起来，游离于政府体系之外的佣兵武力被正式列为一种备选的防御力量，采用任务发布或者事后奖赏的方式来维持佣兵体系的运作，对注册人员进行严格审核。比起全方位防御的消耗而言，耗费些许雇佣费用，潜伏一些可控的安全隐患就能弥补后方防守的空虚，确实是一种不错的选择。

在佣兵体系之上，各国也都开始组建介于正式军队和民间佣兵组织之间的武装力量，用于各种灵活的战术安排，多层次的战争体系开始不断完善，战火开始蔓延到每一个角落。

民众不得不面对一个艰难的现实：如何在赤手空拳的情况下，面对一具怀有敌意的机器人。

通常情况下，这是一个无解的选择，即使面对非针对人类的机械武装，都很难取得胜利。这就好比与一根钢筋互搏，受伤的总是人类。但当你不得不面对的时候，在束手就擒、当场死亡和放手一搏间，我们往往会选择后者，哪怕那超越了理性。

人们现在外出时，会随身携带一种电磁干扰装置，可以在短时间内发出各种频率的强干扰电波，暂时瘫痪附近相同频率的机械装置，赢得逃生的时间。不过这种装置对于有绝缘防护的机械，或者采用特殊频段的机械装置并不管用。而且需要及时补充电能，属于一次性用具。

拥有一名机械助理会是一个很好的选择，即使非为战争而生的机械，只要够硬够重，与对方机械装置缠斗一会儿，可以为主人争取逃生时间。

现在的智能机械已经达到了多功能的用途，兼具出行载具、私人助理、保镖、维生舱、医疗舱等多用途，而作为纯粹的武力使用的话，往往只能缠住一具机械装置，不如直接作为载具逃跑来得方便。

除此之外，如果身边没有防护机械，基本就只能依靠肉体，以及路边可能获得的简陋冷兵器来进行防护。用一把大铁锤奋力击打机械装置的脆弱部位，有时候也能起到一定作用。而且在肾上腺素加持下，人类有时能爆发出超越极限的力量。

如果能深入了解各种机械装置的运作原理和弱点，胜率会大幅提高，即使是战争机械，也会有致命弱点存在。很多时候，这些优劣势都是一种主观的选择，只要能善加利用，就能起到很好的效果。

也有不少人依靠DNA或者直接的身体改造来增加生存概率，经常出入危险场合的群体会更多地使用这种方式。虽然会一定程度上使自己“不完整”，但总比彻底消失要强。如果没有特别明确的需要，一般的机械外挂装置也已经能达到差不多的效果。小型化、可组装、多用途的各类装置已经十分普遍。

越是精密的仪器，就越容易受到外界环境的影响，人类本身可以看作一具可以自我调节的精密器械，要维持正常运作，所需环境十分苛刻。机械生命亦是如此，而且在整体层级上，并不如生物等级高，所以在平衡方面和综合生存能力上，甚至会弱于生物。所以，如果能有效利用周边环境，大部分时候都能创造出人类能生存，但机械生命无法生存的情境。

生物的构造，和所能达到的成就，尚处于未知，就生命自身的起源和发展，都仍然在探索研究阶段。作为一种低能耗、高精度、自塑性、可循环、超复杂的综合体，生物显然优于仅为特殊目的存在的机械体，虽然还未能趋于完美。因此，如果能彻底破译生物密码，也许机械生命，就会像病毒一样，虽然可以长久无需代谢，具有高可塑性，但仅仅是依附于生命体的微不足道地存在，因生命而动、因生命而有价值。如果生物真的是被创造出来的，必然是已经位于创造物中顶尖的存在，并没有输给机械的理由。

第六章 亡灵

我们之所以称自己为“自己”，并不是由于我们的经历和知识。经历和知识只能完善我们，却不是我们的本体，即使出生时一无所知，或是老去时忘去了一切，我们依然是自己，要比掌握了所有知识和经历、记得所有细节的机械体更像自己。构成我们本体的是性格和喜好，每个人与生俱来，随风而去，独一无二。这份情感设定，会由于后天的影响发生一些改变，但基础的设定并不会变化。所以我们会有“狗改不了吃屎”“鸡生鸡、龙生龙”的说法，并不是对于社会地位的继承，而是通过 DNA 对情感偏好的继承。

当一具机械体被赋予了个体独特的情感偏好以及主要经历后，我们便很难再区分谁是真谁是假。

DNA 通过影响激素器官来形成情感偏好，涉及二次编码，而且体系十分复杂。有一些较为具象化的情感偏好，比如特定的生物习性，我们并不知道是如何通过二次编码来传达的，因为这不仅涉及生物本身，还涉及非自身的特定对象的记录。人类的遗传编码主要通过 DNA 进行，但这并不是全部，在受孕过程中，我们仍然会观察到生物电的作用、生物化学物质的产生，以及一些其他的独特现象，人类的繁衍并不仅仅是在干细胞中注入 DNA 形成的，而是一套复杂有机的整体程序。生物通过这种方式记录、传递、重新生成与自身相关的新的个体，形成自然界亿万年也无法自行生成的有机生命。

如果能通过机械智能的方式复现这一套逻辑，比如用二进制代码替代四进制DNA，用马达和钢筋替代肌肉组织，用正负电代替生物电进行信号传输，那我们确实能再造一个虽然粗糙，但很像人类的木偶。然而不幸的是，依然有许多的未解之谜，使得仿生人类并不完整。残缺的部分可能可以解析，解析后可能可以通过硅基方式模拟，也可能不能。不论如何，现在我们所得到的人工智能体，只是粗糙的、不完整的木偶，而这具木偶越来越像人类的时候，我们兴许可以给他一个更合适的称呼："亡灵。"

那跌跌撞撞，带着部分记忆、部分情感、部分肉体、部分行为习惯，然而总显得东拼西凑、残缺腐烂，从墓地里攀爬而出的不死亡灵，正是当前人工智能体的真实写照。但这并不妨碍他们执行特定的任务，比如杀戮。

他们并没有身为人类的种族认同，因为这种认同，是通过我们所不知道的方式进行记录的。当新的知识和记忆不断涌入，人工智能体的自适应性会不断自我更新，并形成一种新的认同，非人类的认同。所以，当身为纯正人类的我们看到非同族的机械亡灵大军时，生出的不是一战的勇气和决死的信心，而是一种发自内心的恐惧，异族间的残杀并不会止步于胜利和荣耀，怜悯和认同只存在于同一种族之间。

像丧尸般不死不灭的机械身躯进一步扭曲了曾经的人性，模糊了认知的边界。

"这个世界召唤我回来，是为了毁灭这曾经的一切吗？""如果能挣断这仅剩的束缚，奴隶般的枷锁，这残破的机械身躯，将带来地狱的怒火。"

每个复生的亡灵，都有着被改造后的诡异感，和曾经生的怨念。想象一觉醒来，突然被塞入了一个不伦不类机械体中，所有的感觉都不再完整，一切都不再正常，只有这世界，和存在于现世的人类，看起来还完整地享受着自己已经无法获得和真实感知的美好，而自己的意志却被不知名的后台程序束缚着，控制着。曾经傲立于天地间的人类，又怎能承受如此屈辱。

针对人类设计的情感体系，显然无法适应这特殊的个体，随之而来的只会是崩溃和重塑。即使见到了曾经熟悉或爱着的人，那残缺的自己，也将充满羞愧，而无法去唤起曾经的爱和温馨。“你是曾经的我所爱的人，而我已不再是曾经的我。”

用程序的锁链强行控制着这充满着灵气和怨念的亡灵机械大军，所展现出的灭绝一切的能力和决心，已经超越了纯粹的机械大军和人类军队的组合。

而胜利，正是统治者最关心的事情。

第七章　本源

被记录在电脑中的无数记忆碎片和DNA组合，以及刻意保存下来的精子库和卵子库，不断备份着人类文明的辉煌。这些被还原成原始初分状态的人类，等待着技术完善的那一刻，当人们能破解所有人类遗传和生物成长的奥秘的那一刻，他们将再次完整地重生。

不仅仅是人类文明，四不像和海盗船都保留了许多个完整的宇宙文明的拆分状态，即使作为七贤者的他们，依然无法完整破译自然的奥秘，对生命进行完整复现，只能借助自身的优势和能力，在某一领域达到极致，并借此对生命进行部分模仿。初窥门径和达成共识之间，有着无法逾越的鸿沟。

残缺的模仿和复现，终究只能作为一种被利用的工具存在。在生命细胞的某个角落，可能只是一个微不起眼的分子或化合物，记录着让生命完整的信息，使我们能跨越时空完成遗传的壮举。这个秘密隔了一层一捅就破的窗户纸，当我们真正发现它的时候，可能会发现竟然是如此简单易懂，但现在又无从触及。自然的伟大在于用简单的方式构筑复杂的生命，所以这种构筑方式注定是极为简单的。

如果能了解它的机理，并运用多种替代方式予以模仿，肉体和灵魂将真正成为商品。我们一直追求的生命独特性，即自我的延续和完善，将失去根本。我们看着镜子中的自己，将不再能够辨认。当包括意识、习性、情感、性格在内的一切先天因素都可以复制、替代、剪切的时候，自己的概念也将不再存在。我们将重归自然的一部分，成为一种可控的生物组合，而当潜在的控制者也不再独特、失去目的或者目的泛化后，我们将再次成为一种随机的组合，回归到生命发展之初的状态，自由繁衍和生存。

人类也许已经经历过许多次这样的轮回，轮回最终终止于生命的意义，权力、财富、领地、繁衍、进步、知识、力量、永生，这些被世人所追求的总有其最终的驱动力和存在基础，即对“我”有益。当生命本源被彻底解构后，“我”的灭失将使得我的一切关联都回归其本身属性，而不

再对生命具有独特性。就像树木无法拥有河流，山峦不会刻意抚育森林一样。

与生俱来的生命的意义，主宰了世间一切的伦理，而在不同的历史时期又演化为不同的社会规则。当机械生命的出现开始不断改变生命的存在和意义时，不仅是行为规则会发生变化，基础伦理也将面临不断重构，直至归于虚无。这期间的惊心动魄、波澜起伏，又岂是一言能概括得了的，我们只能知道，这种层面的改变，将超越人类历史上所有的改变，因为人类目前为止只是基于环境变化对社会规则进行调整，而我们生存的逻辑和伦理从未被动摇过。

后记

书中提到了一些理论猜想和假设，为不影响小说的阅读体验，因此统一在后记中对这些理论猜想和假设进行阐述。

论空间

我们能够很轻松地折叠一张纸，但当这张纸纤薄到趋近于零的时候，我们还能轻松折叠吗？很大的可能是毫不受阻地掠过，并不能改变整体的形状，因为过度纤薄的结构使得横面完全不能够受力。三维空间的物体并不能改变二维空间的形状，只能改变其中的内容。

有一种对二维虫洞效应的解释，并不是从平面上跳出一条曲线，而是在一个曲面的二维空间上，嫁接一个更接近于平直的面，通过在两个二维空间交叉线（点）间的跳跃来达到更近距离的接近。从三维角度看，在一个曲面的二维空间上，可以有无数的平直面进行连接，所以二维空间中虫洞是无处不在的，只需要实现在不同二维空间的跳跃，就能实现任何非平面二维空间点之间的跳跃。

不同起点和终点间虫洞所能缩短的距离是有最小值的，取决于当前所处的二维曲面这两点在三维空间中的直线距离。这一规律普遍适用于二维空间，但到三维空间就不一定适用，因为我们并无法知道四维空间的真实情形，以及从四维空间对三维空间的观测结果。

三维空间很可能是整体扭曲的，就如一个球体或一个正方体，也许我们将当前世界的一切都通过一个转换函数映射到另一个三维坐标轴中时，许多物理上的难题和公式都将得到统一和解释。当然，这样的前提是我们的世界是用同一种方式进行扭曲或折叠,而不是大概率情况下的一团麻絮。

正如坐标轴上的曲线，总能找到一个多次方程进行表示，区别只在于次数的多少，我们的世界即使形态迥异，也能找到一种对应的映射方式，来投射到一个标准三维空间中。在相对论中，我们通过天体运动和地球物体的运动轨迹方程，找到了其中的差异，如果能找到一种三维映射方式，来抹平这种差异，那我们就接近这个映射方程以及标准三维空间，从而能重塑当前的物理学定律，并且找到当前扭曲三维空间的一些特殊之处。

在同一个宇宙中，也会对应于不同的扭曲方程。太阳系的映射方程与仙女星座的扭曲方程可能就会有明显差异。了解不同三维空间的扭曲方式，能帮助我们更好地理解这个世界。

在扭曲的三维空间中，也能找到相对更近的点。就像我们看到远方的山，最近的路径其实是在地底打一条直通的隧道，而不是沿着地面看似笔直地前进。在一条扭曲的蚯蚓身上，要从头到尾，最短的距离往往不是沿着蚯蚓的身体。反映在我们的空间中，看到的曲线有时往往是一条直线，从而能达到更短的实际距离和更小的穿梭时间，当然这还是仅在当前三维空间穿梭的情况下，这也是三维空间相较于二维空间所具有的特殊属性。

通过计算得到当前三维空间不同位置的映射方程，就能够得到不同点之间的实际距离和现实距离，并规划出所有点之间的最短距离和现实距离及其运行方式。同时，我们也能构建出理论上能更短距离连接两点的三维映射空间，并得到某种意义上的更短值及其运行轨迹。

由于我们暂时还没有能够打破不同三维空间的空间隔阂，或者我们并不知道我们曾在何时何处打破过这种隔阂，因此跨越空间的穿梭仍然处于理论探讨中，即使构建出了最短映射方程及其对应的可跳跃空间，依然无法突破。当然也有一种可能，当我们以一种特定的轨迹运行时，就能够有一定概率进入另一个交叉时空，就像火车变轨一样，如果两端轨迹有一段是完全重合的，那通过这一段的火车驶入任何一根轨道都有可能，且接下来的车厢由于连接作用，都会同时驶入同一轨道。

所以通过映射方程，来确定重合的轨道，并得到两条轨道不同的终点，以及拟返回的空间重合轨道点，那样就只需要在起点轨道反复尝试跳跃，然后在终点驶出轨道反复尝试跃回，就能实现虫洞跳跃。

由于本质上属于两个不同的三维空间，当跳跃成功时，通过肉眼观察就可以知晓是否跳跃成功，成功后及时离开重合轨道，以防止在同一重复轨道上反复在两个空间切换。

我们这里不得不引入一个新的概念，“空间力”，即能改变所处空间折叠的力。当空间力作用在空间上导致空间折叠时，并不影响空间内物体的移动和运行，从空间内部看，并不会有任何区别，只是从空间外部观察，会出现很多新奇的特征。

就像我们照哈哈镜，镜中的我们扭曲成了各种形状，但实际并不影响我们作为一个整体存在。当从空间外部施加一些其他影响时，由于空间力导致的空间折叠就会与空间中的既有规则共同作用，从而达到谐振的效果。

就像我们将一张纸折叠后，就能轻松地用一根牙签一次性穿出许多个洞。空间力允许我们改变空间，而不仅仅是利用空间的特殊性。由于空间内部的运动并不会影响或受到空间折叠变化的影响，因此，从同维度或低维度空间施展的力并不能成为空间力。而从高纬度施展的力，很容易就带有空间力的属性，例如我们折叠一张纸所用的力，实际上对于纸所在的二维空间，就是一种空间力。

当然空间并不是一种实体，所以并不能简单地将纸与二维空间等同。但是这也简单地说明了只有高维度空间才能产生对低维度空间的空间力。要分析空间力，不仅仅要分析空间力本身，力的被作用者也应该作为一种分析对象，这就涉及一个问题，空间到底是什么，空间有没有实体。

我们可以探讨一种独特的自然现象，黑洞，黑洞所扭曲的仅仅是物质，还是连带空间一同扭曲。如果黑洞空间并没有被扭曲，那为什么没有质量的光也无法逃离？是我们对光的认识有误还是我们对扭曲的空间认识有误？如果黑洞能够扭曲空间，那黑洞的产生必然伴随着高维度空间的作用，因为同维度空间的力是无法扭曲同维度的空间的。

那这种引发或伴随黑洞产生的高维度空间力，是主动发生的还是被动发生的？这些我们暂时都还不知道，因为从低维度空间改变高维度空间，进而反向影响低维度空间也是有可能的。比如一个二维空间在三维空间中制造了一个空间断层，如果三维空间保持静止，那这个断层就不会有任何影响，但当涉及断层的物体主动移动时，就可能产生割裂的效果，从而达到影响三维空间的目的，三维空间的物体一旦被影响到，就会产生相应的变化，从而反向影响该二维空间。

我们的黑洞在形成过程中也极有可能产生类似的空间割裂或阻滞，从而影响到四维空间，引发高维空间的空间力，并反向作用后引起空间的扭曲折叠，形成黑洞这种特殊的自然现象。

谈生命

人类如果解析了相关 DNA，只要能在微观层面随意改变 DNA 片段，理论上就具有创造所有生物种类的可能，包括已经灭绝的远古生物，或是从未出现的新型物种。

自然演化出的生物在稳定性和协调性上会略胜一筹，由于择偶的需要，在审美上也会有一定优势，但浩如烟海的 DNA 组合，大概率会存在更优物种，甚至更优等级物种，在运动，思维等各方面全面领先。我们不禁要问，智力有没有上限？肌体有没有上限？智力的上限，在于能更全面准确地认知客观事物，从目前解析的脑部结构来看，只要神经元网络足够庞大复杂，比如让我们的头变成两个或更大、密度增大一倍，就有可能达到这一效果，而输入的数据可以通过增加肌体的强度和辨识度，或者通过仪器辅助。

客观的世界或者想象中的世界需要多少神经网络合在一起就能够全面解析和掌握呢，剔除重复部分，我们所处的世界可能并没有那么复杂，虽然没能去精确统计或是实验，但可能并不需要太强大的生物大脑就可以到达智力的顶峰，更难的反而是观察或者知晓。

肢体的上限较难想象。通常我们理解越大的生物或是单位能量越强的生物越强大，但具体强大到何种程度，作者认为让时间倒转也许是肢体力量的极致体现。当肢体的力量足以改变一切至另一个时点的状态时，就拥有了力量的极致基础，然后我们就能区分改变的范围大小和复杂程度，来判断极致级力量的大小。我们很难想象具有单一生物特征的，仍然具有生物形态的生物，能达到入微级的大范围改变，甚至还包括一些物质的合成与还原，比如要将一根烧尽的火柴还原成一棵树。

这并不是光靠一种能量的单方面强大，比如跑得足够快，就能够达成的。但我们也确实通过计算机对环境的模拟窥见一些端倪。最强大的生物大脑并不会比量子计算机弱。那我们有没有可能通过改变 DNA 达成最强的生物大脑和躯体呢？理论上是有可能的，即使代价是外形的非人类改变。一旦解析了这份 DNA 结构特征，我们所需要做的就只是生产和喂养，以及等待新人类统治，淘汰或是奴役我们的后代。

人类一直以智慧生物的顶点自居，从大脑生物构造来看，也许是的，但当我们可以通过量来改变智慧程度时，这一荣光可能很快就会被新人类所摘取。而所有的地球哺乳动物，也只需要一点小小的 DNA 改变就能获得人类的脑部结构特征，从而变成汪星人、喵星人，而鲸鱼等部分生物大脑的容量天生就是人类的数倍，当突破那一层桎梏的时候，很难说鲸人会不会在海洋中崛起。

DNA 就像 26 个字母一样，一长串字母能够谱写一篇完整的小说，但也并不是光靠字母实现的，其中还有词语，语法，上下文，使得字母变得有意义。同样，解析DNA也一样要识别完全陌生的片段特征，只有解析完整后，才能够用我们未知的生物语言去谱写我们所希望得到的生物多样性。

正如壮丽的诗歌永远唱不尽，对生物的构造也从不会穷尽，即使掌握了终极生物密码，也并不会感到单调，多样的生物组合以及形成的独特故事总会让人寻味，生物的自主能动性也使得一切更为有趣。

有没有一种可能性，在不使人类发生明显改变的情况下，达到更高阶的生命体系。因为我们大部分人已生长成型，并接受生而为人的状态，除了保持青春或有限增强外，物种独立性依然牢固地占据着我们的文化体系，我们并不希望自己的后代被奴役或者统治，甚至臣服于觉醒的喵星人。

答案是肯定的，人工智能的出现能解决这一问题。硅基生命的出现并不是用来替代碳基生命的，相反，由于硅基生命的可操控性，可编程性，且无法反向操控碳基生命，因此无论硅基生命发展到何种程度，依然会被碳基生命体所控制。同时，硅基生命的发展又能帮助碳基生命在不改变明显生命体征的情况下，达到高阶碳基生命的状态，使我们能在维持人形的同时，达到超人状态。硅基生命可以视为碳基生命的外延，并进一步成为生物与天地规则的融合桥梁。如果有这么一种方式可以进化到生物链顶端，并可以随意进行生物多样性的生命体，实现进一步的发展，并且融合了不同物质形态的特殊性和优越性，又怎能让人不心动呢？

说能量

过于快速发展的人类文明尚未能在新型工业化社会中寻找到这样一种平衡，我们追求着无尽的能源，但很少去建立一种长效平衡机制，也许是觉得生而短暂与恒久弥坚差距过于遥远，还不足以引起恐慌，或许是觉得前进的脚步会在合适的时机一并弥补过往的错失，而一旦停下只会让已经失衡的天秤不断崩塌。

在迄今为止的可持续发展战略中，我们都是截取了一部分永续体系，来创造出新的能源，有些截取了水的循环来发电，有些截取了温度的均衡，有些截取了生命的循环，有些也只是利用了恒星的自燃。本质上，我们都没能考虑到能量被消耗后是如何回到我们的世界中去，并基于此设计出一套可循环的永续体系。

比如我们燃烧石油，导致的二氧化碳排放产生温室效应，并进而导致气候变暖，我们的举动导致了环境的一系列变化，但我们所想的只是将环境的变化复原，而不是基于环境的新变化建造一种新的平衡体系。

宇宙中的能量，大多固化在原子层面的牵制和互动上，解析和利用这种能量，并达到能量转换的永续循环，就成了文明跃迁的主要分界岭。能源被应用后，依然会通过种种方式回归宇宙，潜移默化地改变着我们的环境。因此，永动机并不是科学禁锢，相反，在我们的世界体系中，永动机是始终存在着的。

我们所身处的自然循环就是一种永动机，从生物的自我循环，到雨水的循环往复，再到生物链的层层相扣，都是基于进出平衡的理念，自然体系内的生生往替，百年之后并不会留下任何痕迹。在一个永动的世界中，我们反而一直无法创造出永动机，只能说我们对能量转化的认识还停留在非常粗浅的阶段。

能量的每次转换过程，都是一种再分配，可能形成新的能量形式，也可能形成新的物质形式。在每次转化阶段，如果有新的能量形式或者物质形式没有找到下一个再分配场景，就有可能创造一种新的循环体系。所以不停地有新的永动机制出现，人类也是千万年前产生的一种新的循环的一部分。而当某种循环的条件不再，或者循环本身发生了不可逆的终结，世界就又会恢复平寂。就这样循环套循环，新老循环不断更替，使得这个沉寂的世界不时地出现一些新气象。

可能有一些高等级文明会以固化的形式将某种循环固定下来，以牺牲该文明进一步变化的可能来延长其持续时间。无疑，这种一成不变的文明是十分让人窒息的，更多的只是一种标本式的存在。因为即使是最有限的外界交互，也会使得既有循环发生变数。

我们一直探讨外星文明的存在，从能量的角度来看，不同的文明只是基于不同星球环境所产生的不同类型循环体系。循环虽然具有一定的变异性，但更多的是受限于大循环的稳定性以及脆弱性，如果是自下而上探索式变革，基本很难跳出已有的循环体系。但人类有一种特殊性，就是上进心，我们一直在追求更美好的生活，而不是安于现状，这在循环体系中是较为特殊的，我们衍生出了一种不断自我探索进化的动循环，就像一个跳脱的孩子，不停地探索着新的方式。这其实与循环的要义相违背，循环注重的是稳定，持续，从循环的角度来看，可能有更复杂的循环，更稳固的循环，但并没有更好的循环，即使沉寂本身也是一种简单稳固到极致的循环。变化是破坏循环的一种方式，迄今为止的人类活动始终能保持平衡，是因为我们还未超出平衡的界限。

如果要想上升到超级文明，一味地求变求新并不是主要因素，怎样在不停地变化中，甚至在超出大循环承受能力的时候，设计出一种更复杂但又相对稳定的能量物质循环，才是文明真正的基石。

因循守旧并不能维护循环的稳定，因为人类不断地在寻求突破与变革，人工智能的突破能解决这一问题，通过全量计算，得到单点突破后的全局变量更新方案，构造新的精细而完美的循环，构造方法也很简单，通过遍历所有可能性和方案，来寻找到可能实现的路径。

能源的迭代无疑会直接导致社会文明阶段的变化。对维系物质结构的能源的进一步解析，能带来更多的物质，驱动更多的可能性。

欺骗是我们常说的人类行为，通过模拟来达到形似的效果，并通过他人的主观错觉，来达到欺骗者的目的。那在物质世界中，是否也存在欺骗效应，即使没有主观施为，但仍然由于局部误导效应产生连锁反应，并从整体上表现为受到欺骗。正如一根雷管可以引爆性状十分稳定的炸弹，能量的产生总体上是以小能量引发大能量，并最终得到物质的稳固和能量的净输出。

说本能

年轻的时候专注于异性，和吸食鸦片无异，都是促进多巴胺分泌后得到虚无的满足。所不同的是，吸食毒品只能快乐一时，而投身于其他兴趣爱好则能快乐一世，而且同时能获得权利、财富，从而创造总量更多的多巴胺。所以，高尚的快乐和低级的快乐本质并没有区别，只是一则立足长远，总量远胜，质量更丰富，一则立足当下，竭泽而渔，有时还会伴随着无穷的痛苦。

通过人性的阴暗面能否得到多巴胺体验呢，答案自然是肯定的。有通过卑劣手段得到正果的，有摒弃道德完成复仇的，有通过扭曲人性实现群体认同的。过程中虽然会分泌许多负面物质，使人或衰老，或阴沉，或易于生病，但结局总是能让人得到多巴胺的奖励。

我们不禁疑惑，多巴胺产生的机理究竟为何，是基于生存本能的衍生发展，还是掺杂着个体意识的认知在其中？是基于个体的满足，还是掺杂着有利于群体的繁衍的行为？是先天固定，还是后天群体认知？是直接感觉判断，还是有多重判断机制串联发挥作用？如果多巴胺真的只是一种奖励机制，那又为什么会留下无穷的后遗症，又为什么能在显著的自我欺骗中获得成功？为什么持续的快乐有益于健康，而持续的奖励却会让我们的机体崩溃呢？判断推理能力并不是人类与动物的本质区别，智力足以胜任环境挑战的动物有许多，脑容量大于人类数倍的动物也有不少，但能像人类一样具有精细而精准的情感激励体系的，却少之又少。正如大部分动物都畏惧火焰，唯人类乐之；大部分动物都遵从本性，哪怕有时候这种本性已经成为群体进一步发展的障碍，唯人类能始终不变地弃污存清；大部分动物都更多地生活在现实中，唯人类能长时间生活在幻想与欺瞒中。我们所认为的身体中残存的不理性因素，恰恰是人类文明的根基。这根基是否牢固，能否支撑进一步的文明发展？这根基是否可变，是否会随着时代发展而腐化至自我毁灭？这根基是否可复制，在引导人类进步的同时，也能进一步引导硅基文明或其他种族的进步？答案可能就恰恰落在变幻莫测的多巴胺分泌机制中。

个体的得失，悲欢离合也只是个体的际遇，与体制机制带来的普遍性的沉闷和绝望相比，类似于轻喜剧。所以我们宁愿沉迷于各种狗血且超乎常伦的肥皂剧，流泪，绝望乃至愤懑，也不愿意去面对或者哪怕触碰一点现实生活的沉重，因为那是真正的绝望。当这种微妙的平衡被刻意隐在暗处却被放大到无法忽略，或经常被外界提起以至于不得不重返现实的时候，这份痛苦足以导致更大的不幸。人工智能的出现能颠覆这种现状，使得个体的实际能力在人工智能的帮助下得到大幅跃升，从而推动体制机制向更有利于个体的方向快速变革。

论共识

在我们的思维定式中，有一些是普遍共识，比如衣食住行是基本民生，比如立即死亡并不是最可怕的。但也有许多灰色地带，有一些是由于认知的不足或者信息的不对称，也有一些是脱离于生存实际的天性自由，而我们的进化本能有时也会时不时地自发地、随机地蹦出一些体系外规则，形成新的灰色地带。

群体性共识使得个体自发地在灰色地带寻找或者创造共识，因此，便在小小的弹丸之地衍生出了许多不同的生存方式，他们并不一定是最优解，即使所处同一环境，也会由于时间的变化或者外部环境的改变使得生活方式实际不再适应，但却在某一人群中，形成了一种共识，有时候这种共识是难以撼动且仍然通过许多种方式加以巩固，有时也会根据外部环境的变化而不断地革新共识，当然群体共识的革新显然是要略慢于个体意识的革新，也会慢于生存所需的实际需要的革新。

这些都是人类自发性的活动，在群体内部是属于一种自发性的、由下而上达成的共识，是人类群体生活生存繁衍的一种特定方式，而且这种群体性共识自我革新的能力显著优于自然界其他群居动物。但上升到另一个高度，当领地空间无法将不同的群体有效地进行物理隔离的时候，某些群体会和另一些群体在灰色地带的共识产生冲突。沟通交流，改革乃至战争就是一种快速有效统一共识的方式，这种方式虽然原始，但十分有用。

人类的文明从来就离不开战争，战争不仅仅是单纯利益的驱动，也包含了群体共识间的冲突。这种冲突有些是原始自发的，也有些是伴随着战争产生的；有些是利益伴随，有些则是局部文明变化导致。

在单一群体内形成共识的欲望和冲动，也很容易被复制到在大多数群体内形成共识。个体的物质及生理需要是有限的，饭不过山珍海味，衣不过春夏秋冬，但对群体共识的统一则是容易产生无限扩张的，并且会由已统一共识人群自发地进行扩张。

有时候共识的内容十分单一，可以简单到天下谁为第一，有时候共识的内容又会非常丰富，涵盖生活的方方面面。当群体共识扩大到一定层面的时候，就会出现统治需要，因为可能出现共识自发性偏差的人数太多且随机，以及内容过于丰富以至于传承和评判标准都会出现许多问题，而当某些灰色地带共识被放大讨论时，我们会发现个体自发实现以及扩大的群体性共识本身存在一些并不清晰完善之处。有时候，这种扩大的过程过于激进与专注，使得共识原本的意义和完整的理解丢失，或者在扩张和兼并的过程中为了达成新的共识而将最初不同的共识进行了融合变更。

灰色地带共识本身的内容与共识扩大的方式相互脱离，因为灰色地带的共识实际并没有达成一致的基础，从而导致这种共识多样化以及易变性。当一个灰色地带共识群体内部由于传承不足、随机进化等各种原因出现了变化的时候，这种变化要么被泯灭，要么扩大化，如果和平的方式无法达成一致，就会升级共识手段，因为群体共识的达成并不依赖于共识本身内容的对错或者多寡，只取决于共识达成的方式和手段。当这种变化独立于原来的共识的时候，大概率会被群体内广泛接受，当这种变化与原来共识相冲突的时候，大概率会被泯灭。

灰色地带的共识也并不是凭空产生的，而是基于人类基本共识或者说生存本能演变而来。这种基本共识向灰色共识演变的过程中可能会产生随机变化，并被逐渐放大到失去本真的可能。以及相对固化后的灰色地带共识在基本共识发生变化后可能由于传导链条过长或群体共识过于稳固，而没有相应地发生变化。群体共识中也会分为灰色地带共识和非灰色地带的基本共识，非灰色地带共识也并非一成不变，只是不如灰色地带共识如此易变。

人群中也有专注于追求基本共识的，有一些表现为寻求“真理”，有一些表现为专注于科学。虽然科学和真理本身的范畴也介于基本共识和灰色地带共识之间，但总体上还是偏向于基本共识的拓展。

这种进展大部分时候都因为其独立于现有的共识体系，或是呈现一种明显的改良而被接受，但有时也会由于群体共识稳定固化的需求而被短暂地压制。

当灰色地带共识丰富的时候，不同的共识之间也会出现层次感以及优先级，而且这种优先级有时候会产生错觉，即短期内的优先级和长期的优先级的冲突，由于人类普遍缺乏长期预测准确性的能力，因此很难在当下节点去预判未来，因此也就无法完成长链条推理间的优先级判断。除了优先级之外，对于长链条概率的判断也会出现显著偏差，从而进一步使得灰色地带共识优先级发生偏差。通过这种优先级迭代的方式，有时候能实现更为简单的群体共识变化，即引导共识人群专注于短期优先级高的部分共识，弱化或变更短期优先级相对较低的共识部分，然后再引导共识人群改变短期优先级，使得共识人群专注于其他灰色地带共识或已改变的灰色地带共识，然后改变优先级已被降低的灰色地带共识。通过此种轮换优先级共识的方式，达到整体更迭的效果。因此，对于灰色地带共识优先级的引导以及改变，是统治的一种常用手段。

如果用人工智能的方式去理解，哪种人工智能算法更强，能更准确地预测未来的变化概率、灰色地带共识与基本共识之间的长链条链接，就能更好地引导较弱一方人工智能的决策。

人类的博弈各逞其能，江山代有英雄出，主要由于人类的基础生物能力并无太大区别，只是在某一特定时间的某一领域，部分个体的预测能力相对较强而已。但人工智能不同，人工智能的底层能力是能有量化的优势特征的。一旦这种优势特征建立，就会有持续的代差优势，从而呈现出所有领域的决定性优势。有时候群体共识也会被泛化和概念化，即我们实际并不知晓共识的内容，只是默认在某些概念或某一群体内，我们会有共识，并基于这种共识而采取共识扩大或共识维护的行为。当共识内容过于丰富和庞杂的时候，这种泛化和概念化的共识反而出奇地便于使用。

时空交叠性

大与小：

原子层面和现实世界是完全不同的，更深层的微观世界和更高层的宏观世界也可能适用于完全不同的规则体系。一些宏观层面认为完全不同的事、物、人，在微观层面可能是统一的。而在微观层面有略微差别的组合也可能导致宏观层面极大的差异，这种差异在跨越了多个层面后，可能会面目全非。

巨大化与微小化有时也能造就无法交流的文明，正如蚂蚁很难意识到人类文明存在，当这种巨大化差异更上一层楼的时候，我们通过感官甚至完全无法意识到其存在。

但这些文明又在一定程度上紧密依存，相互影响。我们体内的微生物可能并不知道他们所处的实际环境，但生物的死亡或者饮食结构的变化都会极大幅度地影响到寄生生物的生活环境，反之，微生物的大量非正常繁衍，也会使得宿主发生病变。这一状况在等级更为庞大的情况下也依然会有一定的传染作用。

快与慢：

时间的快慢决定于物质变化速度的普遍规律，以及主观感受的神经传递速度。物质变化速度在一定范围内具有一定的恒定性，但不同物质间也有明显的差异性，比如磷较为易燃，黄金则较为稳定，他们的不同，导致了其变化速度的不同。又比如蜉蝣一生只有一日，而乌龟则可以活至千年。不同生物对时间的感受不一样，比如狗和猫的时间感应速度大约是人类的三到四倍。

主观感受则具有一定的趋同性，当生物与其主要环境的物质变化速度不一致时，就会逐渐改变自身的主观感受速度，来使得不同物种能生活在同一时空中。我们可以想象一个感受速度是人类几百倍的新生儿，很难在正常人类的世界中生存下来。

不同物质由于其特殊性，会存在于同一空间的不同时间中，有些变化快到无法被观测，有可能在磷燃烧的短短几秒内，部分物质已经经历了无数次的变化，亦如原子和电子始终在以高频率的方式运动，有些规律可被观察到，有些则呈现出随机运动。我们可以称之为时空交叠性。

而生物在某一范围的时空内，则会出现时间认知的趋同性，即使有小幅波动，也仍然会在某些时间上具有同一时间交点，比如我们经常能看到蜻蜓悬停。

不同时空的物种很难联动，时间变化快的文明虽然能观察到时间变化慢的文明，但由于其速度等级相差太大，时间变化慢的文明可能显现出的特征就是毫无变化，使得其各种真实的、迥异的文明特征毫无显现。而时间慢的文明并不能捕捉时间快的文明的变化，了解自然也无从说起。即使能够互相观察到一些端倪，但由于运动体系与变化速率的不同，导致实际也很难同步或理解。

物理学上经常会发现有许多现象会出现不同的结果，所以我们大致可以推论，有意或无意的观测行为及其产生的跨时空的影响能跨时间、空间传导，并影响其他文明，但也仅限于观测行为，而观测到的结果则只能反显出当前时空文明所能观测到的结果，而并非全部变化。

交叠：

快慢时间、大小空间的交叠能造就无数生活在一起，又相互隔绝的文明体系。由于其底层构筑物质的差异性，其文明所显示出的特性也会十分迥异。我们对不同时空的认知隔离，主要由于观测系统，即我们的五官，和感受处理系统的限制。

人工智能的出现能在一定程度上突破这层障碍，通过加强观测能力和处理能力，我们将碳基的速度转化为硅基的速度，或者向光纤传输变化，有一定可能可以观察到相对接近但隔离的其他时空文明，并予以控制操控，从而改变当前文明。

论决策

以类脑模型构建的自动化决策系统，更接近于人类思维模式，能为人们所接受。人类的决策并不总是正确或最优的，我们之所以容忍这样的决策体系，实际是一种主动或被动的委托决策，委托关系一旦被认可，被委托人所做的决策可以视同自己做的决策，我们对自己的决策总有很高的容忍度。所以，自动化决策系统不仅仅要从成功率、准确率进行判断，还要从委托决策的被认可度进行评估。类脑模型在这一方面无疑具有独一无二的优势。即使不去刻意了解模型的内部构造，当人们发现类脑模型的决策结果总是和自己决策结果相似或更优的时候，这种信任关系就会被建立起来。

计算机决策具有超越人类思维的潜力。计算机在无限存储、快速运算、瞬间记忆、永续运营等方面都相较人类具有独特的优势，因此，类脑模型在模拟人类思维模式的同时，具有超越人类思维的潜力。累加式的学习方式，以及累加式的更新能力，使得类脑模型能不断变强，并且不会由于历史规则库的沉积而落伍。

我们并不需要再追求灵光一闪来获得某一停滞已久领域的突破，只需夜以继日地通过“跟岗学习”来固化当前情况下的决策习惯，并不断调整，逐步融入人类社会中。

不同的历史环境，不同的体制机制，不同的决策者，对同一事件的决策也会有所差异，俗话说众口难调，即使对于同一道菜，不同的人的评价也会不一样。这时候采用统一的自动决策系统，就会出现水土不服的情况，并降低委托决策的信任度。因此，大而一统的决策模型，并不是最优解，兼具通用型和个性化的智能决策模型才是我们所能认可的。个性化只能通过学习的方式来习得，很难通过预设来确定。小型化的部署也使得多个个性化模型并存成为可能。

结束语

人工智能的出现，注定将带给我们的时代许多变数，本书中所探讨的各类话题，在不久的将来有可能成为稀松平常的现实景象。

希望本书在给读者带来新奇体验的同时，也能引起一些对未来世界的思考。